「さて、皆さん。あちらをご覧ください」
ディオラ
「あちらって……あれ？　あんな所に白い柱って、あったっけ？」
巨大キノコ現る!!

「きたっ！」

「わっ、また掛かりました！」

竿に伝わる感覚に、ぐっと合わせる。ビクビクと暴れる糸。

ナオ

ナツキ

異世界転移、地雷付き。4

水面に見える魚影は、
結構デカい。

「よっし!」
「やりましたね!」

ハルカ

トーヤ

ユキ

渓流釣りを満喫!

「えっとですね、
まずカホさんが〝小さな処刑人(リトル・エクセキューショナー)〟。
首刈りや真っ二つが原因ですね」
「次にサエさん。
サエさんは
〝深紅の抹消人(クリムゾン・エリミネーター)〟です」
「最後、ヨシノさんは
〝天使のようなドS(エンジェリック・サディスト)〟」
「ちょっと待て。
イメージ、酷すぎる！
風評被害だ！」
紗江
歌穂
佳乃
“翡翠の羽”三人娘、
めでたく二つ名拝命！

異世界転移、地雷付き。
いせかいてんい、じらいつき。
4
いつきみずほ
Illustration 猫猫猫

口絵・本文イラスト：猫猫猫
装丁：ＡＦＴＥＲＧＬＯＷ

CONTENTS

ISEKAITENI
JIRAITUKI4

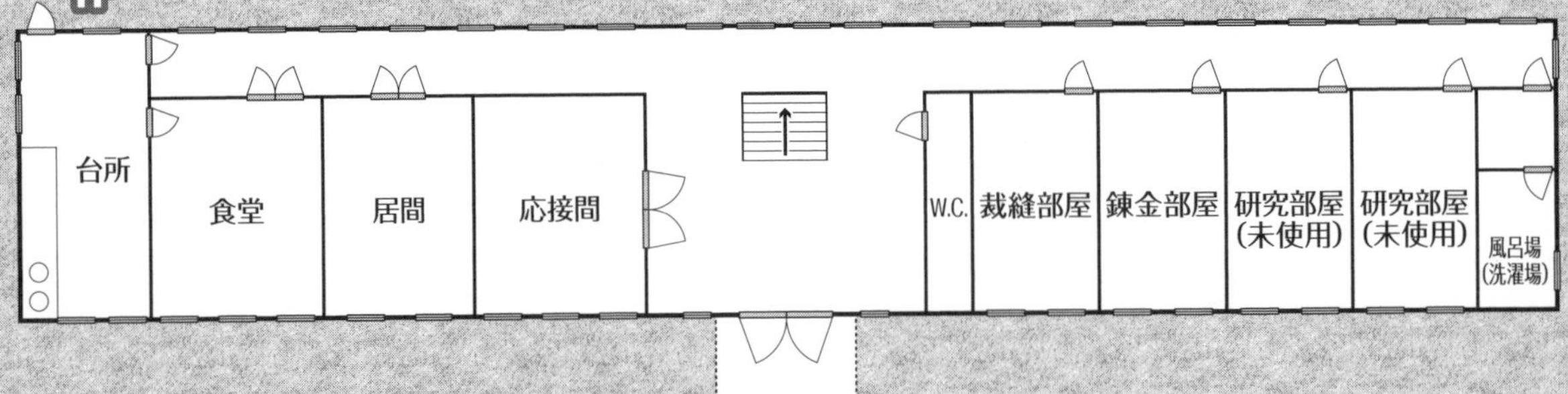
「ナオたちの家」見取り図
1F
台所
食堂
居間
応接間
W.C.
裁縫部屋
錬金部屋
研究部屋（未使用）
研究部屋（未使用）
風呂場（洗濯場）
2F
ユキ
ナツキ
ハルカ
ナオ
トーヤ
吹抜
空き部屋
空き部屋
空き部屋
空き部屋
空き部屋
20畳ぐらい
家の大きさは幅55m奥行き10mぐらい

プロローグ

オークリーダーを含む、一匹のオークとの戦いを切り抜けた俺たちではあったが、結果として俺は大怪我を負い、全体的な戦力不足を痛感することとなった。

誰も死なずに済んだのは、幸運が味方したからに他ならないという現実に、俺たちが選んだ方法は——取りあえず、お金だった。

手っ取り早く、お金の力で殴る。

こちらに来たばかりの俺たちでは取り得なかった、ステキな手段。

といっても、お金で人を雇ったりしては本末転倒なわけで——。

「こんにちは～」

「いらっしゃいませ」

オークを処分したお金を握りしめ、俺たちが訪れたのはガンツさんのお店である。

そこで俺たちを出迎えたのは、初めて見る中年を過ぎたおばさんだった。

トミーの指導もあるだろうし、新しい店番を雇ったのか？

「あ、シビルさん」

——と思ったのだが、どうやらトーヤは知り合いらしい。

視線で問いかけると、「ガンツさんの奥さん」と教えてくれた。

なるほど、ガンツさんは結婚していたのか。……いや、当たり前か。

定職を持った男は引く手数多。あの年齢で売れ残っているはずもない。

「ガンツさん、今大丈夫かな？　ちょっと相談があるんだが」

「主人ですか？　ちょっと待ってください、呼んできますから」

軽く頭を下げて奥へ向かったシビルさんを見送り、少し不思議そうにハルカが口を開く。

「ガンツさん、結婚してたのね。見たことなかったから、てっきり」

「ああ、実はオレもこの前知った。仲は良いみたいだぞ？」

トーヤによると、ガンツさんが鍛冶をしている間の店番は、普段、奥さんの担当らしく、俺たちが出会わなかったのは、たまたまタイミングが合わなかっただけらしい。

「ここだと、安定して稼げる定職持ちが良い男の条件みたいだし、それも当然かな？」

「お、それだとオレなんか、ダメな男、筆頭？」

「筆頭とまでは言いませんが、冒険者はそのカテゴリーでしょうね」

「むむぅ……獣耳嫁を迎え入れるために、オレも定職を探すべきか？」

「それか、高ランク冒険者になるかですね。そこまでいけば、冒険者でも尊敬されますから」

などと益体もない話をしていると、やがてガンツさんが汗を拭いながら出てきた。

「おう、お前たちか。今日はなんだ？」

「仕事中すまないな。ナオの槍、それとハルカとユキの武器も見繕ってくれるか？」

「ん？　ナオはこの前、買ってったよな？　まさか、壊したのか？」

俺がちょっと高価な武器を買ったのは、つい先日。

ピクリと眉(まゆ)を上げたガンツさんだったが、ナツキに目を留めて納得(なっとく)したように頷(うなず)く。

「あぁ、今はそっちの嬢(じょう)ちゃんが使ってるのか。同じので良いのか？」

と言いつつも、ガンツさんが出してきたのは二種類の槍だった。

片方はナツキと同じ槍だが、もう片方は穂先(ほさき)から柄(え)まですべて黒一色。明らかに違(ちが)う。

「こっちは黄鉄と擬鉄木(ぎてつぼく)の槍、同じやつだな。で、コイツは一見黒鉄のようだが、魔鉄(まてつ)で作った槍だ。強度も鋭(するど)さも一段上だぜ？」

魔鉄と黄鉄とが打ち合えば、魔鉄は無傷で、黄鉄が欠けるぐらいの違いはあるらしい。

せっかくなので持たせてもらったのだが――。

「重っ！　これはちょっと無理！」

「やっぱりか。扱(あつか)えれば良い武器なんだがなぁ……」

魔鉄の比重は黄鉄とさほど変わらないようだが、柄も魔鉄製になっているため、かなり重い。

ちなみに値段の方は、およそ五倍。

日本円にして六〇〇〇万円の槍とか、国宝レベルだろ。

お金で殴るにしても、無理がある。ナントカ鑑定団(かんていだん)に出品したくなるぐらいだ。

――こっちだと実用品だけどさ。

「穂先だけ魔鉄なら、買っても良いんですけどね」

「このレベルの槍を使うやつは、この程度の重さでも問題ねぇんだよ。ゴブリン程度ならこの柄で叩くだけで、頭が砕けるしな！」

この重さと硬さ、それに柄の長さが加われば、そりゃ砕けるわ。

トーヤなら単なる鉄の棒でもやれるんだから。

今後、俺が強くなれば検討しても良いが、今は素直に黄鉄の槍を選ぼう。

「次はハルカ、お前の武器か？　弓を変えるってんじゃねぇよな？」

「はい。弓以外に、近寄られたときに使える武器が欲しいと思いまして」

「希望はあんのか？」

「特にないですが……刺突剣とか？」

「刺突剣っつーとこれだが、普段は使わねぇんだろ？　邪魔だと思うぞ」

ガンツさんが持ってきたのは、刀身だけで一メートルを超え、細いながらも結構重い剣。

ハルカでも振ることはできるだろうが、これを佩いた状態で身軽に木に登ったりするのは難しそうだし、弓を使うときにも邪魔になりそうである。

「確かにこれは、予備の武器としては厳しいですね」

「だろ？　俺としては、こんくらいの長さのショート・ソードが適してるってぇ思うんだが」

今度の剣は、柄の部分を合わせても五〇センチほど。重さもさほどではない。

ハルカも妥当と思ったのか、軽く振ったり、腰に当てたりして頷いている。

「現実的にはこのぐらいですか」

「格闘戦ができるなら拳に着ける武器もあるが、できねぇだろ？　ナイフなんかも邪魔にはならねえが、魔物相手じゃあんま使えねぇしな」

「なら、このぐらいのサイズで、ナオの武器と同品質ぐらいの物を見せてもらえますか？」

そんなハルカの要求に、ガンツさんはばつが悪そうに笑って頭を掻いた。

「あー、勧めておいて悪ぃんだが、在庫はねぇんだよ。高ぇのならあるが、予備の武器にそれはねえだろ？　今持ってるそれは安すぎるだろうし」

ハルカが試していた剣は、普通の鉄で作ったルーキー用の物で、価格も数千レアと安い。

いくら予備の武器とはいえ、この武器でオークに対峙したら死ぬ。ほぼ確実に。

「となると、注文生産ですか」

「おう。……なんだったら練習がてらトミーに作らせるか？　材料費だけで請けても良いぜ。まだ店に並べるレベルにはねぇが、少なくとも材料費分よりはマシな武器が作れるぞ？」

同じ素材を使ったとしても、今のトミーではガンツさんが作った物に勝てないらしい。

その不足分を素材の品質で補い、実費のみで作らせる。

俺たちとしては良い素材の武器が少し安く手に入り、ガンツさんとしてはトミーの修業に使う材料費が浮く。どちらにも利のある提案である。

「良いんじゃね？　トミーなら、注文も付けやすいし」

「おぉ？　なんだトーヤ、俺の作る武器に不満があんのか？　お？」

「い、いや、そうじゃねぇよ？　ただ、カルチャーとか、そのへん、似通ってるから？」

凄むガンツさんにトーヤが慌てて言い訳。

だが実際、〝共通認識〟という点に於いては、トミーの方が圧倒的に有利である。

例えばガンツさんに、『あのアニメに出ていた、あの武器』とか言っても絶対に通じないが、トミーであれば、知っている可能性はある。つまりは、説明が簡単なのだ。

「ほぉ？　まぁ、良いけどよ。むしろガンガン注文を付けてやれ。その方が修業になるからな！」

ニヤリと笑うガンツさんに、トーヤもグッとサムズアップ。

「まかせろ！　良い武器のためなら、オレはモンスターカスタマーにもなる！」

「なるなよ！　いや、しかし……、カスハラ一歩手前ぐらいで？」

ハルカの命を守る大事な武器。

トミーがちょっと泣くぐらい、大したことじゃ――。

「止めなさい。要求仕様は明確に。急な変更、曖昧な提案はダメ。ハルカ商会はホワイトなのよ」

ペシリと俺にツッコミを入れつつ言ったハルカの言葉に、ナツキたちが微妙な表情になる。

「……いつから私たち、商会になったのでしょう？　しかもハルカが商会主？」

「ついでに働くのはトミーだし。要求は明確でも仕様が鬼、とかありそうだよね、ハルカだと」

「社員はホワイト、取引先はブラック？」

「失敬な。ハルカ商会は、取引先とも共存共栄。アットホームな職場です」

「「………………」」

アットホームという単語を使うだけで、一気にブラック臭が漂うのは何故なんだろうな？

そんな風に沈黙する俺たちを見て、肩をすくめたガンツさんがさらりと口にしたのは――。

「別に厳しいぐらいでちょうど良いぜ？　鍛冶師なんざ、流した血と汗と涙、それに火傷と親方から喰らった拳骨の数で成長するもんだ」

現代なら炎上間違いなしの言葉だった。良かった、ＳＮＳがなくて！

この世界の徒弟制度だと、これが常識なんだろうけど。

「ま、客はお前らだ。好きにすりゃ良いさ。それで、そっちの嬢ちゃんは？」

「あたしは……ナイフでも、って思ってたんですが、魔物相手だと役に立ちませんか？」

「難しいな。ナイフだと急所を狙うか、ひたすら切りつけて失血死を狙うか……。デカい魔物だと、心臓を一突きしても、刃がそこまで届かないことすらありうるぜ？」

イメージとしては、象をナイフで斃すような感じだろうか。

あれだけぶ厚い皮と肉の鎧を纏っていれば、ナイフを刺したところで心臓まで届きそうにないし、首の頸動脈を狙うのも厳しそうである。

「じゃあ、あたしみたいなタイプだと、何がお勧め？」

「嬢ちゃんはちっせぇからなぁ。連接棍とか……筋力と体重があれば、戦槌、槌矛、長柄斧なんかもありだな」

「遠心力を使って叩きつけるタイプの武器か。重いのは無理だよなぁ」

ゲームなんかでは、小柄なキャラが巨大な戦槌を振り回していたりするが、【筋力増強】のスキルを持っていたとしても、質量の差はどうしようもない。

それこそガンツさんが言うように、『体重が重くなければ』不可能である。

その点、連接棍(フレイル)なら小柄なユキでも扱えるし、厚い鎧越(ご)しにもダメージが与(あた)えられ、十分な攻撃(こうげき)力が得られる。扱いにくそうなだけに、かなりの練習は必要だろうが。

「体重を増やすのはあり得ないとして……う〜ん、連接棍(フレイル)かぁ……可愛(かわい)くない」

「おめぇ、戦いに可愛さなんて求めんじゃねぇよ！　——接近戦がメインじゃねぇのなら、ハルカみたいな短剣って手もあるが……」

もっともなことをビシリと言いつつも、代案を出してくれる優(やさ)しいガンツさん。

「あ。あたし、一応、魔法がメインかも？」

だからこそ、首を捻(ひね)って惚(とぼ)けたことを言ったユキに、ガンツさんが噛(か)み付いたのも当然だろう。

「『かも』ってなんだよ！　その手に持った鉄棒は武器じゃねぇのか⁉　それ持って魔法使いとか、舐(な)めてんのか！　メイジスタッフでも持ってろ‼」

ちなみにメイジスタッフとは、魔法の〝発動体〟の一種で、これを持っているだけで魔法が発動しやすくなり、威力(いりょく)も底上げされ、多少なら鈍器(どんき)としても使える。

難点は、力を入れすぎると発動体としての機能が損(そこ)なわれ、ただの棍棒(こんぼう)に成り下がることか。

ついでに言うと、高価な割に効果は僅(わず)か。

多少リッチになった俺たちでも、これを〝武器〟として扱うのは少々ハードルが高い。

「……ここに、安くて良い物があったり？」

「ねぇよ！　メイジスタッフの一本すらねぇよ！　ウチに魔法使いが来ると思うか？」

少し期待するように尋(たず)ねたユキを、ガンツさんはバッサリと切り捨てた。

まぁ、魔法使いが訪れそうなお店では……ないよな、ここは。

「必要なら、知り合いを紹介してやる。ただ、その鉄棒で戦えてるっつうなら、戦力的にはメイジスタッフ以外の発動体を選ぶのも手だな。結構高ぇが」

初級者から上級者まで幅広く使われるメイジスタッフに対し、他のタイプの発動体、指輪型、ネックレス型などは主に価格面から、経済的に余裕のある中級者以上に使われる。

それらであれば、発動体とは別の武器を使えることに加え、高ければ高いだけ効果もアップするという利点もあるのだが、その上昇幅は価格のそれに対してかなりしょっぱい。

ハルカ曰く『効果を実感しようと思ったら、家が建つ』らしい。

つまり俺たちが手を出せるレベルの物など、言わずもがな。

「……うん、あたしもトミーに頼もうかな？　普通の武器を。ガンツさん、良い？」

「魔法がメインじゃねぇのかよ？」

「だって、買ってもあんまり意味なさそうなんだもん」

「そんなもんか？　俺は魔法使いじゃねぇから解らねぇが。ま、頼むのは構わねぇよ。あいつも修業ができて良いだろうさ。——チョイと見てくる。しばらく待っていてくれ」

立ち上がったガンツさんは「そろそろ区切りが付いた頃か……？」と呟きながら、店の奥へ。

そんな彼を見送った俺たちは、店の隅に置いてある腰掛けに座って一息ついた。

「取りあえず、それなりの物は手にできそうだな」

「そうね。短剣の訓練は必要だけど……トーヤとナツキ、お願いね？」

「おう。剣術に関しては任せろ」

「私の知識が役に立てば良いのですが。私が齧っていたのは、小太刀ですし……」

「うーん、そこはトミーに、それっぽい物を作ってもらいましょ」

「トミーなら、詳しい説明も不要そうだしな」

小太刀の作り方をトミーが知っているかはともかく、どんな物かを説明する必要がないのは、ガンツさんにはない利点。あとは頑張ってもらうだけである——無理しない範囲で？

そして待つこと三〇分ほど、ガンツさんに連れられて汗だくのトミーが出てきた。

「こんにちは、昨日振りですね。なんでも、僕に武器を作らせてくれるとか？」

「ええ。利害の一致というやつね。私とユキの短剣を作って欲しいのよ」

「用途を考えたら、頑丈で小太刀っぽい物——できるかな？」

相手はトミー。ユキが欲しい物をズバリと伝えれば、彼は少し考え込んだ。

「【鍛冶】スキルとしては、刀を作る知識が不足していますが、試すことはできます。切れ味、頑丈さ、重量、優先するのは何でしょう？」

「冒険中に使う物だから、メンテナンスフリーとまでは言わないけど、戦う度に手入れが必要な物は困るわね。ある程度の連戦には耐えられる、そんなのが理想」

「切れ味も欲しいけど頑丈さ優先かな？　万が一にでも折れたら死ぬわけだから。重量はある程度許容できるよ。【筋力増強】もあるしね」

「なるほど……好きにやらせてもらって良いんですか？」

「条件を満たすなら。あまり趣味に走られて、使いにくいのは困るけど」

「わかりました！　それで、予算は？」

「そうね……一本あたり金貨一〇〇枚以内で、二本」

嬉しそうなトミーにハルカが提示した金額は、俺の槍よりも少し安い。

だが、素材だけの値段と考えれば、トーヤの腕次第で同等以上に化けるかもしれない。

トミーが確認するようにガンツさんをみれば、彼も問題ないと頷いた。

「了解です。あと納期は、どれくらい頂けますか？」

「早い方が良いけど、手抜きは困るから、一週間でどう？」

「一週間。少し厳しいですが……頑張ってみます」

「無理はしなくて良いからね？　身体を壊さない範囲で」

「時間が足りないとか、何か相談したいとかあれば、宿で訊いてね。同じ宿なんだし」

「いいえ、必ずやり遂げてみせます！　徹夜してでも！　ショベルも良いんですが、やっぱり良い武器は鍛冶師の本懐ですから‼」

良いと言いながらも、内心ショベル作りに飽きていたのか、力強く宣言するトミー。

……これって、やりがい搾取とか、そんなんじゃないよな？

その後、オークの解体で苦労した反省から、解体用の大型ナイフなどもいくつか見繕って購入し、店を後にした俺たちだったが、『金で殴る作戦』はまだ終わらない。

次に向かったのは、以前訪れた本屋。

目的はもちろん、前回は購入できなかった基礎、水系、光系、火系の魔道書である。

締めて金貨一〇〇枚を軽くオーバー。

そんな高価な本を積み上げて、金銭感覚がちょっと麻痺してきた俺たちは、せっかくの機会だからと、他にもめぼしい本を物色する。

新しく入荷していた風系魔道書、需要があるらしく普通に在庫があった土系魔道書、ナツキが欲しがった薬学に関する本、冒険に役立ちそうな薬草事典、魔物事典なども積み上げ、全部で九冊。

合計金額は金貨二〇〇枚をかなり超えていたが、纏めて購入するんだからと頑張って値引きを引き出し、支払い額はきっかり金貨二〇〇枚に抑えた。

それでも日本円にすれば、一冊二〇万円以上。やっぱ本、高すぎである。

ただ、これで俺たちが使う系統の魔法、その一般的な魔道書は揃ったわけで、きっと魔法の習得が捗ることだろう。

――いや、捗ってくれないと正直困る。

金で殴るにしても、金貨二〇〇枚は決して安い買い物ではないのだから。

第一話　戦力アップ作戦

さて、お金で戦力アップを図った俺たちではあったが、それは鍛錬を疎かにする理由にはなり得ない――どころか、宝の持ち腐れを防ぐためにも、より注力すべきことであろう。

そんなわけで俺たちが訪れたのは、暴れても他人の迷惑にならない自宅（予定地）である。

開け放たれた門から中に入ってみれば、そこには既に工事の手が入っていた。

俺たちが相談して決めた家の間取りはかなり広かったのだが、昨日の今日でもう基礎が立ち上がり、周囲では大工によって柱の加工が行われている。

基礎はコンクリ製ではなく土魔法使いによる石造りだが、それにしても仕事、早すぎである。

ちなみにこれができる土魔法使いは、かなり儲かるらしい。

強度の方は魔法使いの腕次第で差があるようだが、それでもしっかりした基礎を作った上で家を建てるという工法を取っているため、この国の家は案外丈夫で、雨などにも強い。

「ん？　嬢ちゃん、さすがに家ができるまでは、しばらくかかるぞ？」

「あ、シモンさん」

少々の驚きをもって工事を眺めていた俺たちに声を掛けてきたのは、顔に皺が刻まれた、そろそろ老人と言っても差し支えないような男性。

だがその肉体は不摂生とは縁遠く、あまり老いを感じさせない。

「ユキ、この人は?」

「今回の工事を担当してくれるシモンさん。アエラさんのお店を改装した大工さんだね」

なるほど、この人が。

ハルカたちは打ち合わせで会っているはずだが、俺とトーヤはこれが初顔合わせになる。

「お世話になってます。俺がナオ、こっちがトーヤです」

「シモンだ。工事の監視に来ずとも、きっちり仕上げてやるから安心していいぞ」

「もちろんシモンさんのことは信用しています。アエラさんのお店は、かなり丁寧に作られていましたから。私たちの目的は、訓練です。ここなら広いので」

そう言って空き地を示すハルカに、シモンさんは瞠目して、感心したような声を漏らす。

「ほぉ、真面目な冒険者なんだな? まぁ、お前らの土地だ。好きに使えば良いが、作業してるやつらにはあんまり近付くなよ? 危ねぇからな」

「りょーかーい。十分広いから、大丈夫だよ」

門から家の場所までで十数メートル、左右の空きスペースは、普通の家なら二、三軒は建てられそうなほど。それに加えて、裏庭部分は更に広い。

ディオラさんが『分割して売ったら』と言ったのも納得の大きさ。それがこの土地。

大工たちの作業スペースを十分に確保しても、俺たちの訓練にはなんら差し障りがない。

「そりゃそうだな。ま、頑張れよ。家が完成した時、住人が減ってるとか面白くねぇからな」

シモンさんは不吉なことを言いつつ、それを吹き飛ばすように呵々と笑い、去って行く。

そんな彼を俺たちは苦笑し見送り、裏庭の方へ。

「それじゃ、今日の訓練だけど……魔法の練習は魔道書を読んでからにした方が良いわよね」

「せっかく買ったわけだしな。じゃ、いつも通りに武器を使った訓練か？」

「できれば、ハルカとユキには、早めに剣術を教えたいところですが……トミー君の小太刀が完成するまではお預けでしょうか」

「一応、オレが使っていた木剣はあるぞ？　長さは違うが」

トーヤがマジックバッグから取りだしたのは、懐かしの木剣。

最初はこれでタスク・ボアーに対峙したんだよなぁ、トーヤが。

頭蓋骨にあっさり撥ね返されたけど。

「武器の長さは重要です。それなら、ただの棒の方がまだ良いかと」

ナツキは首を振ったが、何か思いついたらしいユキは、指をピンと立てて笑みを浮かべる。

「そうだ！　せっかく大工さんがいるんだから、お願いしようよ！」

「えっ⁉　いきなりそんな――」

戸惑い気味に声を漏らすハルカの手を引き、「お仕事以外を頼むのは……」という言葉も無視して、ユキは大工のいる方へ突撃する。そして、『職人って気難しいんじゃ？』と思った俺の心配を余所に、そのコミュ力を遺憾なく発揮しているご様子。――凄いな、正直に。

「行ったな」

「行っちゃいましたね。ユキのコミュニケーション能力には感心します」

「ちょい幼い外見を、上手く生かしているよなぁ、あいつ」

それは俺も同感。それでもあざとさを感じさせないのは、コミュ力の高さ所以か。

人は必然、外見に応じた役目を求められるところがある。

極端なことを言えば、スーツでビシッと決めたおじさんが、子供みたいに菓子をおねだりしたらただの変な人だが、子供のような外見の女の子がやれば許される。

逆に、クレーム対応の責任者にどちらが適当かは、これまた言うまでもない。

時にキツい印象を与えることもあるナツキとハルカに対し、ユキは朗らかで話しやすい。

それ故ユキは、学校でもナツキたちとクラスメイトの緩衝材としての役割を果たしていた。

特に男子があの三人に話しかけるとき、大抵最初はユキに声を掛けていたからなぁ。

「本人は大人っぽくなりたい、とか言ってますけどね、たまに」

「あれはあれで個性だろ。別に良いんじゃないか？　可愛いんだし」

俺が図らずも漏らしてしまった言葉を捉え、ナツキが目を瞬かせる。

「あら……？　ナオくんから珍しいお言葉が」

「え、ナオは結構口にしてるぞ？　直接言わないだけで。なぁ？」

「……トーヤ、いらんことを言うな？　おー、やっぱハルカは腰が引けてるな」

初対面でも事務的な遣り取りはきっちり熟すハルカだが、仲良くなれるかは別問題。

というよりも、意外に苦手なんだよな。

――と、話を逸らした俺にナツキは微笑む。

「ふふっ。ま、いいですけど。あちらはユキに任せて、私たちは私たちで訓練をしましょう。まずは……トーヤくんの複数相手の模擬戦、やってみますか？」

「だな。木剣と鉄棒でやってみるか？　トーヤでも、俺とナツキが槍を使うとキツいだろ？」

「当たり前だろ!?　ナツキの【槍術】レベル、オレの【剣術】を上回ってるんだぞ？　それにナオが加わったら死ぬわ！」

「いえ、もちろん手加減はしますけど……」

「それでも当たると痛いんだよ！　というか、そろそろちゃんとした訓練用の武器を揃えるべきじゃないか？　いくら治癒魔法があっても、危ないだろ」

「それはあるなぁ。一対一なら寸止めする余裕もあるが、複数を想定した模擬戦となると……」

ちなみにこれまでの模擬戦では、俺は槍の石突きを、トーヤは普通の剣をそのまま使っていた。トーヤの剣はあんまり切れないので、当たっても打ち身、運が悪くて骨折で済むが、槍の穂先は突き刺さるし、案外切れるので危ないのだ。

「でもトーヤ、痛い思いをしたのは俺の方が多いからな？　骨折ってるからな？　比喩じゃなく」

俺の【槍術】より、トーヤの【剣術】のレベルが高いから。

筋力でも負けてるし、何度ハルカのお世話になったことか。

「しゃあねぇだろ？　今ある木剣だと、剣のサイズも違うしよー」

「まぁまぁ。そこは今後、サイズに合わせた模擬武器を作るとして、今日のところはある物でやりましょう。私が木剣を使いますから、ナオくんは鉄棒でお願いします」

「そうだな、トーヤを滅多打ちにしてやるか！　――これまでのお礼に」

「え、オレ、滅多打ちにされるの？」

「嫌なら頑張って対応してくれ。お前の技術向上のために骨を折るんだ。――折るのは俺じゃなく、お前だがな。ふふふ……。さぁ、構えろ」

「仕返しする気満々かよっ⁉　いや、頑張るけどさ……。ただここ、草がちょっと邪魔だな」

広さは十分な裏庭であるが、かなりの期間放置されていただけあって草茫々、一部には灌木すら生えている。トーヤの言葉通り、運動に向いているとは言い難い。

「森の中と比べればマシでしょう。それを含めて訓練だと思えば良いのでは？」

トーヤのぼやきを、そう言って一刀両断したナツキは木剣を構える。

そう考えれば、あえて草刈りをする必要もないか。俺も鉄棒を構え、トーヤを促す。

「それじゃトーヤ、覚悟は良いか？」

「おう！　来い！」

トーヤが剣を構えると同時、俺とナツキが打ちかかる。

基本的にはナツキがトーヤと打ち合い、俺がその周りを移動しながら適当に手を出していく。

俺に【棒術】スキルはないし、ナツキに【剣術】スキルもない。

それ故にトーヤはなかなか見事に凌いでいるのだが……ナツキ、思ったより剣の扱いが様になっている。短刀術以外に、剣道も齧っていたのだろうか？

「なかなかやりますね、トーヤくん」

「へ、へへっ。【剣術 Lv.3】は伊達じゃないぜ?」

「そうですか。ではナオくん、私たちも、もっと気合いを入れましょう」

「だな。トーヤを土塗れにしてやろう」

「これ、訓練！　気合いの入れすぎ、良くない！」

「遠慮するな。これも実戦で生き残るためだ」

などと、途中でナツキと役割を入れ替わったりしつつ、攻撃を続けること暫し。

俺も鉄棒の扱いに慣れてきたのか、トーヤの剣や盾を抜けて攻撃が当たるようになってきた。

もちろん本気で骨折を狙っているわけではないので、寸止めになるように努力しているのだが、技術が伴っていないため、適度にビシビシと当たっている。

トーヤからは『ビシビシ違う！　ドカドカだ！』みたいな抗議が来そうだが、【剣術 Lv.3】を持ちながら、スキルなし二人の攻撃を防げないトーヤが悪いのだ。

うん、そうに違いない。決して、意趣返しではない。

「ちょい待て！　ナオ、攻撃が、速く、なってる！」

「そうっ！　かっ！　そんな気は！　しないでも！　ない！　頑張れ！」

まだ喋る余裕はあるらしい。少しだけ、ナツキの攻撃も激しくなった気がする。

取りあえず、剣を手放すまでは攻め続けますぞ?

ナツキと視線を交わし、更に攻撃を続けること一、二分。

「待った！　休ませてくれ！」

一気に飛び退き、両手を上げて叫ぶように言ったトーヤは、剣を手放して地面の上に転がり、「だぁぁぁ！」と大きく声を上げて、息をついた。

「なんだ、もう終わりか？」

「もう、じゃねぇよ！　お前たち、動きが素人じゃねぇ！」

三〇分ぐらいか？　さすがにそれだけの時間、集中して動き続けるのはキッかったようだ。

俺とナツキは緩急を付けて交代したりしていたが、トーヤは一人で受け続けたわけだからな。

寝っ転がったままビシリと指を突きつけるトーヤに、俺は肩をすくめる。

「まぁ、素人じゃないからな」

「そう言う意味じゃねぇ。スキルがないとは思えねぇよ、その動き」

「刀は多少扱ったことがありましたから」

「鉄棒は槍の応用で扱えるからな。……あ、【筋力増強】が生えてるわ。ついでに【棒術】も」

道理で途中から、鉄棒が軽く感じられるようになったと思った。

「【棒術】、大盤振る舞いだな!?　しかも、【筋力増強】まであっさり取ってやがるし」

トーヤも【棒術】はいつの間にか取れていたし、簡単にレベル2まで上がってたよな。

武器関連のスキルを持ち、多少棒が扱えれば取れる程度のスキルなのだろう。

ただし【筋力増強】の方はちょっと違う。

「言っとくが、【筋力増強】はそれなりに時間を使って、努力してたんだぞ？」

ユキから聞いた説明を念頭に、魔力を身体に巡らせて物を持ってみたり、流れる魔力を把握できるように頑張ったり。ただ、オークとの戦闘中や、先ほどの模擬戦の間はそれを意識する余裕もなかったのだが……案外なんとかなるもんだな。

「……あら？　私も【刀術】というのが増えています。【剣術】とは別扱いなんですね」

ナツキも自分のステータスを確認してみたらしく、ちょっと不思議そうに首を捻る。

木剣を使っていたんだから、普通なら【剣術】になりそうなものだが……。

叩きつける剣と斬りつける刀、ナツキの木剣の扱い方が刀寄りだったのだろうか？

「簡単に取れたり、なかなか取れなかったり、よく解らないよな、スキルって」

これってやっぱり、邪神さんの胸三寸？

スキルに変化があっても通知音が鳴るわけじゃないし、気付きにくいのも難点。

「簡単に取れるのは、既存のスキルから応用が利くもの、それと元の世界でもできたことじゃね？　ナツキはちょっと齧ってたんだろ？」

「ええ、ほんのちょっとですけど」

他に比較的簡単に取れたものとしては、ナツキの【裁縫】なんかがあるが、ナツキは元々裁縫が得意だったわけで、トーヤの仮説に合致する。

キャラメイク時は別として、やはりスキルがあるからできるのではなく、できるからスキルとして表示されるのだろう。そのタイミングが意識して使ったとき、という感じだろうか？

——と、俺たちがそんな考察をしながら休んでいると、ユキが両手に持った木刀をブンブンしながら戻ってきた。そしてその後ろには、少し疲れたようなハルカの姿。

「ナツキ～！　良い感じの木刀を作ってもらったよ！　――って、休憩中？」

「です。トーヤくんがバテてしまったので。わ、見事ですね」

「ユキが色々注文を付けてね。あの強心臓は真似できないわ」

ハルカがため息をつきつつ、「今度、差し入れでもしようかしら？」と呟いているので、きっとそれなりの手間を掛けさせてしまったのだろう。

だが、ユキが嬉しそうに振る木刀は確かに見事で、曲がりなりにも刀と判る形になっている。

練習用なんだから、適当な長さの角材を面取りしてもらうぐらいで十分だろうに。

「では、せっかくですから、早速指導を始めましょうか。トーヤくんも動けますか？」

「指導なら問題ねぇよ。ナオはどうする？」

「あー、俺はしばらくここで魔道書でも読んでるよ」

よっと立ち上がり、俺の方を振り向いて尋ねたトーヤに、俺はそう答えた。

自主練でも良いんだが、さっき買った魔道書、実は結構気になってたんだよな。

「そう？　それじゃ、ナツキ、よろしくね」

木刀を構えるハルカたちから離れ、俺はマジックバッグから魔道書を取り出して腰を下ろす。

最初に選んだのは、基礎魔道書。トーヤ以外は読んだ方が良さそうな本なので、効率を考えるなら、他の三人が訓練している今読んでおくべきだろう。

今回買ったのは、本屋にあった二冊の基礎魔道書のうち、外装が傷んでいる代わりに安かった方なのだが、手荒に扱わなければ読むのに支障が出るほどではない。

俺はその本を膝の上に置き、丁寧にページを捲ると、頭からじっくりと読み始めた。

パタンと本を閉じ、俺は硬くなった身体をグッと伸ばす。

「ふぅ……そこまで、目新しい内容はないか」

俺たちの場合、スキルのおかげで感覚的に魔法が使えているのだが、この本はそれを体系的に纏めて、解説したような内容だろうか。

だが、目新しさはなくとも、無駄だったわけでは決してない。

喩えるならば、根性論のスポーツから、スポーツ科学にパラダイムシフトしたような——とまで言ってしまうと、さすがに過剰か。

それでも今後、より巧みに魔法を使うことを考えるなら、この本は必読書だろう。

「……一部には、初めて知る内容もあったし」

それは『魔力を消費しても気絶することはない』ということ。

正確に言うなら、『原理的には気絶するが、現実的にはほぼあり得ない』らしい。

例えば、人間が『気絶するまで走り続ける』こと自体は不可能ではない。

ただ、普通の人はその前に立ち止まって休む。

魔法を使うときも同様で、術者の意識レベルに問題が出るほど魔力が減少すれば、自然とそれ以上の魔力を出せなくなり、魔法は中断、もしくは失敗する。

魔法というものは、術者が魔力を注ぎ込むことによって完成するもので、決して魔法が勝手に魔力を吸い上げるものではないのだ。

例外として、錬金術師が作る魔道具は自動で魔力を吸い取るが、それは相手に魔力が潤沢にある場合のみで、普通の魔道具は魔力が少ない相手から過剰に吸収することはできない。

それ故、通常『魔力不足で意識を失う』ということは、ほぼあり得ないのだ。

「気絶を心配しなくて良いのはありがたいんだが、魔力を測る方法がないのはなぁ……」

本には『自身の魔力量を把握することは肝要である。特によく使う魔法に関しては、何度使えるのかを確認するのはもちろん、どのぐらい休めば回復するのかも把握するべきだ。それを疎かにすれば、戦闘に於いて思わぬ不覚を取ることにもなりかねない』と書いてあった。

つまり、そうやって『確認』しないと、魔力量は判らないわけで。

「訓練すれば、魔力量が増えるということがはっきりしたのも、ありがたいな」

最初に比べて魔法の威力、使える回数ともに上昇している実感はあったが、それが魔力量に由来するのか、それとも魔力の扱いに慣れたためなのか、よく判っていなかったから。

「あとは自分が努力するだけだが……あいつらの指導はまだ続きそうだな」

今はハルカとナツキ、ユキとトーヤのペアに分かれて、模擬戦形式で指導しているようだ。

う～ん、格好いいよな、短刀術って。なんか、忍者っぽくて。

ユキなんか小柄だし、黒装束とか着せたら似合うかもしれない。

色っぽい方面のくノ一は無理だろうが、【隠形】や【忍び足】など、それっぽいスキルも得たわけだから、案外はまり役かも？

「余裕ができたら、俺も習ってみたいところだが……今は【鉄壁】の訓練をしてみるか」

こちらも訓練はしていたのだが、未だ獲得には至っていない。

【筋力増強】とは違い、イマイチイメージが掴みづらいのだ。

魔力のバリアのような物をイメージして、自分で手や足をペシペシ叩いてみたのだが……。

叩こうとする手と、それをはじき返そうとする自分の意識。

攻撃と防御、相反するそれが混じり合って、頭が混乱する。

「誰かに手伝ってもらえれば一番だが……魔法、ぶつけてみるか？」

宿では攻撃魔法を使うわけにはいかないが、ここでなら問題ないし、魔法なら攻撃から着弾まで僅かに間があるので、当たる瞬間には防御のみに意識を集中できる。

「多少熱いぐらい……ミスっても軽い火傷で済むぐらいにしたいな」

普通ならこんな訓練お断りだが、この世界には治癒魔法が存在する。

火傷程度なら簡単に治してもらえるのだ。痛みぐらい我慢して、努力すべきだろう。

俺は超微弱な『火矢』を自分に撃つ……前に、近くの草で試し撃ち。

一瞬で焼けるような威力は論外。緑の草が乾燥する——いや、萎れるぐらいに調整。

数度の実験を経て、いざ実践。ズボンの裾を捲り上げ……。

「——っ！」

熱い！　けど、耐えられないレベルじゃない。熱湯を一滴落としたぐらいだろうか。

俺は、バリアー、バリアーと心の中で唱えつつ、自爆？　自傷？　を繰り返す。

そして、痛みに耐えつつ頑張ること暫し。

俺の足が真っ赤に染まった頃、ついに……。

「おっ‼」

放った『火矢』が、何かに阻まれるようにして消える。

——熱くない‼

「うぉっしゃぁぁ!!!」

思わず喚声を上げた俺に、ハルカたちが訝しげな表情を浮かべて近づいてきた。

「ナオ、いったい何——って、ホントに何してるの⁉」

俺の真っ赤になった足を見るなり、駆け寄ってきたハルカが素早く治癒魔法を唱えてくれる。

火傷をしたとき特有のヒリヒリした痛み。それがスッと引いていく。

「おお、すまん。正直、結構痛かった」

「どうしたの？　いきなり自傷行為に目覚めたわけじゃないでしょうけど……」

「ふっふっふ、実はな？　俺もついに【鉄壁】を——って、ないし！　違うし⁉」

ステータスに【鉄壁】のスキルがない！

代わりに【魔法障壁】ってスキルがある！

「ナオくん、大丈夫、ですか？」

ナツキ、その訊き方、別の意味に聞こえるからヤメテ。

「いや、実は【鉄壁】を獲得するために頑張ってたんだが——」

「その足はそれで……あまり無茶しちゃダメですよ？」

「うん、そこは調整してるから。で、物理的に叩く代わりに魔法を試していたんだが、それで取れたスキルが【魔法障壁】」

「え、【魔法障壁】？　そんなスキルもあるんだ!?　うふふふ、早速コピーしないと！」

「くっ、俺が痛い思いをして獲得したスキル、あっさり覚えるつもりかっ！」

嬉しげに笑うユキと、睨む俺。

スキルコピー、微妙と思っていたが、パーティーメンバーがいればかなり有効だよなぁ。

快く教えてくれる相手がいればこそ、ではあるが。

「でも、『教える』必要はあるんだから、程度の差はあってもユキも痛い思いはするわよね？」

「ほうほう。つまり、ユキに叩き込む魔法の強さは俺次第、と？」

ニヤリと笑う俺を見て、ユキは自分の身体を抱きしめ、距離を取る。

「えっ！　ナオは乙女の柔肌に痕を付けるつもりなの!?　責任、取ってもらうよ？」

「安心しろ。ハルカの治癒魔法は強力だ。な？」

「……治してあげるけど、程々にね？」

「酷い！　どうせなら止めてよ!?」

肩をすくめるハルカの手を握ってユキが抗議しているが、まぁ、実際には自分に使ったぐらいの威力に留めるつもり。俺は別にSじゃないので、女の子を痛めつけて喜ぶ趣味もない。

かといって、まったく痛みがないのでは、スキルも獲得できないだろう。

俺よりは短い時間で覚えられるはずだから、その程度は耐えてもらおう。

「それよりもユキとハルカは、短剣を使えるようになったのか？」

「ええ。【剣術 Lv.1】と【短刀術 Lv.1】が得られたわ」

「ハルカも？　コピーのあるユキは、すぐに取れるとは思っていたが……やっぱ俺も習おうか？」

あれぐらいの時間で【剣術 Lv.1】が取れるなら、覚えておいて損はない気がする。

狭い場所では槍より剣の方が使い勝手が良いし、携帯しやすさも上。護身用には最適だろう。

俺の才能がハルカに劣るとしても、半日も訓練すれば覚えられる……よな？

「覚えたいなら、教えてやるぞ？」

「そうだな、近いうちに頼む。だが今は【鉄壁】を覚えたいところ」

【魔法障壁】を覚えてしまったのは、ある意味、手違いである。

【鉄壁】か。【魔法障壁】の訓練を真似るなら、オレがビシビシと叩き続けてやろうか？」

「……実績もあるし、それでやってみるか」

「よし、任せろ！」

そう言って木剣を構えたトーヤに、俺は付け加える。

「俺も後から手伝ってやるからな？」

「……ははは、それは助かるなぁ」

乾いた笑いを浮かべながら木剣を地面に置いたトーヤは、改めてその辺の灌木から小枝を折り取ってきて構えた。うん、賢明な判断である。

あんまり痛いと俺が手伝うときに、つい力が入りすぎるかもしれないからなぁ？

「私たちは私たちで訓練、しましょうか」

「そうですね。【筋力増強】に【鉄壁】、それに可能なら【魔法障壁】も取りたいですね。生き残るためには重要なスキルですから」

「よしよし、あたしがしっかり指導してあげるからね！」

ハルカたちはそんなことを言いつつ、俺たちから少し離れて、訓練を始める。

「それで、オレは適当に叩けば良いのか？」

「おう。それでスキルが得られる、はず？」

「まるでパーティーアタックだな。オレたちの場合、簡単にＨＰが上がったりはしないが」

「そうそう、序盤(じょばん)で上げすぎると、後々困るやつ——って、随分(ずいぶん)古いな⁉」

「そうか？　あれって色々移植されてるから、古いかどうかは議論の余地がないか？」

「まぁ、俺もオリジナルではやったことないけど」

あれぐらい判りやすくステータスアップすれば楽なんだが、この世界、そんなに甘(あま)くない。

いや、ステータスが見えるだけ、ありがたいんだけどな？

「それじゃ、いくぞ？」

「来い！　——頭は止(や)めろよ？」

「解(わか)ってるって」

俺の周りを歩きながら、なんか少し嬉しげに、木の枝で俺の身体をパシパシと叩き始めたトーヤを睨み付け、その枝をはじき返すイメージを思い浮かべる。

先ほどの【魔法障壁】と何が違うのかと言われると困るのだが、それ以外にやりようがないのだから、仕方ない。

「おーい、ナオ、目が怖いんだが？」

「気にするな。気合いを入れているだけだ」

気軽に叩かれるのがちょっとムカつくのは確かだが、別にトーヤが憎いわけではない。

ぶっ殺す、ぐらいのつもりで気合いを入れているだけ。

そして、屈辱に耐えること暫し。叩かれる衝撃が少し軽くなったように感じた。

「――うしっ！」

即座にステータスを確認して、ガッツポーズした俺に、トーヤが手を止めて目を丸くする。

「あれ？　もしかしてもう獲得したのか？」

「ああ。【魔法障壁】を覚えたおかげか？　もしかすると、身体強化に関する魔力操作は似ているところがあるのかもな」

ステータスに燦然と輝く、【鉄壁 Lv.1】の文字。

先ほどに比べると、半分ぐらいの時間で取れたような気がする。

もっとも【鉄壁】の訓練自体は以前から試行錯誤していたので、それの影響かもしれないが。

「マジか～。じゃあ、攻守交代か？」

「そうだな。【魔法障壁】と【鉄壁】、どちらからやる？」

「【鉄壁】なら室内でもやろうと思えばできるからな。【魔法障壁】から行くか」

「そうか。じゃあ、腕か足を出せ。服が燃えると困る」

火傷は治癒魔法で癒やせるが、焦げた服は直せない。

ニヤッと笑って俺が促せば、トーヤは嫌々ながらズボンの裾を捲った。

「それじゃ行くぞ？」

「――よし来い！　覚悟完了だ！」

「良い覚悟だ。それじゃ、遠慮なく」

むき出しになったトーヤの足めがけて『火矢』を発射。

もちろん威力には細心の注意を払っているが……まだ身体に残る痛みのせいで、多少制御が甘くなってしまったのは、仕方ないよな？

「あっつぅ!!　お前！　これ！　マジでこの威力でやったのか!?」

魔法が当たった途端に飛び上がり、俺に信じられないものを見るような目を向けてくるトーヤ。

「概ね？」

僅かに威力は高かったかもしれないが、そこまでは違わないだろ。

もちろん、太股の内側、ちょっと柔らかい部分に当たったのは、ただの偶然である。

「もっとソフトに！　ソフトに！」

「仕方ないなぁ」

今度はもう少し集中して、膝頭あたりを狙ってやろう。

皮膚も厚めだし、少しはマシなんじゃないか？

「熱っ！　けど、耐えられる！」

「そりゃ良かった。ガンガン行くぞ？　頑張って耐えろ。そして【魔法障壁】を手に入れろ！」

「アドバイス！　アドバイスは⁉」

「考えるな。感じろ。——そう、魔力を！」

「なんか深そうで、全然深くない！　その魔力がわかんねーんだよっ！」

そんなトーヤの抗議を聞き流し、攻撃を続ける俺。

実際、『魔力って何？』と訊かれても、説明できないからなぁ。

無責任かもしれないが、魔法を喰らい続けていれば、そのうち感じ取れるんじゃないだろうか？

俺には、『なんとなくこんな感じ？』というあやふやなアドバイスしか言えない。

頑張れ、トーヤ。俺は応援しているぞ？　気持ちだけ。

それ以外にできるのは、容赦なく魔法をぶつけることだけなんだよ、悲しいことに——くくっ。

結局、トーヤの【魔法障壁】取得によって、その訓練が終わりを告げた頃、彼の両足はほぼ隈なく真っ赤になっていたのだった。

◇　◇　◇

「うぅ、ひでぇ目に遭った」

「えー、俺はトーヤのために、心を鬼にして頑張ったのに」

宿の部屋でベッドに寝転がりながらぼやいているトーヤに、俺は遺憾の意を表明した。

既にハルカの手により軽い火傷は完治し、【魔法障壁】も見事に得たのだ。

何の不満があるというのだろうか。

「嬉々として攻撃された気がしたのは、気のせいか？」

「気のせいだな。――数回で飽きたから」

「おい⁉」

最初の数回だけは、叩かれ続けた意趣返しの気持ちがなかったとは言えない。

だが、それ以降はただの作業である。しかも精密な。

「あの威力を保ち続けるのって、結構難しいんだぜ？　普通に使ったら足が吹っ飛ぶから」

そこまでいかずとも、気を抜けば大火傷になったのは間違いない。

「つまり、トーヤがもっと早く覚えれば良かった、とも言える」

「……しゃあないだろ。魔力なんかよく解らなかったし」

「覚えられたってことは、掴めたんだろ？」

「掴めたというか……気合いだな！」

曖昧だなぁ、おい。

それで成功しているんだから、構わないといえば、構わないのだろうが……。

「それじゃ、その気合いで【鉄壁】も覚えてくれ」

俺は立ち上がり、持って帰ってきた木の枝を取りだして、トーヤの尻をペシリと叩く。

「いたっ！　え、訓練続行なのか？　今日はもう成果、出しただろ？」

「うん、頑張ったな。だがハルカたちを見て、それを言えるか？」

「……あぁ、うん……もうちょい頑張るわ」

俺が【鉄壁】、トーヤが【魔法障壁】を取るのと同じ時間で、ハルカとナツキは【魔法障壁】、【鉄壁】、【筋力増強】の三つを取得していた。

ユキはユキで、ハルカから【魔法障壁】をコピーしてサクッと覚えてしまっている。

俺が協力するまでもなく。

つまり、トーヤだけ【鉄壁】と【筋力増強】を取れていない、ということである。

「あいつらが簡単に取得できたのは、魔力を把握しているからか？」

「その可能性はあるな。簡単かどうかは知らないが。二人は治癒魔法が使えるわけだし」

訓練を終えて帰る時、俺には打ち身が、トーヤには火傷があったが、三人はまったくの無傷。

だがそのことと、怪我をしなかったことはイコールではない。

短時間で全員が取得している以上、それなりに厳しい訓練をしたことはほぼ間違いない。

「トーヤ、目標は夕食の時間までに【鉄壁】の取得だ。多少はコツを掴めただろ？」

「ううぅむ、時間的には、不可能ではない、か？」

夕食までは、まだ数時間程度の猶予がある
トーヤが【魔法障壁】を覚えるまでの時間を考えれば、やればできるはず。

――指導はちょっぴり厳しくなるかもしれないが。

俺は暇潰し用の魔道書を手にベッドに腰掛けると、木の枝を振り上げる。

「尻なら容赦はいらないよな？」

子供の躾のときに尻を叩いていたのには、理由があるらしい。

他の箇所、特に頭などは軽い力でも当たり所が悪ければ危険だが、尻にはその心配がない。

真っ赤に腫れ上がったりしたら、座るときに痛いかもしれないが……命に別状はない。

「待て待て！　程々、程々にな？」

慌てて起き上がろうとしたトーヤの背にドカリと足を載せ、押さえつける。

「なっ！　起きられねぇ!?　おい、ナオ、待ってくれ！」

素の筋力ではトーヤに負けている俺だが、明らかに体勢が悪い――いや、俺的には良い。

それに加え、俺には【筋力増強】があり、トーヤにはまだない。それが答えである。

「頑張るんじゃなかったのか？　痛ければ必死になる。そうだろ？」

おかしなことを、と俺が首を傾げると、トーヤは手を振って言い訳を重ねる。

「ハルカかナツキに、『尻を治療してくれ』と言わなきゃいけないオレの立場になってくれ！」

「なるほど……頑張れ」

俺はニッコリと笑い、手に持った枝を振り下ろした。

幸いなことに、トーヤは存外簡単に【鉄壁】を手に入れた。

おそらくは、俺よりも短時間で。やはり痛みは有効ということか。

トーヤは尻をさすりながら恨みがましい目で俺を見るが、上手くいったんだから良いよね？

「良いわけあるか！　かなり痛かったぞ⁉」

「じゃあ、隣の部屋に行って、治してもらってこい」

「それは……夕食の時にする」

わざわざ女性陣の部屋を訪ねて『尻を治療してくれ』とは、さすがに言いにくいか。

夕食の時、ついでにという形ならまだマシ……？

俺なら、ハルカ相手であれば特に遠慮なく頼むのだが。ナツキならともかく。

「けど、そんなに痛かったか？　俺としては、しっぺぐらいのつもりで叩いていたんだが」

「オレ的にはそれ以上に痛かったぞ？　それに、しっぺだって何十発も喰らえば辛いわっ」

「うーむ、力加減を間違えたか？　——俺がハルカに頼んでこようか？」

服の上からだし、そこまででもないと思うのだが、【筋力増強】がお仕事をしたのだろうか？

「……いや、いい。我慢できないほどじゃねぇし」

トーヤは少し考えてから首を振ると、俺の方を見てニヤリと笑い、口を開いた。

「ところでさ、ナオ。話は変わるんだが……色街って、気にならないか？」

「突然なんだよ。ハルカたちがいないからと猥談か？」

「いや、だって、お前と二人だけになることって、ほぼなかっただろ？」

ユキたちと合流するまではハルカと同室だったし、それ以降も集まる際は俺たちの部屋。

トーヤと二人だけで、そんな話をする機会があまりなかったのは間違いないのだが……。

「気になるだろ？　ナオも。健全な男として。こっちに来て結構な日数が経ったし」

「まぁ、否定はしない」

この宿にはいないが、普通の宿屋の女給が〝客〟を取ることは珍しくない。

ナツキたちが働いていた宿もそうだったようだし、元の世界でも少し時代を遡れば、ごく普通に行われていたこと。それ以外に色街なども、ラファンには存在する。

「なら、行ってみたいとは思わないか？」

「そういう気持ちがまったくないと言い切ることはやや難しいと言わざるを得ないと認めることも吝かでない。——俺も男だから」

「回りくどい！　ならさ——」

そう言いかけたトーヤの言葉を、俺は手を上げて遮る。

「だがな、トーヤ。ハルカになんと言って金を貰う？　娼館行きたいから金をくれって？」

「うっ。かなり安い所もあるようだが……」

今のところ、多少の小遣い以外の報酬は、すべてハルカが管理している。

家を建てた後はパーティー資金と個人資金で分配しようと話しているのだが、現状の小遣いでは多分、まともな娼館に行くには足りないだろう。

「適当な言い訳は……色々マズいよなぁ」

「そうだな」

嘘はダメだろう。こういう状況、信頼関係は大事である。

それに、簡単にバレそうだし。

「コッソリ狩りに行くか？」

「それなら……って、違うだろ！」

猪の一匹でも狩ってくれれば二人分ぐらいは賄えるだろうが、それ以前の問題がある。

「ハルカにそういう店に行くな、って言われてただろうが！　忘れたのか？」

思わず流されそうになったが、こちらに来てすぐの頃、『性病の危険があるから、そういうお店に行っちゃダメ！』としっかり注意されているのだ。

にも拘わらず、行って病気になったら、どうなるか……。

「高レベルの光魔法には病気を治す魔法もあるみたいだが、どんな顔して頼むんだ？」

「……ナオでもさすがに頼めないか？」

「頼めるかっ！　最終的には治してもらえても、一生頭が上がらないぞ？」

例えば俺が痔になったとして、『治療のために患部を見せないといけない』となれば、恥ずかしいことは否定できなくても、そこは我慢して頼むだろうし、多分ハルカも治してくれる。

だが、止められていたのに娼館に行き、性病に感染、『治療のためにナニを見せないといけない』となれば……。

ハルカだって簡単には許してくれないだろうし、場合によっては頼むことを躊躇し、怪しげな治療薬とかに手を出して余計酷いことになるかもしれない。

「本番なし、手だけなら……」

こやつ、更にアホなことを言い出したぞ？

「なぁ、トーヤ、冷静に考えて、そこまで行きたいか？」

「う～ん……そこまでは？　行ったことも、縁もなかったから、ちょっと興味があるって程度？」

しばらく首を捻っていたトーヤは、あっさりとそう答える。

元の世界にいた時は年齢的にも、雰囲気的にも行きづらい場所だったのに、こちらだと結構オープンだから興味がわいた、ってところだろうか。

ただし、ウチの女性陣は現代的価値観を持っているわけで、それを敵に回す危険を冒してまで、娼館に行くほど切羽詰まっているかと言われれば、実際、そこまでではない。

「なら、どうしても我慢できなくなったら自家発電にしておけ。見ない振りをしてやるから」

「いや、むしろそのときは積極的に見張りをしてくれ。あいつら、気軽に入ってくるから」

「それもそうか」

「って、そんな真面目に話す内容でもないだろ」

「ふむ。『秘すれば花』だな」

なんとなくそんなことを言ってみたのだが、トーヤはきっぱりと首を振った。

「いや、それはまったく違う」

違ったらしい。

戦力向上のための訓練は、翌日からも続いた。

目標は二つ。前線を支えるトーヤとナツキが、複数の敵に対応できるようになること。俺たち後衛が、より多くの敵を殲滅できるようになること。

その過程で、後衛組のスキル表記上の魔法レベルが上がった。

でもこれ、魔道書で『レベル毎に設定されている魔法を使えただけ』でしかないんだよなぁ。

レベルが上がれば魔法の威力もグンとアップ、なんて都合の良い話はない。

戦力強化という点では、レベル3の魔法として載っていた『火球』が着弾時に爆発を伴うので、弱い敵の殲滅や牽制目的に有効そうなぐらいか？

威力はあるのだが、オークに直撃させてしまうと皮も肉も売れなくなってしまいそうなので、斃すときには今まで通り『火矢』で頭を狙うことになるだろう。

他方、直接戦闘に関しては、あまり成果が見えていない。

ステータス上では、俺の【槍術】もレベル3に上がったが、何かが劇的に変わる、なんてこともなく。【筋力増強】スキルにしても、全員が身に付けてしまったので、模擬戦をしたところであまり差が判らない。

以前よりも軽く武器が扱えるようにはなったので、有効なのは間違いないのだが……。

判りやすいものとしては、俺が新たに獲得した【韋駄天】スキルだろうか。

物理防御、魔法防御、筋力強化とくれば、あとは敏捷力強化と、それを目指してインターバルダッシュを繰り返した結果得られたのが、このスキル。

その直後、スキルを隠してトーヤと模擬戦、見事に圧勝したのだが、当然即座にバレた。

ユキはコピーであっさり取得、トーヤたちは俺と同じことをして、これまた数時間ほどで取得。

再び模擬戦の実力にほとんど差が出ない、という結果に落ち着いたのだった。

その日、オークの売却にギルドを訪れた俺は、ディオラさんから声を掛けられた。

「ナオさん、例のオーク討伐依頼、出ましたよ」

「へぇ、ついにですか。街道傍に出ましたか？」

街道までオークが進出してくるようになると、安全確保のために討伐依頼が出される。

そう聞いていたので、今回も当然――と確認してみれば、ディオラさんは苦笑して首を振った。

「いいえ、まだ目撃証言はありません。ですが、ナオさんたちのパーティーがコンスタントに持ち込んでいますから、かなりの数がいると判断されました」

原因は俺たちだったらしい。

「ナオさんたちは、森でオークリーダーを見かけませんでしたか？」

「通常のオークよりも大きい個体ですよね？　見かけましたね」

「やはり。巣があるのは確定ですね。以前も言いましたが、無理はしないでくださいね？」

「もちろんです。いくらお金を稼いでも、生きていてこそ、ですからね」

俺たちの目的は、第一に生き残ること。第二に一生それなりの水準で生活すること。

敵を斃して強くなるのも、お金を貯めるのもそのためなのだ。

死んだらなんの意味もない。

「では早速ですが、オークの魔石も含めて、買い取りをお願いできますか？」

「はい、では奥の方に」

いつものように四匹分の肉、それと貯まっていた魔石を出して売る。

魔石は一匹あたり三〇〇〇レアほどだが、買い取り価格が二倍になれば結構バカにできない。

俺は緩む頬を引き締めつつ、金貨の入った袋をしまい込み、ギルドを見回す。

当初こそ全員で売りに来ていた俺たちだったが、マジックバッグがあれば人手は不要。

最近は俺かトーヤに、女性陣が一人か二人、付き添う形で行動している。

今日はナツキと一緒に来たんだが、どこに……掲示板の所か。

「ナツキ、オークの巣の討伐依頼が出たらしいんだが、あるか？」

「はい、これですね」

ナツキが指さした紙の内容を要約すると、『森の奥にあるオークの巣を殲滅し、オークの上位種を討ち取れ』、『討伐が終了するまでは、オークの魔石を二倍の価格で買い取る』の二つ。

概ねディオラさんから聞いていた内容と同じである。

当然かもしれないが、放置され続けた場合にはギルド主催で討伐が行われることや、上位種の詳細については一切書かれていない。

「これを読んで、オークリーダーしかいないと考えて討伐に行くと、危険ですね」

「そうだな。あえてオークリーダーとは書いてないんだろうが、そのあたりは自己責任か」

上位種がオークリーダーか、オークキャプテンか、もしくはそれ以上か。

ギルドはそれを確認していないが故に、あえて『オークの上位種』と書いてあるのだろう。

これを見てどのような行動を取るかは、冒険者自身に任されているわけだ。

……単に、討伐を期待していない可能性も否定できないが。

「どうするか、帰ってからハルカたちと相談だな」

「そうですね。割も良いですし、可能なら討伐したいですが……」

俺たちは顔を見合わせて頷きあうと、ギルドを後にした。


「そうなの？　良いタイミングね。トミーから、例の短剣ができたって連絡があったわよ」

宿に戻り、オーク討伐依頼のことを話したハルカの反応がこれである。

「良いタイミングって、討伐に行くのか？」

「巣の殲滅はともかく、オーク狩りには行くでしょ？　そのために訓練してたんだから」

「そうだよな。オレも今なら、もっと素早く斃せる自信はあるぜ？」

「あたしも『火矢』一発で斃せるかな？　前回はハルカと共同で一匹って感じだったけど」

この前死にかけたから、もう少し躊躇するかと思ったんだが、案外全員アグレッシブである。

まぁ、死にかけたのは俺だけ、他はせいぜいかすり傷程度だったからなぁ。

ちなみに前回ネックとなった解体に掛かる時間。

その対応策として、とにかく口の広いマジックバッグもきちんと用意してある。

原料はオークの革で、魔法陣の刺繍はハルカたち三人の手による。

大きさが大きさだけに大変だったようだが、目的の機能を持たせることには成功した。

しかし考えてみればこのマジックバッグ、色々と使い道は多そうだ。

——人目に付かないように使えるなら、という前提はあるが。

マジックバッグに関しても、一度ディオラさんに相談してみた方が良いのかもしれない。

「では、まずはガンツさんのところへ短剣を受け取りに行きますか？」

「そうね。早く受け取って、森に向かいましょ。それで良い？」

「だな。訓練だけってのも飽きるからなぁ」

「あたしも同感。今日は天気も良いしね」

ここ数日続いていた曇天から一転、今日は秋晴れ。

気分的にはピクニックにでも行きたくなるが、俺たちが向かうのは殺伐とした魔物討伐である。

きっちりと準備を整え、足早にガンツさんの店へと向かえば、今日出迎えてくれたのは、ガンツさん本人だった。

「おう、お前たちか。もう受け取りに来たんだな？」

「はい。トミーは奥ですか？」

「ああ。トーヤは判るだろ。入って受け取ってこい」

ガンツさんの許可を受け、俺たちが店の奥に移動すれば、そこにあったのは作業場。

炉の前で仕事をしていたトミーがすぐに俺たちに気付き、振り返る。

「あ、皆さん。早かったですね？」

「ええ。せっかくだし、受け取ったらすぐに狩りに行くつもりだから」

「そうなんですか。では、早く渡してしまった方が良いですね」

そう言いながらトミーが取り出したのは、小太刀というにはやや無骨な代物だった。

俺の知る物に比べ、刃幅は一・五倍ぐらい、厚みも少し厚め。

やや反りのある形は小太刀に似ているのだが、柄の拵えや鍔はこの世界の一般的な剣に近い。

一緒に渡された鞘も簡素な物で、日本刀的な優美さや芸術性はほぼないと言って良いだろう。

少々残念にも思うが、これは実用品だし、髭もじゃに隠れて判りにくいが、明らかに睡眠不足で窶れている、それでいて目が爛々と輝いているトミーを見ると、文句は付けられない。

結構な無茶を言った手前か、ハルカとユキも黙って受け取り、軽く素振りをしてから頷く。

「それなりに重いけど、十分扱える範囲ね」

「そうだね。重心も悪くないし、このぐらいの長さなら扱いやすいね」

俺も試しに持たせてもらったのだが、バランスが良いのか、思った以上に重さを感じない。

最初の印象としては剣鉈みたいに見えたが、どちらに近いかと言えば、やはり小太刀だろう。

「小太刀っぽい物で、実用性重視という話でしたから、こういう形になりました。芯に粘りのある青鉄、その周りを魔鉄で包んで鍛えてあります」

靭性のある青鉄を硬い魔鉄で包んで作っているのか。

日本刀の製法を真似たんだろうが、どれほど効果があるのだろう？

「オークの皮を切り裂ける程度には、切れ味もあります。普通の鉄の剣と打ち合ったぐらいでは刃こぼれもしませんし、粘りもあるので簡単には折れないと思います」

魔鉄の剛性は黄鉄以上で、靭性は青鉄に少し負けるらしい。

だが、下手に複合構造とするよりも、魔鉄の単一構造の方が良さそうな気もする。

二種類の金属の接合面、性質の違いで上手く一体化しなかったりはしないのだろうか？

その疑問をトミーにぶつけてみると、彼はちょっと気まずそうな顔になる。

「正直に言ってしまえば、この剣に関しては、すべて魔鉄で作った時とほぼ同じ、もしくは僅かに負けるかもしれません。ただ、素材コストは節約できますし、ガンツさんレベルの腕があれば、この構造の方が丈夫になるみたいなので、方向性としては間違っていないと思います」

うーむ。まぁ、練習も兼ねて手間賃なしで作ってもらったわけだから、これ以上は贅沢だろう。

じゃなければ、ガンツさんに正規料金で頼めって話だし。

トミー君の今後の成長に期待、だな。

俺が小太刀を注文するときには、もっと良い物ができるかもしれないし？

「ちなみに、この剣とオレの剣とで打ち合ったら？」

「トーヤ君の剣の方がヘコむ、でしょうか。黄鉄相手なら少し刃こぼれするかもしれませんが、軽く研ぎ直せば良い程度で済むと思います。トーヤ君ならできますよね？」

「ああ、一応オレも、【鍛冶】スキル持ちだからな」

「鉈のように枝を切り払うのに使っても大丈夫ですから、かなり実用性は高いと思います」

「サブの武器だし、戦闘以外でも使えるというのは確かに便利だよな」

森で小枝や藪が邪魔なことは結構多いので、活躍する機会も多くなりそうである。

「……どうですか？　期待には応えられたでしょうか？」

「うん、あたしは良いと思うよ？」

「使ってみないと判らない部分はあるけど、悪くないわね」

不安そうに尋ねるトミーにハルカたちがそう答えると、トミーはパッと顔を輝かせる。

「そうですか！　ありがとうございます！」

「こちらこそありがとう。苦労したでしょ？」

「いいえ、とても良い勉強になりました。それに、少しでも恩返しができたなら……嬉しいです」

「かなり助かったわ。——それで、費用の方は？」

「それはガンツさんとお願いします。正直、僕はよく解ってないので……」

使用する素材はガンツさんと相談して決めているため、予算は超えていないようだが、実際にいくらになったかまでは把握していないらしい。

「そう、解ったわ。実際に使ってみての評価は、また知らせるわね」

「是非お願いします！　改良はしていきたいので」

「うん、今日、早速使う予定だからね。トミーもお仕事、頑張って！」

「はい。またのご用命、お待ちしてます」

仕事に戻ったトミーに別れを告げ、俺たちが表に戻ると、そこではニヤニヤと機嫌の良さそうなガンツさんが待っていた。

「どうだった？　悪くない出来だっただろ？」

「見た目や説明を聞いた範囲では、文句なしですね」

「あとは、実際の戦闘で使えるかどうかだよね。仕様は良くても性能がそれに満たない可能性もあるわけだし？」

「そこは心配ねぇぜ？　ウチだって商売だ。いくら弟子の練習を兼ねてでも、客の命を危険に曝すような物は渡さねぇよ」

「信用はしていますが、実戦はまだですから。――それで、いくら払えば良いでしょう？」

「そうだなぁ……二つ合わせて金貨八〇枚で良いぜ」

魔鉄を使って出来も悪くないのに、僅か八万レア？

俺の槍の半値近いんだが。

「予算より、かなり安いですね？」

「魔鉄は使ったが、サイズはやや小さいしな。ただし、使った感想――褒め言葉でも苦情でも良い、トミーには率直に言ってやってくれ。それがあいつの糧になる」

「解りました。ありがとうございます」

ハルカはそう言って頷くと、財布から金貨を取り出し、カウンターの上に並べ始める。

毎回のことなのだが、硬貨も何十枚ともなると数えるのが面倒くさい。

紙幣とどちらが数えやすいかは評価が分かれるところだろうが、持ち運びに関しては確実に紙幣の方が楽である。純金ではなくとも、金貨って結構重いから。

一応、金貨一〇枚に相当する大金貨が存在するのだが、これまで見たことはないんだよなぁ。

大商人は使っているらしいが、一〇万円程度の価値があると考えれば、普段見かけないのも仕方のないところなのだろう。おかげで財布担当のハルカは、毎回苦労することになるのだが。

今回も頑張って金貨を数えているハルカを尻目に、トミーが作った剣をじっくりと眺めていたトーヤは、ふと思いついたようにガンツさんに尋ねる。

「ガンツさん的には、この剣の評価はどうなんだ？」

「俺からすりゃあ、素材を生かし切れてねぇという評価になるが、弟子としての評価なら、良くやってる――つうか、驚異的だな。過去を詮索する気はねぇが、ただの素人じゃねぇよな？」

「ハハハ、そこはノーコメントで」

ガンツさんは顎に手をやり、ギロリと睨むように鋭い視線をトーヤに向けたが、トーヤは少し困ったような笑みを浮かべ、言葉を濁す。

まさか、『スキルはあるけど、まったくの素人です』とは言えない。

「まぁ良い。技術だけなら一人前に近ぇ。お前があいつの心配をする必要はねぇぜ？」

「そうか。なら良いんだ。今後もよろしく頼む」

「お前にはショベルの権利を譲ってもらった恩がある。それに一度採った弟子だ。心配せずとも独立できるまでは面倒を見てやるさ」

ガンツさんはそう言って、莞爾と笑った。


店を出たその足で、森へと向かった俺たちだったが、小太刀は戦闘前から役に立っていた。

森の奥へと踏み込むにつれて深くなる藪。普段はそれを、トーヤの剣で打ち払い、へし折り、踏みつけて道を作っていたのだが、これは非常に効率が悪い。

びにょんと跳ね返った枝に顔面を攻撃されること数多く、かなり時間もかかる。

だがトミーの小太刀ならスッパリと断ち切れるため、道作りは捗るし、反撃されることもない。

「切れ味の良さは見事ね。かなり楽になったし」

「そうですね。雑に扱っても大丈夫なのはありがたいですよね」

藪の切り払いだけを考えれば、鉈と草刈り鎌を買ってくれば良いだけではある。だが、マジックバッグからの出し入れも含めて考えるなら、小太刀だけで済むというのはやはり便利である。

「そろそろ、オークたちの領域だが……ターゲットとしては一〇匹前後だよな？」

「ええ。それ以下のグループがいたときは、それはそれで普通に狩れば良いと思うけど」

「二〇匹とか、そういうグループでの行動は……ないか？」

「オークの行動が食糧確保のための狩りであるなら、可能性は低いんじゃないかしら？　以前偵察した巣、一〇〇匹まではいなかったんでしょ？」

「そうだな、索敵した範囲だと、五〇匹程度だったと思う」

その時、巣にいなかったオークの数を考慮しても、一〇〇匹まではいかないだろう。

さすがに五〇匹も巣の外をうろついていれば、俺の索敵にもっと引っかかっていたはずである。

「オークの数からして、オークリーダーが複数いるのは確定でしょうが、オークキャプテンがいるかどうか、そこが問題ですね」

「あの時斃したオークリーダー、あれが巣の最上位ってのは、都合良すぎだよなぁ」

「そりゃねぇだろ。例えば……オーク三〇匹につきオークリーダー一匹、オークリーダー三〇匹でオークキャプテン一匹と考えるのは単純すぎか？」

「その比率で計算すると……オークキングは八一万匹のオークの頂点、ってことになるよ？」

トーヤの予測に、素早く計算したユキが疑問を差し挟む。

「むっ……さすがにそれはないか……？」

「この世界の人口を考えれば、簡単に国が滅ぶレベルだろ、それ」

こちらの人の身体能力は高めだが、それでも一般人にオークは斃せない。

門番をしている兵士でも、おそらく一対一では微妙だろう。

そう考えれば、八一万匹というのは非現実的。そこまで増える前に普通に国が滅ぶ。

「上位種一〇匹で、一つ上の上位種なら？」

「それなら三万匹だから、まだ現実的？」

それでも国が滅びそうなレベルではあるが。

「それぐらいと仮定すれば、オークリーダーがあと二、三匹。オークキャプテンはいないってことになるわね」

「ひとまずはそれを前提とするか。俺の索敵もあるし、危なそうなら逃げれば良い」

安全性確保の面で、【索敵】スキルの有用さはダントツである。

むしろこれがあるからこそ、俺たちの行動が成り立っていると言っても過言ではない。

強敵がいた場合、接触前に逃走に移れるのだから。

方針を確認した俺たちは、オークの巣を中心として円を描くように進み、オークたちを探す。

そして半周ほど回った時、俺の索敵に八匹のオークの集団が引っかかった。

オークリーダーらしき反応もなく、条件にはマッチしたカモなのだが……。

「どうする？」

難点は場所。万が一の撤退も考慮に入れると、できれば街道を背にして戦いたい。

この位置だと背後は森の奥。逃げるときには左右からオークの巣を迂回する必要がある。

「八匹なら大丈夫じゃない？　ナオとユキで四匹始末できれば、戦闘自体はすぐに終わるでしょうし、大きいマジックバッグも作ったんだから」

あれか。解体できる場所まで運ぶのが目的なので、空間拡張と重量軽減のみに特化したやつ。

はっきり言って、戦闘中よりも解体中の方が危ないんだよなぁ。

血の臭いを撒き散らすし、かかる時間は戦闘以上。

解体中の手は脂塗れで、咄嗟に武器を掴んでも戦いに支障が出る。

索敵を怠ることはないので、不意打ちの心配はあまりないが、獲物を放置して逃げることになるのは業腹である。

「分担は？」

「ユキとナオはさっき言った通り、後方の四匹を攻撃。可能なら一撃で斃して。私はその一匹手前。ナツキとトーヤはこちらに近い三匹を。それでどう？」

ハルカの指示に全員が頷いたのを確認し、オークの方へ向かう。

最近は少し経路にも注意して、風下から近づくようにしている。猪っぽいだけあって鼻が良いのか、風上からだとかなり遠くからでも気付かれてるようなのだ。【索敵】の反応からして。

可能なら足音もなんとかしたいが、今のところ【忍び足】を持っているのは俺とユキだけ。

それでも、全員が以前よりも静かに行動できるようになっているし、森ではいろんな音に紛れるので、あまり心配はしていない。

そうやって警戒しながら近付くこと暫し。

オークたちの姿が視界に捉えられるようになったころ、向こうもこちらに気付いた。

うーむ、不意打ちを成功させるためには、要精進ってところか。

「来るぞ！」

オークたちがこちらにドシドシと走ってくるのに合わせ、俺たちも最適な位置へと移動する。

ナツキとトーヤの間合いに入る直前、俺とユキはタイミングを合わせて『火矢』を発射、後方の四匹が斃れる。

それに動揺したオークの隙を突き、二人が切り込んだ。

ナツキの槍は一撃必殺。身長の差を利用して、顎下から頭を貫く。

トーヤは剣で膝を砕き、崩れてきたオークの頭をかち割る。

ハルカは一匹のオークを三本の矢で仕留め、最後の一匹も、ナツキの槍の一刺しとトーヤの追い打ちを喰らい、僅かな時間で地面に沈んだ。

その結果を見て、俺は「ふぅ」と安堵の息を吐く。

戦闘時間としてはほぼ一瞬。結果も上々。

オークにほとんど抵抗する間も与えずに斃しきり、俺やユキは武器を振るうことすらなかった。

「この数だと余裕があるね」

「そうだな。【筋力増強】のおかげで威力も増したし」

「そういえば、膝を砕いていたな」

なんというか、『ゴシャリ』とでも表現するような、嫌な音を立てていた。

その直後の、頭蓋骨を砕く音もかなりアレだったが。

「前回は攻撃しても砕けなかったからなぁ」

「ん？　確か、最初に戦った時に折ってたよな？」

「あれは【チャージ】を使ったシールドバッシュだろ？　剣だけだとダメだったんだよ」

助走なし、膂力だけで砕けるようになったのが進歩、ってことらしい。

「解体のことを考えると、微妙だけどね。一番綺麗に斃すのはナツキよね」

「うっ……そう言うなよ、ハルカ。崩さないと届かねぇんだから」

三メートルほどの高さにあるオークの頭は、トーヤが普通に剣で攻撃するには高すぎる。

以前の戦闘ではジャンプして直接狙ったようだが、受け止められた上に力も入りづらいので、それ以降は控えているらしい。

ついでに言えば、空中にいる状態は案外無防備だし、これは賢明な判断だろう。

「ナツキのように、下から狙うことはできないの？　槍みたいに鋭くはないけど、刺さらないわけじゃないでしょ？」

「いや、ナツキは毎回、あっさり成功させてるけどさ、腕の隙間を縫ってあそこを的確に貫くって、めっちゃ高度だぜ？」

「俺も同意。あれは難しい」

試してみたことはあるが、普通に対峙している状態で狙うのはほぼ不可能。

不意打ちに成功したとしても、俺の今の技術では無理だろう。

「そうなの？　さすがね、ナツキ」

「恐縮です」

ナツキは照れたように微笑むが、賞賛されているのはその表情に似合わない物騒な行為である。

「ねぇねぇ、それより早くオークを片付けない？　危ないよ？」

「そうね。血の臭いが漂ってるし、急ぎましょうか」

大型のマジックバッグをハルカたちが広げ、そこに俺とトーヤでオークを放り込む。

このサイズのオークを二人で運べるのも【筋力増強】のおかげ。作業が捗る。

「でも、こうやって見ると異様だね……」

「はい……」

ユキとナツキが言っているのは、オークがマジックバッグに入る様子のこと。

ハルカたちが作った袋はちょっと変わった縫製になっていて、直径二メートルぐらいの楕円形に広がるにも拘わらず、その深さは二〇センチほどしかない。

そこにオークの巨体がするりと飲み込まれるさまは、かなり不思議な光景である。

マジックバッグに大量の荷物が入るところは、これまでも見てきているが、『一つなら入る』物が何個も入る光景と、『一つも入らない』大きさの物が飲み込まれる光景は一線を画している。

「いいじゃねぇか、便利なんだから。考えても無駄だろ？」

「さすがトーヤ、単純ね」

「不思議といったら、魔法全般が不思議だろ？　『そういうもの』という認識で良いと思うがな。――よし、これでラスト！」

最後のオークを放り込み、マジックバッグを畳めば、そのサイズはレジ袋に突っ込める程度にまで小さくなる。

この中に数トンのオークの死体が……うん、トーヤの言う通り、考えるだけ無駄だな。

「さて、どうする？　もう森から出て解体するか、それとももう少し戦うか」

「私は戦いたいわね。小太刀もまだ使ってないし」

「いや、ハルカがそれを使う状況って、ヤバい状況だろ？　使われない方が良いんじゃ？」

「そうなったときに備えての検証でしょ。危険な状況でいきなり実戦投入とか、不安じゃない」

「同感。あたしの場合、小太刀がメインの武器だけど」

「まぁ、あえて反対する理由はないな。無理せず試せる状況があればだが」

検証作業で大怪我、とか本末転倒（ほんまつてんとう）すぎる。

「当然でしょ。命大事に。それが私たちの大方針だからね」

「ということで、ナオ、良い感じのオークを見つけてね！」

「それはオークに言ってくれ」

数と場所、共に都合の良いオークがいればいいんだが……。


数時間後、俺たちが森から出た時、マジックバッグ中のオークの数は一八匹にまで増えていた。

残念ながら最適なオークはいなかったが、全員で状況を作り出すことで、ユキはもちろん、ハルカも一人でオークの一匹と対峙し、小太刀で斃すことに成功した。

ユキの方はともかく、ハルカはこれがほぼ初めての接近戦。いつでもフォローに入れるよう身構えていたのだが、結局誰の手も借りずに斃しきってしまったのだ。

結果として、オークの皮はボロボロになり売り物にならなくなったが、小太刀ならハルカの力でもオークの皮が切り裂けることが判ったのは収穫（しゅうかく）だろう。

森を出た後は解体作業。

新しく購入（こうにゅう）した解体用ナイフや小太刀も使用し、前回よりもサクサクと作業を進めていく。

しかし、一八匹ものオーク。肉の量も膨大だが、廃棄部分も膨大である。

森の中であれば、放置しても獣が一晩で片付けてくれるのだが、街道脇のこの場所でそれは期待できないし、見た目がかなりヤバい。

悪魔でも召喚できそうなぐらいにヤバい。

斃した時点でかなりの血は流れ出ているはずだが、解体時に血抜きした分だけでも、風呂桶一杯ぐらいは優にある。何も考えずにやっていたら、辺りは血の海である。

放置したら、確実に苦情が来るだろう。

ギルドにオークを持ち込んでいるのは俺たちぐらいなので、きっと特定も容易。

なので今回はユキの土魔法を活用し、大きな穴を掘って血と内臓をそこに処分することにした。

最後に穴を埋め戻し、問題ないことを確認してから、俺たちは町へと引き上げたのだった。

◇　◇　◇

「今日の反省会～～！」

「……どうしたの、ユキ、いきなり。大丈夫？」

宿の部屋に戻るなり、突然そんなことを言ったユキに、ハルカが訝しげな顔を向けた。

「大丈夫って、酷いね!?　やるでしょ、反省会」

「そりゃするけど……」

「たまにはタイトルコールが必要かと思って。いつも流れで始めてたから」

「メリハリを付けよう、ということですか？　そうですね、悪くないと思います」

うんうん、と少し嬉しげに頷くナツキに、ユキはちょっと困ったような表情で苦笑した。

「いや、なんとなく言っただけで、きっちりやろう、という話じゃないんだけどね」

「そうなんですか……」

ナツキが少し残念そうな顔になる。

俺たちの中では一番真面目だからなぁ、ナツキは。

他のメンバーは、多少差はあれ、やることやってればそれで良いよね、というタイプである。

夏休みの宿題で言うなら、ナツキは毎日少しずつやるタイプ。

ハルカとユキは受け取ったら数日で終わらせるタイプ。

俺は気が向いたときに、数学なら数学だけを一気に終わらせる。

それを何度か繰り返し、夏休みの半分ぐらいですべて終える。

トーヤは結構適当で、始まってすぐにやってしまうこともあれば、終わり間近に一気にやることもあり、場合によっては提出直前まで引っ張ることもある。

それでも遅れることはないのだから、これも一種の才能かもしれない。

「反省会か……取りあえず、特訓の成果は出ていたよな？」

「ああ。——スキルの成果という方が近い気もするが」

「スキルも特訓の成果だろ。特訓して身に付けたんだから。結構、痛い思いをして」

幸い【鉄壁】と【魔法障壁】の出番はなかったが、【筋力増強】と【韋駄天】については、十分に効果を発揮していた。

「魔法もかなり便利になったよね。あたしとナオで一度に四匹斃せるのは大きいよ」

「私は……一人で複数を相手にする戦い、それを試してみても良かったかもしれません。今日は大丈夫でしたが、巣の殲滅を目指すなら、そういう状況になることも考えられますから」

「ハルカたちの接近戦に関しては、あんなものだろうな。極論、斃す必要はないんだから」

ユキは少し中途半端だが、ハルカは完全な後衛。

怪我をしないように時間を稼いで、誰かの介入を待つのが正しい選択だろう。

ナツキがいるとはいえ、治癒担当のハルカが脱落するリスクは、可能な限り避けるべきだ。

「私としては、弓の威力が気になるかしら。今の弓だと、オーク相手には少し不足なのよね」

ハルカが弓のみでオークを斃す場合、平均すると三本程度の矢を費やしている。

急所に上手く当たれば一本で斃せることもあるのだが、胴体に当たった場合の効果は微妙。

弾き返されたりはしないが、致命傷には程遠い。

「つまり、もうちょっと強い弓を、ってこと？」

「【筋力増強】があるから、それも手かな、とは思う」

軽く引けるようになった分、速く撃てるようにはなったが、弓の性質上、威力は変わらない。

手のぶれも減って精度も上がっているが、急所狙いは射線が通ってこそ。

急所以外でも大きなダメージを与えられる威力が欲しいらしい。

「確か、火魔法には『火炎武器(エンチャント・ファイア)』ってあったよな？　あれは？」

「まだ使えないが、使えたとしても『火矢(ファイア・アロー)』を使う方が速いだろ」

俺が『火矢(ファイア・アロー)』を直接放つ方法と、ハルカの矢に『火炎武器(エンチャント・ファイア)』をかけて、それをハルカが射る方法。時間的には、ほぼ確実に前者の方が速いだろう。

『火炎武器(エンチャント・ファイア)』の威力が高ければ一考の価値はあるが、今のところ発動にすら成功していないので、机上の空論である。

「……それもそうか。矢も消費しねぇしなぁ」

「ハルカも攻撃魔法を覚えたら良いんじゃないかな？　風魔法や水魔法にも攻撃魔法はあるし、ハルカなら火魔法も覚えられるよね？　魔道書に載ってない魔法を作るって手もありかも？」

「私としては、治癒魔法のために魔力は温存しておくべきかな、と思ってるんだけど」

「あ、それもあるのか……」

実戦よりも訓練で活躍している治癒魔法だが、その保険があるという安心感はやはり大きい。

そう考えればハルカの言い分はもっともだったが、ナツキがそれに異を唱える。

「構わないんじゃないでしょうか。私の光魔法もレベル3になりましたし、私は戦闘時に攻撃魔法を使いません。極論、私を治せるだけの魔力が残っていれば――」

「他の人はナツキが治せるわね。なら、少し練習してみようかしら。ナオ、よろしく」

「俺が教えるのか？」

「だって、攻撃に関しては火魔法が一番簡単でしょ？」

「ま、そうだな。魔道書でもレベル1から攻撃魔法が載ってるし」

他系統の魔法で攻撃魔法が出てくるレベルは、3から5の間。

光魔法に関しては、攻撃魔法自体が載っていない。

魔法の自由度を考えれば使えないことはないと思われるが、光魔法使いに求められるのは、やはり治癒能力なのだろう。

「それじゃ、次に狩りに行くのは、ハルカが攻撃魔法を使えるようになってから、か？」

「ですね。オークの数を考えると、次は巣の殲滅になると思います。その方が安心です」

偵察時に確認したオークの数と、それ以降に俺たちが斃したオークの数、二八匹。

それを合わせて考えれば、在庫（？）はもう枯渇気味のはず。

ナツキの予想は、おそらく正しい。

「それじゃ、それを目標にして、各自頑張りましょう」

ハルカの締めの言葉で、その日の反省会は区切りとなった。

翌日から、俺たちは再び訓練を始めた。

俺たちが土に塗れ、血を流し、魔法に打ち据えられたりしているその横で、見る見るうちに家が形になっていく。——というか、建築速度が滅茶苦茶速い。

一般的な建築速度なんて知らないけど、これ、普通じゃないよな？

しかも人が多い。雑用のアルバイト的な人はともかく、大工だけでもかなりの人数がいる。

正直、こんなに大工がいても、この町では仕事がない気がするのだが……。

「あぁ、それ？　私も疑問だったから聞いてみたんだけど、この町の特産品って家具なんだって」

ハルカ曰く、彼らは普段家具を作っている大工で、家などの建築工事が入ると、互いに声を掛け合って、一緒に請け負うらしい。

すぐに現金が入る建築工事は大工にとってもありがたく、発注者としても短期間で作ってもらえるのでありがたい。

そんなわけで、この町ではこの形態が定着しているのだとか。

「家具生産……初めて知った」

「うん、私も。今まで、そんなことを気にする余裕もなかったからねぇ」

自分たちの住んでいる町の産業よりも、まず自分たちがどう生活していくかの方が大事だったのだ。そこは仕方ない、というものだろう。

「でも、なんで家具？　理由はあるのか？」

「一応あるみたいね。この町の北、山麓のあたりで採れる銘木を使った特産品を作ろう、ということで始めたのが家具作りなんだって」

「ふーん……あのあたりで、伐採なんてしてたのか」

危険なので近寄るな、と言われた覚えはあるが。

もしかして、大事な資源なので保護されていて、近寄ったら罰則があるとかだろうか。

例えば屋久杉のように、昔は伐採されていたが今は禁止されている、的な？

「いいえ、今は伐採はされてない、というより、できないみたいね」

昔はあの辺りに出てくる魔物も、強くてオーク、ごく稀にオーガーが現れて大騒ぎ。

そんな感じだったらしいが、いつの頃からか少しずつ魔物の脅威度が上がっていき、銘木の買い取り価格と危険度が釣り合わなくなる。

結果、伐採に行く木こりを護衛する冒険者がいなくなり、銘木も手に入らなくなった。

「だから、今僅かに残っている銘木は、かなり価格が高騰しているみたいよ？」

「じゃあ、あの大工たちは？」

「今は南の森から採れる木を使って、普通の家具を作ってるんだって。昔の銘木バブル？　その頃に磨いた腕があるから、それなりに引き合いはあるって」

ほうほう。希少な素材に依存せず、腕もきちんと磨いていたのか。凄いな。

もしくは、腕を磨かず適当な仕事をしていた大工は、淘汰されただけかもしれないが。

「それなら家の品質は心配なさそうだな」

「ええ。予算もケチってないから、そこは安心だと思うわよ？」

そう言ってハルカが視線を向けた先では、家がだいぶ姿を現し始めていた。

柱は既に立ち上がり、屋根もできている。

今は壁や床に取りかかっている最中で、それらの素材は基本的にすべて無垢材。

一部に漆喰の塗り壁と石畳という構造となっている。

「……こうやって見ると、断熱材とか、使わないんだなぁ」

「そうね。日本なら、壁材の裏にグラスウールや発泡ウレタンを詰めるところよね……寒さ、暑さは大丈夫かしら？」

「天井裏にも断熱材、ないしな」

この国の一般的な工法なので大丈夫だと思いたい。

思いたいが、実は我慢しているだけ、という可能性も否定できない。

「錬金術でなんかそんな素材、作れないのか？」

「どうかしら？　作れたとしても、グラスウールは後から施工しにくいわよね。発泡ウレタンなら穴を空けて注入できるかしら？」

「いや、単純な構造だし、普通に板を剥いで打ち付け直しても大丈夫だろ」

それぐらいなら俺たちでもできそうだし、素直に大工に頼んでも良い。

現代的な『石膏ボードの上に壁紙』のような構造なら大仕事になるが、ただの板ならそのへんは融通が利きそうである。

「……一年過ごしてみて、不都合があるようなら、考える、ってことで」

「そうだな。案外、過ごしやすいかもしれないしな」

現代人メンタルな俺たちに、どこまで我慢できるか判らないが。

昔の日本人は障子、だったんだよなぁ……冬の寒さとか、よく耐えられたものである。

「──あ、そういえば、火魔法、レベル2に『暖房(ワームス)』ってのがあったな」

「そういえばそうね」

「更に、レベル5には『防冷(レジスト・コールド)』、レベル6には『防熱(レジスト・ヒート)』。上手くすれば『冷房(クールズ)』も作れる、か？」

「それは、火魔法の習得意欲が湧(わ)く話ね」

本来の使い道は、屋外活動時や極限状態での安全対策に使う魔法なのだろうが、普段の生活で使ってもまったく問題はないだろう。

唯一(ゆいいつ)の問題点は、使い続けて俺の魔力が持つか、である。

ハルカが使えるようになれば、過半数が火魔法を使えるわけで、負担はぐっと減る。

二人が使えて三人が使えない状況と、三人が使えて二人が使えない状況はまったく違うのだ。

具体的には負担が半分以下。

「よし、ハルカ！　火魔法の習得、頑張れ」

「ええ、快適な生活のために！」

とても良い笑顔で、手をぎゅっと握るハルカ。

……当初の目的とは少し変わった気がするが、意欲があるのは良いことである。

ハルカが『火矢(ファイア・アロー)』を使えるようになるまでにかかった時間は、三日だった。

この結果に、〝目的〟に対する意欲が影響したのかは不明だが、一度使えるようになってしまえば魔力の扱い自体は他系統の魔法と大きな差はなく、二本同時の『火矢(ファイア・アロー)』もすぐに習得した。

その威力も申し分ないので、オークも軽く斃してくれることだろう。

「それじゃ、いよいよオークの巣の殲滅に向かうことになる、のかな？」

「そうですね。今の私たちなら、なんとかなると思います。懸念すべきは、オークリーダーが少なくとも二匹、場合によってはそれ以上いるかもしれないってことですが」

これまでに斃したオークの数は八〇匹ぐらい。

オーク三〇匹でリーダー一匹と換算するなら、ナツキの懸念はほぼ確実に当たる。

「前回、ナツキが抑えてくれただろ？　今回はオレも抑えるし、その間に残りのオークを殲滅して、三匹いたときは……ナオ、頑張れ！」

「俺!?　……仕方ない、のか？」

ハルカは論外。武器を変えた今のユキでも難しいだろう。

そうなれば、残るは俺だけ。それは自明なのだが、俺があの巨大なオークリーダーに対処できるかと言われると……不安しかない。

「三匹いた場合は、戦闘を避けるべきでしょう。ナオくんの索敵頼りにはなりますが」

「そうね。ナオに任せるのはリスクが高いわ。一番は戦端を開かない。戦闘中に乱入されたら、場合によっては撤退も視野に入れるという方針で行きましょ」

「ナオだと、オークリーダーの一撃でぺしゃんこだしねー」

……うん、俺もそう思うんだけど、ちょっとモヤッとするのは仕方ないよね？

頼りないと言われているようなものだし？

「なら、その基本方針で行くか。ナオも良いか？」

「――おう。無謀なことをするつもりはないさ」

さすがにここで意地を張って、『俺が戦う！』と言うほどには子供じゃない。

失敗すれば俺だけではなく、ハルカたちの命も危険に曝すことになるのだから。

「それじゃ、明日は休養日にして、明後日、本番といきましょうか」

「そうですね。万全に整えて、事に当たりましょう」

ボス戦前にＨＰ、ＭＰを全回復する、基本だよな。

「休みかぁ……なにすっかな？」

「いや、休めよ、トーヤ。肉体的疲労はお前が一番だろ？」

休みを前にした子供のようにソワソワと――正にその通りなのだが――しているトーヤに、俺は思わずツッコミを入れる。

トーヤ以外は武器と魔法の両方を扱うのに対し、トーヤは武器のみ。

訓練内容も肉体的なもののみとなり、俺たちの誰よりも身体を酷使している。

「えー、別に疲れてねぇし。宿で寝てても暇だろ？」

「俺も『寝てろ』とまでは言わないが……じゃあ、何をするんだよ」

「だから、それを考えるんじゃないか。一般的な男の冒険者は何をするんだろうな？」

トーヤは少しだけ『男』に力を入れ、チラリとハルカたちを窺う。

――こやつ、もしかしてアレを諦めてなかったのか？

一般的な冒険者の娯楽(ごらく)なんて、男女問わず『飲む、打つ、買う』。

既に『飲む』は対象外となっているし、素人が勝てるはずもない『打つ』も論外だろう。

だからといって、ハルカが『お小遣いあげるから、買ってきて良いわよ』と言うことも、『みんなで買いに行きましょうか』と言うこともあり得ないと思うぞ？

いくら男女関係なく、そういうお店があるとしても。

というか、俺だってハルカがホストに貢(みつ)いだりしたら嫌だし？

「あっ！　あたし、家具を見に行きたい！」

それを解ってなのか、まったく関係なくなのか。

ピッと手を挙げたユキから出されたのは、そんな提案だった。

「え、家具？　家具って……家具？」

思惑(おもわく)を外され、目を瞬(しばた)かせて何度か聞き返すトーヤに、ユキは平然と頷く。

「家具だよ？　ベッドとか、チェストとか、テーブルとか、そういうの」

「まぁ！　良いですね。家の方はあまり希望を反映させる余地がありませんでしたが、家具は自分好みで良い物を買いたいです」

「そうよね、家を買ったら、家具は必要よね。私も賛成……だけど、見に行けるような家具屋さんってあるの？　工房(こうぼう)で打ち合わせして注文するんじゃないの？」

「ふっふっふ。あたしに抜かりなし！　きちんとシモンさんに訊いておいたよ。お金持ちとか貴族向けの展示場があるんだって」

ドヤ顔のユキが説明してくれたところによると、この町の家具工房が共同で運営している、家具の展示場という物が存在しているらしい。

そこはお店というよりも仲介所のようなもので、展示場で気に入った家具を見つけたら、それを作った工房を紹介してもらい、改めて注文するような形になるらしい。

「もちろん『同じのを作って』と頼むのもありだけどね。良いと思わない？　あたしたちの場合、いきなり工房に行って、注文するのもハードルが高いよね？」

「良いと思いますが……入れるんですか？　私たちみたいな冒険者が」

「ご安心！　ちゃんとシモンさんにお願いしておいたから。ふふ～ん♪」

「ユキ、お手柄ね！　それじゃ、明日はそこに行きましょう。――トーヤはどうする？」

尋ねるハルカの声が微妙に冷たく聞こえるのは、きっと気のせいではないだろう。

トーヤは微妙に焦ったように、耳をピクピクッと震わせながら、即座に答えた。

「も、もちろんオレたちも行くさ！　なぁ、ナオ」

「え？　俺は当然付いていくつもりだったぞ？　ハルカが訊いたのは、お前だけだろ？」

つか、こっちを巻き込むな！

俺は関係ないんだから！

「そう。それじゃ、明日はみんなで家具を選びましょ」

「楽しみですね、ナオくん、トーヤくん」

穏やかな笑顔を見せるナツキの言葉にさえ、含みがあるように聞こえるのは、絶対にトーヤのせいである。当然俺たちは、素早くコクコクと頷いたのだった。

ユキに案内された展示場は、町の中心からやや東寄り、大きな通りに面した所にあった。

ここは何度も通った道だが、それでも存在に気付いていなかったのは、その外観からは何の建物か想像が付かなかったからである。

対象とする人が限られるのだから、きっとそれで構わないのだろう。

しかし知ってから見れば、建物の作りもちょっと高級っぽい気がする。扉とか、そのへん。

「……入って大丈夫、なんだよな？」

「大丈夫だと思うよ？　ダメって言われたら、シモンさんに紹介状でも書いてもらおうかな？」

と言いながら、物怖じもせずに扉を開け、中に入るユキ。

それにナツキとハルカが続き、俺とトーヤも顔を見合わせて後を追う。

「いらっしゃいませ。あなた方は……」

出迎えてくれたのは、年配の男の人だった。

「シモンさんから紹介されたユキと申します。家具を拝見させて頂ければ、と」

彼は普通に挨拶をしながらも、少し訝しげに俺たちを見回す。

「おぉ、あなた方が。お世話になっております」

少し目を見開き、笑顔になって男性はそう言うが、俺にはイマイチ心当たりがない。

「家の建設ですよ。私の工房からも数人、大工が出向いていますので。申し遅れました。現在、ここを任されておりますクロウニーと申します」

「あぁ、それで」

単なる社交辞令ではなかったようだ。

なお、この展示場に常駐(じょうちゅう)する人は各工房の持ち回りで、今の担当は彼らしい。

「現在、他のお客様はおられませんので、展示品はご自由にご覧ください」

「ありがとうございます」

許可を得た俺たちは、展示場の中を歩き回って家具を見ていく。

全体的にシックな色合いの物が多く、ビビッドなカラーの家具は存在しない。

革張りのソファーとか、布張りの椅子(いす)とか、それなりに鮮(あざ)やかな色を使った物もないわけではないが、基本は木を生かした形の家具がほとんど。現代の家具量販店(りょうはんてん)などとは、少々趣(おもむき)が異なる。

ルアー作りに使ったような、カラフルな塗料(とりょう)も存在するんだが……。

「あまり、派手な色の家具はないんだな？」

俺と同じ感想を持ったのかトーヤが口にした疑問に、クロウニーさんは頷いて答える。

「この町の家具作りは、銘木を使った家具を作り始めたことが興り(おこり)ですので。杢(もく)の美しさこそ銘木の価値と言っても過言ではありません。必然、それを生かすような家具が多くなります」

杢とは木の表面に現れる年輪などの模様のことであり、この美しさ、珍しさによって同じ種類の木でも値段がまったく異なる。ただし、基本的には見た目だけの話で、同じ種類の木であれば性能面に大きな差は――少なくとも、値段の差ほどにはない。

つまり、これを隠すような塗料を塗ってしまうと、何の意味もなくなるわけで。

「必然的に、木地を生かした物になるわけね」

「そういうことです。北の森の銘木を使っていた頃はもう少し色のばらつきもあったのですが、最近はなかなか……。ここにある変わった色の物は、後から着色した物がほとんどですね」

なんと銘木の中には、そのままの木地で真っ赤に近いような物や、黄色や緑、更には青なんて物もあったらしい。赤はまだしも、青とは……さすがは異世界である。

「なるほどなぁ。オレは普通ので良いけど……おっ、このタンス、ちょっと良くね？」

トーヤが目を付けたのは、腰丈の濃い赤墨色をしたタンスだった。

飾り気のない取っ手で実用性重視、主張しない感じが良い。

「色も良いし、俺も結構好きかも。服もあんまり持ってないから、この程度でも十分だよな」

「ほぉ、お目が高い。そちらは良い物ですよ？　お値段は一二万レアぐらいからとなりますが」

「高っ⁉　え、これって一竿そんなにすんの？」

トーヤが目を剝く。そして声こそ漏らさなかったが、俺も同感である。

金貨一二〇枚。俺の槍よりちょっと安いぐらいの……ん？　そう考えるとあんまり高くない？

ダメだ、金銭感覚が混乱している。

「トーヤ、比較対象がイ〇アとかニ〇リになってない？　職人が手作りする上質な物なら、それぐらいするわよ？」

「ですね。作りも良いですし、十分にその価値はあると思います」

ハルカが少し呆れたように、そしてタンスをじっくりと観察したナツキも、そんな風に言う。

ナツキの目利きは信用できるので、実際良い物なのは間違いないのだろう。

だが、それが自分たちに見合う物かどうかは別問題なのだが。

「はい。ご購入なさる際には、少し高いと思われるかもしれません。しかし家具とは、私たちよりも長く生き、子々孫々と引き継がれていく財産なのです。買って損をするような品物は、少なくともこの展示場では扱っておりません」

「そのようですね。いずれも良い物ばかりです」

「でも、タンス一竿にそんだけ出しちゃうと、厳しいよ？　少なくとも全員分のベッドは必須なんだし。トーヤがお金を貯めて買うなら良いけどね？」

「あぁ、いえ、そちらの商品が少しお高めなのは杢が美しいからです。そこにこだわらなければ、同等のタンスでも一〇万レアを切るお値段でご提供できるかと」

トーヤが目を付けたタンスは杢の美しさに加え、木地も自然のまま着色されていない貴重な物。

デザインのシンプルさも、それらを際立たせるためにそうなっているらしい。

「おぉ、それなら――」

「待て、待て、待て。数十万円のタンスを買えるような身分か、お前は？」

なんか乗り気になっているトーヤの手を引き、俺は囁く。

オーク二、三匹分と考えれば、とんでもなく高いとは思わないが、俺たちにはまだ家の半金が残っているし、自分の所持金と言えるのはお小遣い程度。とても手が出る額ではない。

このぐらいの家具を検討するなら、せめて報酬を各自に分配するようになった後——つまりは家が完成した後にするべきだろう。

「そうね、今日のところはベッドと共有スペースに置く家具だけを見繕って、自分の部屋に関しては後々、自分たちで好きな物を買うようにしましょ。それで良い？」

「私は賛成です。ベッドはすぐに必要ですが、他のインテリアは、実際の家を見てからの方がイメージも湧きますしね」

「あたしも同感かな？　部屋は図面で見ただけだし。クロウニーさん、それでも良いですか？」

「もちろんです。存分にご覧ください。どれにしようかと検討する楽しみ、置いて眺める喜び、そして使い勝手の良さ。それらすべてを含めての家具選びなのですから」

むしろ、来たその日に注文する客なんてほぼいない、というクロウニーさんの言葉に勇気付けられたハルカたちは、文字通りの意味で展示場の隅から隅まで歩き回った。——丸一日掛けて。

これまた、文字通りの意味で、朝から晩まで。

元の世界でもハルカたちの買い物に付き合うことの多かった俺とトーヤは、そんな行動にもある程度は慣れていたが、付き合えたのはさすがに昼まで。

昼食以降はトーヤと二人、ハルカたちから離脱。

展示場の椅子とソファーを借りて身体を休めていた。

「トーヤ～、高い椅子って凄いな。めっちゃ楽～」

「そーかー、こっちのソファーも良い感じだぞ～。オレ、金が貯まったらこのソファー買ぅ～」

ロッキングチェアを揺らしながら俺が言えば、トーヤも腑抜けた声を返してくる。

現代にはデザイン重視で実用性は二の次、ただ高いだけという家具も存在するが、ここの家具は実用性と使いやすさが基本にあって、その上に素材や装飾が載っている。

はっきり言って、こういうの、めっちゃ好み。

俺もこのロッキングチェア、買おうかなぁ。

極論すると俺たちって、収納という意味での家具はほとんど必要ないのだ。

マジックバッグに入れてしまえば、小さなタンス一つで事が済むから。

その分、他の家具にお金を使っても良いのかも……？

「お待たせ……って、二人とも、寛いでるわね？」

「ぉお、この椅子、かなり良いぞ？　そっちは？」

「注文したのはベッドと食堂のテーブルセットだけよ。あとは今後のインテリアを検討して……見て楽しんだってところかしら？」

「うん。いろんな家具があって面白かったよ。ナオたちも見れば良かったのに」

「品質の高い物ばかりで、目の保養になりました」

「そうか……。すみません、クロウニーさん。お時間を取ってしまって」

「いえいえ、他のお客様がいないと私も暇ですから。それに皆様との会話は、新たな発見もあってとても興味深かったです」

丸一日付き合わされたにも拘わらず、その表情は笑顔で、嘘ではなくハルカたちとの会話が楽しかったのかもしれない。家具好きだからこそ、なのかもなぁ。

「今日はお世話になりました。良い物がたくさん見られて、嬉しかったです」

「私も楽しい時間を過ごさせて頂きました。お時間があれば、またいつでもお越しください」

「「ありがとうございました」」

出口まで見送ってくれたクロウニーさんにお礼を言い、俺たちは展示場を後にする。

今日の休みでハルカたちのHP(体力)が回復できたのかは不明だが、きっとMP(精神力)の方は十分に回復したと思われる。あれだけ楽しんだんだから。


――と、これで終われば良かったのだが、問題は帰り道に発生した。

展示場を出て宿へと向かっていた俺たちの正面から、歩いてくる三人組の冒険者。

それ自体は特に珍しいことでもなく、普通にすれ違おうとしたのだが、互いの顔が確認できるまでに近付いたその時――。

「あぁぁぁ！」

その冒険者のうちの一人が俺たちに驚愕(きょうがく)の目を向け、こちらを指さして声を上げた。

その不可解な行動に俺は首を傾げ、ハルカたちと顔を見合わせる。

「お知り合いですか？」

「……いや」

仕事上がりなのか、かなり薄汚(うすよご)れ、汗塗(あせまみ)れになっている無精髭(ぶしょうひげ)の男。

他二人も似たような格好だが……こんな奴、知り合いにいたか？

知り合う機会など冒険者ギルドぐらいだが、俺たちはあまり顔を出さないし、テンプレ的な〝絡まれイベント〟も起きていない。

酒場なんかにも行かないので、そちらでイベントに巻き込まれることもない。

あとは……門番でハルカに色目を使った男がいたが、アイツは冒険者じゃないし……誰だ？

「紫藤と古宮、だよなっ⁉」

「ん？」

コイツ、クラスメイトか！　見た目、完璧にオッサンなんだが⁉　しかも、かなり汚い。

街道で出会ったら、盗賊と判断して攻撃してしまいかねないほどに。

「ってことは、残りは東と永井、神谷か！」

ほぼ変わっていないユキとナツキから、いつも一緒にいた俺たちを連想したようだ。

俺たちの顔がすぐに判らないってことは、あまり親しくない奴か。

ちなみに一番顔が変わったのは俺だと思うが、それでもナツキやユキならすぐに気付く程度。

耳と尻尾が生えたトーヤも変化は激しいのだが、顔自体はさほど変わってないしな。

「ユキ、知り合い？」

「知らないかな？」

「俺、俺！　徳岡！」

「…………あぁ」

かなり長い沈黙を経て頷いたユキだが、その表情はよく覚えていないという顔。俺知ってる。

だが俺は同じ男子。当然、徳岡のことは覚えていた。

クラスメイトで教室の右前辺りに座っていて…………うん、そんな感じ。

細かいことはどうでも良いよな？　決して覚えていないわけじゃないぞ？

「え、何？　紫藤さんたちなの？」

「マジで⁉　うわー、久しぶりー」

そして近づいてくる似たような男が二人。

崩れた表情で――いや、遠慮なく言えば、下卑た表情でハルカたちに視線を向けている。

誰だ、コイツら？

人族だから、容姿はさほど変わってないはずなんだが……無精髭のせいか判らん。

ちなみに俺は、こちらに来てからかなり髭が薄くなっているが、それでも伸ばしているとハルカたちからの受けが悪いので、トーヤと共にきちんと毎日剃っている。

「………？」

「前田だ」

「岩中です」

「……うんうん、前田君と、岩中君ね」

誰か判らなかったのはユキも同じだったらしく、紹介されて頷いているが、この二人もイマイチ印象に残っていなかった感じか？

俺は……岩中は確か、成績は良かったよな？　ユキやナツキに匹敵する程度には。

容姿も比較的整っていたので、女子にはそれなりに人気があった気がする。

前田の方は……多少運動が得意な奴だったか？

あまり付き合いがなかった奴らなので、俺の記憶にほとんど情報がない。

「紫藤さんたちはどこで活動してるの？　僕たちは南の森なんだけど」

「あたしたちは、東の森、かな？」

「え、まだ東の森なのか？　俺たち、もう一ヶ月はこっちで活動してるぜ？」

「そうそう。東の森は物足りなかったからな。宿も、もう個室を使えるようになったしな！」

そう言いながら、俺とトーヤの方に揶揄するような視線を向ける三人。

ふむ。確かに東の森は初心者向けだが、それって森の縁に関しては、だよな？

そして、個室は自慢するようなことか？

そりゃ大部屋で雑魚寝はキツいだろうが、俺たち、そんな宿に泊まったことはないぞ？

面倒くさいから、指摘はしないが。

「そうだ！　紫藤さん、僕たちのパーティーに入りなよ。僕たちの方が将来性あると思うよ？」

おっと、いきなり勧誘し始めたぞ？　俺たちを無視して。

「それ良いな！　あの程度の森に二ヶ月以上掛かるんじゃ、上に行けないぜ？」

「そうそう。東と古宮も。どうせ大部屋だろ？　俺たちと一緒なら個室に泊まれるぜ？」

そんなことを口にして、ハルカに手を伸ばした前田だったが、ハルカは冷たい視線を向けてスッと距離を取る。

「あり得ないわね」

「ちょっと臭いので、近づかないでくれますか？」

「あはは、それは絶対ないよね。冗談、キツいかなぁ」

「なっ！」

冷笑を浮かべたナツキと、笑い声を上げながらも、ちっとも笑っているようには見えないユキ。

この二人に比べれば、きっぱりと断るハルカの方が、まだマシかもしれない。

断られた方の精神的には。

「何でだよ！　ここは日本じゃないんだぜ!?　力がないと危ないってことすら解らないのか？」

「まともな武器も買えねぇくせに、生意気なんだよ！」

「あなたたち、学校の成績は良かったですが、こちらでは大した意味もありませんよ？」

断られると思っていなかったのか、憤慨して声を荒らげる徳岡たち。

というか、あんな誘い方でハルカたちが『うん、そうする～』と言うとでも思ったのか？

よっぽど頭がカラッポでもなければ、あの誘いに乗る方がおかしい。

ちなみに今日は休みなので、持ち歩いている武器は、解体用ナイフのみ。

それも持っているのは俺とトーヤだけなので、貧相なのは間違いないのだが、これを武器と思っている時点で、ダメじゃないだろうか？

「えー、徳岡君たちが危険そうだし？」

「不潔な人はちょっと」

「そんな格好の人に、稼げるとか言われても、ね？」

「だよね。そんな格好で、『俺たちは上に行ける』みたいなこと言われても……くぷぷっ」

「ですよね。まずは身なりを整えることからじゃないですか？」

「ま、もし稼いでいてもあり得ないかな？　生理的に？」

ハルカたち、怒濤の勢い。

ボコボコである。

俺とトーヤは顔を見合わせてため息をついた。

はっきり言って俺たちもムカついていたが、変に口を出して彼らがヒートアップしないように控えていたのだが、無意味だったようだ。

「……てめっ！」

見る見るうちに顔を赤くした徳岡たちが、こっちは本当に貧相な、腰の剣に手を伸ばす。

「はいはい、落ち着こうね。ハルカたちの言葉もキツいが、そもそも他のパーティーから引き抜こうとするとか、マナー違反だぞ？　理解してるか？」

「だよなぁ？　舐めてる？　オレたちを」

俺とトーヤがハルカたちを後ろに庇えば、少し気圧されたように徳岡たちが一歩下がる。

数々の戦闘を熟して、俺にも殺気的なものが身に付いてきたのかもしれない。

……まぁ、おそらくは普通にマッシブな、トーヤの眼光が効力を発揮したと思われるが。

「そもそも、町中で武器を抜いたらどうなるか、解ってるのか？」

「――ちっ！　雑魚がっ」

「行くぞ！」

悪態をつきながらも、徳岡たちは武器から手を離し、肩を怒らせてこちらに歩いてくる。

そんな彼らに俺たちが慌てて道を空ければ、少し得意げな顔になって、こちらを見下すように見てくるが……たぶん、お前たちが考えていることとは違うぞ？

避けた――というか、逃げたのは、お前らが臭くて汚いから。いや、マジで。

トーヤなんか、露骨に顔を顰めているし。

改めて『浄化』のありがたみを認識させてくれたことだけは、アイツらに感謝しても良いかもしれない。ハルカとナツキ様々、である。

そして、離れていく徳岡たちの後ろ姿を見送り……。

「――ぷはぁ！　あー、臭かった！」

「最初に言うのがそれかよ！　というか、息止めてたのかよ！」

「いや、だって、めっちゃ臭かったじゃん！　アイツら、よく耐えられるな!?」

信じられん！　と瞠目するトーヤの表情に、俺たちは思わず失笑する。

「ぷっ、ははは。だよね？　いくらお金がなくても、身体ぐらい洗えるのにねぇ？」

「はい。秋ですけど、まだ水浴びが寒いというほどではありませんし」

「髭も剃るべきだよなぁ。オシャレな髭じゃなくて、ただの無精髭だし。まぁ、髭剃りには切れ味の良い刃物が必要だが。案外高いからなぁ、剃刀(かみそり)って」

「本当に稼いでいるのなら、それぐらい買えるでしょ。とてもそうは見えなかったけどね」

そうして一頻(ひとしき)り笑った後、ユキがため息をついて肩を落とす。

「あーあ、せっかく今日は良い気分だったのに。最後で台無しだよ」

「忘れましょ。関(かか)わらなければ良いだけよ。幸い、彼らは南の森で活動しているみたいだし？」

この町の冒険者は、東の森で少し力を付けた後は南の森に活動場所を移すらしい。

その主な仕事は伐採作業をする木こりの護衛で、この町の家具産業に関わるそれなりに重要なお仕事ではあるが、簡単な仕事故に報酬は安く、大半の冒険者はやがて別の町に移ることになる。

そのため、この町には高ランクの冒険者があまりいないらしい。

「さて、気を取り直して。明日に備え、早く帰って休みましょ」

「うん、最後のは丸めてポイ。今日は楽しく家具選びをした。それだけ！　ちょっと疲れたけど」

「そうですね、私も少しだけ足が疲れました」

——ちょっと？　俺なんか、半日でもぐったりなんだが？

トーヤを見れば、彼もなんとも言えない表情で俺を見て、小さく頷く。

だが賢明な俺たちは、口を噤(つぐ)んだまま宿への道を辿(たど)ったのだった。

第二話　オークを殲滅せよ

翌日、俺たちは朝早くから森へと向かった。

目的はもちろん、オークの巣の殲滅。

オークの数次第で予定の変更もあり得るが、取りあえずはそれを目指す。

前回同様、巣を中心にして、取りこぼしがないように渦巻き状に近付いていく。

俺の索敵可能距離の半分程度を目安に、一周毎に中心へと進むのだが、一向にオークの存在が引っかからない。やや不思議に思いつつ、三周ほど。【索敵】に巣の端が引っかかる直前で一時停止、前回同様、ナツキと俺で偵察に向かった。

今回は巣の全体が索敵範囲内に入る場所まで近付いて、その数を確認する。

「……全部で二〇匹。うち二匹がオークリーダーだな」

「だいぶ減りましたね。戻りましょう」

オークに気付かれる前に急いでハルカたちの所へと戻り、結果を報告すれば、トーヤが嬉しそうな笑みを浮かべる。

「それなら、問題なく斃せそうだな？」

「ああ。油断しなければ大丈夫だろう」

「あとは方針だけど……」

オークはどこかに固まるわけでもなく、それなりに広い巣の全域に散らばっていた。

不意打ちで一気に斃すのが難しい反面、各個撃破が可能な配置、とも言える。

可能なら最初にオークリーダーを斃しておきたいが、オークリーダーがいるのは巣の中心付近なので、無理してそれを狙うのは悪手だろう。

それらを勘案して決まった方針は、最初は風下から近付いて周辺にいるオークを魔法で斃し、襲撃に気付いて近付いてきたオークも、可能な限り遠距離攻撃で斃す。

近距離まで近づかれたら、トーヤかナツキが対処して、オークリーダーが来た場合は、二人がそちらへ回る。そして、残りは俺とユキ、それとハルカで処理する、というもの。

オークリーダーが来るまでにどれだけ斃せるかで、状況が変わってきそうだが、俺一人でオークリーダーに対峙する必要がなくなった分、危険性はそこまで高くない……はず？

もしもオークリーダーの知能が想像以上に高く、オークたちを統率して一斉に襲ってきたら危険だが、無理攻めをする必要もないし、その場合は撤退すれば良い。

「それじゃ、行くぞ」

トーヤを先頭に、俺の案内で巣に近付いていくと、やがてその姿が見えてくる。

切り開かれた森の中に立ち並ぶのは、柱を立てて屋根を付けただけの構造物。

壁などはなく、屋根も葉の付いた枝を載せただけだが、それなりにきちんと作られた物。

【索敵】でオークの数だけは把握していたが、巣を直接目で見るのは俺も初めて。手作りの棍棒を持っていただけに、多少の知能はあると思っていたが、思った以上かもしれない。

そんな屋根の下に寝転んでいるのは数匹のオーク。

遠くから見ると巨大な猪が昼寝しているようにしか見えないが、それでもあれは立派な魔物だ。

俺とユキ、ハルカで斃すべきノルマは、一人二匹。

ハンドサインで互いの担当を確認し、同時に『火 矢』を放つ。

着弾と同時に消し飛ぶオークの頭と、響く叫び声。

叫び声を上げたのは、俺たちのターゲットとならなかったオーク。

ターゲットになったオークは声を上げる間もなく死んでいる。

何が起きたか理解できない様子で、狼狽えているオークにも追い打ち。

更に四匹が斃れ、周辺からオークの姿が消えた。

この時点で森から出て、巣の中に侵入した俺たちは、周辺の小屋を破壊して視界を確保する。

……なんつーか、ほとんど質の悪い盗賊だな、俺たち。

オークが問答無用で人間に襲いかかってくる魔物じゃなければ、心が痛むところだ。

そんな騒ぎを聞きつけてドカドカと駆け寄ってくるのは、残っている一〇匹のオーク。

うち、二匹がオークリーダーである。

距離的には十分。更に六匹が俺たちの魔法の餌食となり斃れる。

もう一発——距離的にはギリギリか！

「左！」

そう宣言し、向かって左側のオークに『火 矢』を放つ。

それとほぼ同時にハルカが「右！」と言って、右のオークを『火矢』で斃した。

そして、ユキの放った『火矢』は右側のオークリーダーへ。

結果、接敵した段階で無傷なのはオークリーダー一匹。

もう一匹は左肩をえぐられ、オークは一匹もたどり着けなかった。

打ち合わせ通り、左のオークリーダーにトーヤが向かい、右はナツキ。

ハルカは魔力を温存するため、弓に切り替えて牽制する。

方針としては、弱った方に戦力を集中して斃す、だったんだが——。

「大丈夫です！　ナオくんはトーヤくんの方へ！」

ナツキがそう叫びながら、オークの左側へと回り込み、槍を突き出す。

その素早い動きに、オークリーダーはまったくついていけていない——というか、既に耳のあたりから頭蓋へ槍が突き立っているし。【韋駄天】と【筋力増強】の効果はハンパない。

頭の中をえぐられたオークリーダーの身体から力が抜けるのを見て、俺は準備していた威力を高めた『火矢』をトーヤが相手にしているオークリーダーへと撃ち込んだ。

トーヤの挑発を受け、こちらには背を向けていたオークリーダー。さすがに外しようもない。

最後に敵が少し動いたため、消えたのは頭の上半分だけだったが、結果は同じである。

「げっ！」

一瞬で息絶え、そのまま倒れてきたオークリーダーの身体を、トーヤが慌てて避ける。

「ふう……コンプリート」

俺が息をつくと、ハルカが嬉しそうに頷いた。

「今回は上手く嵌まったわね」

「思っていたより簡単でしたね。想定よりオークの数が少なかったせいもありますが」

「うん……、でも、あたしたちの戦いって、なんか特殊部隊的というか、無駄がないよね？　訓練通り、上手くできているんだけど」

「事前の打ち合わせがしっかりしてるからな」

俺たちの場合、付き合いが長いこともあって、ある程度は阿吽の呼吸で行動できるが、もちろんそれだけで上手くいくはずもない。

事前に話し合って、敵がどの範囲に来たら誰が攻撃するか、自分の優先目標はどこかなど、標的が重ならないように工夫しているし、合図の仕方や種類、攻撃までの秒数なども決めてタイミングを合わせ、それを含めた訓練もきちんと行っている。

それがあるからこそ、戦闘時に変にごちゃごちゃ言う必要がないのだ。

「第一、無駄に叫んだりしてたら、必要なことが聞こえないからね」

魔法名も含め、不必要なことは極力声に出さない。それが俺たちの方針である。

そうすれば、声に出したことはよく耳に入る。

さっき俺が叫んだ『左』は、左側のオークを俺が攻撃するという宣言。

俺、ハルカ、ユキでオークを斃すことは決まっていたが、残っていたのは二匹。

位置取りとしては左から、オークリーダー、オーク二匹、オークリーダーの配置。

オーク二匹を二人で斃せば、一人はオークリーダーへ攻撃ができるが、誰が担当するか微妙だったのであえて宣言したのだ。

ハルカもすぐに宣言したので、ユキが迷うことなくオークリーダーへと魔法を向けられた。

ちなみに、声を出すと力が入るという面もあるので、接近戦で叫ぶのは別にオッケーなのだが、ナツキはほぼ声を出さないし、トーヤの方もたまに出す程度。

トーヤには【咆哮】というスキルがあるから、もっと使っても良いかとも思うんだが、女性たちには微妙に不評なので、滅多に使わない。

味方への悪影響はないのだが、単純にうるさいんだよなぁ……ちょっと申し訳ないのだが。

結果、俺たちの戦闘は魔物の叫び声だけが響く。

ま、その声も、頭を吹き飛ばすことが多いので、数は少ないのだが。

「それじゃ、そろそろ解体を――っ！　敵接近！　オーク一〇、オークリーダー一！」

解体に取り掛かろうとしたその時、【索敵】に反応。俺はすぐさま声を上げた。

「狩りに出ていたの⁉　時間は！」

「数十秒！　背後から！」

俺たちがあまり声を出さなくても、オークの方は派手に叫んでいた。

それが外にいたオークに届いたのだろう。

俺たちが進入した方向から、駆けるような速度で真っ直ぐ反応が近付いてくる。

「迎え撃つわよ！　ナツキ、トーヤはオークリーダーを抑えて！　私たちで残りを斃す！」

「「「了解！」」」

魔法は結構使ったが、この程度であれば魔力的にはまだまだ問題ない。

武器を持って待ち構えていれば、最初に飛び込んできたのはオークリーダー。

巣に転がる死体と、それを背に立つ俺たちを見て、怒りの叫号を上げて突進してきた。

俺とユキ、ハルカは少し横に広がり、後続のオークへと二発ずつ魔法を撃ち込み、トーヤとナツキはオークリーダーと激突する瞬間に左右に分かれ、その攻撃をいなす。

残ったオークには更に魔法を一発ずつ。最後の一匹は俺が槍を構えて対峙。足に攻撃を加えてバランスを崩したところで急所を狙い、サックリと斃す。

そして俺が振り返った時には、トーヤたちに気を取られ、背後からユキとハルカに攻撃を受けたオークリーダーは、あっさりと斃されていた。

「……今度こそ終わりかな？　ちょっと魔力が心許ないんだけど」

少し不安そうな表情を見せるユキに、俺は首を振る。

「どうだろうな。俺たちがこれまでに斃したのは、オークリーダーが四匹。オークは一〇〇あまり。三〇匹に一匹という計算が正しいなら、オークが一〇匹ほどは残ってそうだが……」

「さすがにそこまで厳密じゃないんじゃない？　そもそも判っているのは『三〇匹以上で巣を作って上位種が現れる』でしょ？」

「そういえばそうか。索敵は怠らないから、その点は安心してくれ」

「さっきの状況でも怠ってなかったもんね」

「ナオくん、勝利直後でも気を抜かないとか、さすがです！」

「いやぁ……ははは」

予想外に褒められて、俺は苦笑。ほぼ常に索敵しているのは、既にクセみたいなものである。

正直このスキルがなければ、森の中では常に気が抜けず、精神的に参ってしまっていただろう。

俺自身が安心して行動するためでもあるが、おかげでレベルも3に上がっている。

「オークの解体はどうする？　ここでやっていくか？」

「そうね、この巣も片付けておいた方が良いでしょうし、ここでやってしまいましょ」

オークの巣が残っていると、また巣ができやすくなる――かどうかは知らないが、過去のギルド主催のオーク殲滅作業では、終了後にこれらの小屋もどきも燃やしているようなので、俺たちもそれに倣うことにする。

作業の分担は、一番力のあるトーヤと一応は男の俺が、小屋もどきの解体と廃材の収集。

ハルカたち女性陣の担当はオークの解体。

廃材がある程度溜まったところで火を付け、オークの内臓なども放り込む。

なんだか美味しそうな匂いがしてくるのが、微妙である。

「……なあ、ナオ。これって大丈夫なのか？　かなり盛大に燃えているが」

確かにキャンプファイヤーとか目じゃないぐらいに炎が立ち上っている。

脂たっぷりのオークが燃料になっているのかもしれない。

焼き肉でも、モツを焼くと盛大に燃えるしなぁ。

「周囲は拓けてるし、風もあまりない。大丈夫だろ。いざとなれば『消火』もある」

火魔法レベル3のこの魔法は、その名の通り火を消すための魔法。

説明文には『火災現場では非常にありがたがられる魔法です』とあり、火魔法には珍しく、戦闘以外の使い方が強調されていた。

小さい焚き火でしか試していないが、一瞬にして火が消えて燻りもしない。

また、着火点以下にまで一気に温度を下げるのか、火が消えた後で再発火することもない。

ただし手で触れない程度には熱かったので、完全に冷ましてしまうわけではないようだ。

「それなら安心して、ドンドン放り込むか」

「そうだな、まだ半分程度は残っているし」

屋根に使われていたのは葉っぱの付いた生木だったが、他の木材は乾燥していてよく燃える。

小屋を叩き壊しては、焚き火に放り込むという作業を繰り返す俺たち。

真夏なら地獄だが、少し涼しくなった今の時季ならそう悪くない。

「なんつーか、焚き火を見ると、落ち着くというか……ちょっと良いよな」

「解る解る。どこかの国では、暖炉が燃える様子を映すだけのテレビ番組があるというからなぁ。もしかして、人間の性？」

「……あなたたち、気持ちは解らなくもないけど、これって焚き火ってレベル？」

「……う～ん、ちょっと炎が大きい？」

「その可能性も否定できない」

容赦なくドンドン薪を放り込み、且つ最初に良い感じに木を組んでおいたその焚き火は、轟々と炎を吹き上げ、その高さはトーヤの身長の二倍を優に超えている。

「俺の田舎だと、どんど焼きがこんな感じ」

「餅、焼きたいな」

「それには火が強いわね。お餅もないし。——崩れないように注意してね？」

「おう、任せておけ」

炎は高く上がっているが、組み合わせた木の高さはせいぜい二メートルあまり。

崩れてきてもさして危険はないと思うが、小屋の解体はほぼ終わったので、長めの柱を確保しておいて焚き火の調整用に使おう。

その頃にはオークの解体作業も終わり、肉と皮もマジックバッグへと仕舞い込まれた。

オークとオークリーダー合わせて三八匹。その肉の量も膨大である。

具体的には、キロじゃなくてトンで計量するレベル。

片付けが終われば、ナツキとハルカが全員に『浄化』をかけて、汚れを取り除く。

あとはこの焚き火が終われば帰れるのだが……。

「これ、燃え尽きるまで時間がかかりそうよね」

「そうだな。小屋、結構な数があったし」

総数としては三〇近くはあっただろうか。

それぞれに柱が四本。屋根を支える梁が四本以上。そう太い木ではないが、量が多い。

「……ここでお昼にしましょうか。少しだけ血の臭いが気になるけど」

戦闘を行ったのは巣の周辺部だったのだが、森への延焼を警戒して、廃材を燃やしているのは巣の中心部。解体作業もここでやったので、むしろこのあたりの方が血の臭いは濃い。

まぁ、俺たちもだいぶ慣れたので、この程度で吐き気を催す、ということはないのだが。

「焼き肉するなら賛成。久しぶりにバーベキューしようぜ」

「そうだな、せっかく買った調理器具、ほとんど使ってないし」

冒険中に使ったのは僅かに一、二度。

むしろ訓練中にこそ、頻繁に使っている。

家作りの廃材を分けてもらい、休憩時間にお茶を飲んだり、芋を焼いたりするのに便利なのだ。

「焼き肉ですか。いいですね」

「話は聞いてたけど、あたしたちが合流してから、ほとんどやってないよね」

「そういえば、そうだよな」

こちらに来た当初は、タスク・ボアーの串焼きを作って食べることが多かったのだが、若干飽きがきたことと、毎回火を熾すのは少々面倒なので、ナツキたちが合流してからは買ってきた昼食で済ますことがほとんどになっていた。

「それじゃ、準備、しましょうか。今回は網もあるから、網焼きにしましょ」

「了解」

拾ってきた石で簡単な竈を作り、焚き火から引っ張り出した炭をその中に投入、金網をセットする。その上にハルカたちがスライスした肉が並べられた。

すぐに脂が溶け出し、ぽたりと炭の上に落ちて煙を上げる。

少し煙たいが、それもまた良し！

「う～ん、この感じが焼き肉の醍醐味だよな！」

「同感！」

鉄板を使っても肉は焼けるが、やっぱり炭を使った網焼きとはちょっと違う。

「しかし、お肉だけがこんなに並ぶと……」

「だよね。お野菜、欲しいよね」

「何か、買っておけば良かったかしら」

肉に喜んでいる俺たちに対し、ハルカたちは少し不満なようだ。

まぁ、確かに壮観ではあるのだが、箸休め的に別の物があっても良いかもしれない。

「焼き肉って、どんな野菜使う？　キャベツ、タマネギ……」

「ピーマンやナス、ニンジンやアスパラを焼いたりもするわね」

「オレはトウモロコシが好きだな、甘いやつ」

「スイートコーンですね。でも、難しいかもしれません」

まず、甘い品種のトウモロコシがあるかどうかの問題。

そして、収穫後の保存の問題。

スイートコーンは収穫して時間が経つと、ドンドン甘みが落ちていくらしい。

それを避けるためには低温で管理するか、収穫したらすぐに加熱してしまうか。

「ですので早朝に収穫して、すぐに茹でて食べるのが一番美味しいでしょうね。家庭菜園で作ると、凄く美味しいトウモロコシが食べられますよ？」

「店で買ってきたトウモロコシの中に、全然甘くないのがあるのはそれが原因か！」

「身が入っているかは判っても、味が判らないのが難点よね、トウモロコシは」

毛がたくさん出ているトウモロコシが良い、という話は聞いたことがあるが、収穫してからの経過時間、保存方法については、見てもなかなか判らないもんなぁ。

「この世界だと、低温でのサプライチェーンなんて、期待できないよね」

「はい。マジックバッグは最適ですけど、普通の農家が使える物ではないでしょうし」

「……よし、庭で作るか！　せっかく広い土地を買ったんだし」

「まぁ、家庭菜園をする程度のスペースはあるが……トーヤ、できるのか？　経験は？」

「ない！　だってオレの家、畑を作れるような庭、なかったからな！」

トーヤは胸を張って断言する。

俺たちの実家は全員戸建てだったが、確かにトーヤの家の庭はそれほど広くなかった。

俺とハルカの家にはそれなりに広い庭があったが、家庭菜園の経験はない。

「ということで、ユキ！」

トーヤはユキに視線を向け、パンと両手を合わせて拝んだ。

「ガーデニングが趣味だったよな？　やってくれないか？　オレも手伝うし」

「えぇっ！　花を育てるのは好きだけど、野菜とはちょっと違う気が……」

「ナツキは経験ありそうな口調だったよな？」

「そうですね、庭の片隅で少々。ただ私の場合、肥料も土も苗も、買ってきて植えるだけでしたから、さほど詳しいわけでは……」

トーヤに頼まれ、ユキとナツキはちょっと戸惑ったような表情を浮かべる。

肥料も土も売っていない、品種だって家庭菜園で育てやすいように改良された物とは違う。

おそらく失敗する確率の方が高いのだから、二人の躊躇いも当然だろう。

だが、そんな二人の背中を押したのは、意外にもハルカだった。

「別に良いんじゃない？　農家じゃないんだから、失敗したって路頭に迷うわけじゃない。私たちも仕事ばかりじゃ生活に潤いもないし、趣味の一つとしてはありだと思うけど？」

確かに今までは、生き残ること優先で、そんな余裕もなかった。

生活資金を貯めるため、そして家を手に入れるため、仕事と訓練ばかりの日々。

だが、自分たちの家さえあれば路頭に迷う心配も減るし、余暇の時間を増やしても良いだろう。

俺も何か考えるべきか？

ここにはインターネットも、手軽に買える本も、ゲームもないんだから。

「……失敗しても良いのでしたら」

「あたしも、それぐらいの緩い感じなら、いいかな？」

「オッケー、オッケー。成功したら儲けもの、程度の気持ちでやろうぜ」

気軽に笑うトーヤと、苦笑を浮かべる二人。

俺もスイートコーンは食べたいので、是非とも頑張ってもらいたい。

もっとも、甘いトウモロコシの品種があるかどうかが、まず問題なのだが。

「さて。そろそろお肉、焼けたわよ。食べましょうか」

「いただきます！」

ハルカがそう言うが早いか、すぐさま箸を閃かせたのはトーヤ。

網から肉を奪い取り、口に放り込む。――ちなみに箸は売っていないので、自家製である。

「うん、美味い！」

俺もそれに倣い肉を口にする。

味付けは塩と僅かな香辛料。シンプルだが、普通に美味い。

「たまには屋外でやる焼き肉も良いよね！」

「はい。ちょっとバリエーションがないのが残念ですけど」

「レモン汁でもあれば、少しさっぱりと食べられたのにね」

基本的には塩のみだからなぁ。

インスピール・ソースはあるが、さすがにあれを焼き肉に付けるのは躊躇われる。

「焼き肉のタレ、欲しいよな」

「すげえよな、あれ。肉も野菜もあれで味付けするだけで、ご飯何杯もいけるからな」

「猛者はタレだけでメシを食うと聞くぞ？　――作れないか？」

期待を込めてハルカたちに視線を向けてみたが、全員揃って首を振った。

「難しいよ、あれは」

「果物や野菜類はなんとかなりますが――」

「醤油か味噌がないと、味が決まらないわよね」

醤油と味噌はやはり偉大だった。

「原料って米と麦、大豆だよな？　それらがあれば、作れる人は……？」

ハルカとユキは首を振ったが、ナツキが控えめに手を挙げた。

「作ったことはあります。麹菌がないと無理ですけど」

「麹菌かぁ……売ってないよなぁ」

「まぁ、売ってないでしょうね。ただ、麹菌も酵母菌の一種だから、見つけることはできるわよ、地道に努力すれば」

そう言ってハルカが色々解説してくれたが……うん、とにかく難しそうなことは理解した。

不可能ではないと判ったただけでも、今は良しとしておこう。

俺にできるのは、応援することと、簡単な手助け程度である。

「ま、醤油の話は措いておくとして、明日以降はどうする？　巣を潰したから、もうオークで稼ぐことはできないだろ？」

「そこだよなぁ。良い金蔓だったんだが……。ゼロにはならないだろうが、今までみたいに頻繁に見つけるのは難しいよな」

一部の人には迷惑なオークだが、俺たちにしてみればお財布だった。

なので、あえて巣の殲滅をせずに適度な間引きを繰り返し、持続可能な資源として活用する案もあったのだが、ギルドに依頼が出た時点で諦めた。

放置しておけばギルド主導で殲滅が行われるわけで、俺たちに旨味はない。

それならば、先に潰してしまう方がまだマシである。

「この森を卒業した冒険者って、南の森に行くんだよな？」

「一般的には、木こりの護衛が次の仕事みたいですね。普通はホブゴブリンが斃せるぐらいでそちらに移るので、私たちには当てはまりませんが」

そういえばオークって、割に合わないから人気がないんだったな。

おかげで競争相手がいない俺たちは、ガッポリと稼がせてもらったわけだが。

「薬草採取と魔物の討伐でも、東の森よりは少しだけ多く稼げるようです。魔物が強くなるので」

「それでもオーク以下だよね？」

「当然ですね。経験という意味では価値があるかもしれませんが……」

お金の面では価値がない、か。

オークの四匹も売れば、日本円にして軽く一〇〇万円以上である。

肉の量を考えれば妥当か、むしろ安いぐらいだとは思うのだが、一ヶ月の小遣いが数千円だった俺たちからすれば、かなりの大金。

贅沢をしなければ、残っているオークだけで当分は暮らせる。

「ま、どうするかはゆっくり考えましょ。今回の討伐で、残っている家の支払いは十分に賄えるし、今後のことは、少しのんびり過ごしながら話し合えば良いわよ」

「だよね。長期休暇も必要だよ。お金はあるんだから。――そうだ！　オークの巣の殲滅成功を祝って、祝勝会でもしない？　アエラさんのお店で」

「お、いいな！　アエラさんの料理は美味いから、ランチとかじゃない、本格的な料理も食ってみたかったんだよな！」

ユキが笑顔でパチンと手を合わせ、そんな提案をすれば、トーヤも即座に同調した。

俺たちも特に反対する理由はなく、揃って頷く。

「それじゃ、帰ったら予約に行きましょうか」

「賛成！」

その後、豪快なキャンプファイヤーが下火になるまで、俺たちはのんびりと休暇に思いを馳せ、およそ燃え尽きた段階できっちりと消火。ラファンの町へと引き返したのだった。

◇　◇　◇

町に戻ったその足で、アエラさんの所へ向かった俺たち。

だが、そんな俺たちを出迎えたのは、盛況で満席の店内だった。

アエラさんは申し訳なさそうに謝っていたが、閑古鳥が鳴いているよりはよっぽど良い。

アドバイスしたのに潰れたとなると、正直、心苦しいし。

夕方以降の予約も入っているようで、直近で空いているのは三日後。予算は応相談。

俺たちはちょっと奮発して、その日に五人で金貨二〇枚のコースをお願いした。

驚くアエラさんに、『お祝いなので』と伝えて、代金は気前よく前払い。

今の俺たちからすれば、金貨二〇枚も痛くは……いや、たまの贅沢なら出しても良い額。

これからはオークがいないのだから、毎回とはいかない。

初心忘るべからず。

大銀貨一〇枚しかなくて着替えも買えなかった頃のことは、常に心に留めておかないと。

ただ今回は祝勝会なので、たまの贅沢を楽しもう。

――と、全員足取りも軽く歩いていたのだが、ユキが呻くような声を漏らして歩みを止めた。

「うげっ……また出た……」

その視線の先を見て、俺も思わず顔が歪む。

「紫藤さん！　この前はやや興奮して済みませんでした。少しお話し、良いでしょうか？」

そこにいたのは、先日のクラスメイト三人組の一人、岩中。

今日は髭を剃ってきたようで、まともに容貌が判別できる。

だが剃るのに何度か失敗したらしく、何箇所か怪我している上に、剃り残しも多い。

よく切れる剃刀は高いし、綺麗に映る鏡もないので、仕方のない部分もあるのだが。

一応、身体も洗っているようなので、きっとハルカたちに臭いと言われたのが堪えたのだろう。

まぁ、あの格好でナンパとか、普通はあり得ないよなぁ。

「今日は他の二人はいないんだ？　あたしたちも忙しいから、手短にね」

内心、面倒くさいと思っているのだろう。

ユキは不機嫌そうな表情を作って先を促す。

「はい。では本題から言います。提案なのですが、皆さんと僕たちで合同パーティーにして、一緒に南の森で活動しませんか？　これからの季節、この町の依頼は減っていきます。皆さんが受けられる仕事だと、生活は苦しくなりますよ？」

良い笑顔で妙なことを言い出した。

女性陣だけを取り込むのに失敗したから、今度は俺たちも含めてってか？

前回の強圧的なものから口調や態度を変えてきているが、この状況じゃ意味ないだろ。

既に不信感を覚えているのだから。

一見人の良さそうなその笑顔すら、ひたすら胡散臭い。

「ほう、前回オレたちを無視しておいて、今更合同？」

「だよなぁ？　俺たちのこと、サクッと無視してハルカたちをナンパしてたよなぁ？」

「い、いえ、後で声を掛けようと――」

「えー、そんな感じじゃなかったよね～？」

「そうよね。それに私たちは五人で安定しているから、人数を増やす意味もないわね」

「私たちだけでも、それなりのお仕事はできますから」

「良いんですか!?　この町でずっと下らない仕事をして、このまま一生を終えるんですか!?」

全員にあっさり拒否され、岩中が慌てたように口を挟むが、そもそも前提がおかしいんだよ。

何故自分たちは上に行けると思っているのか。

「別に普通に暮らせるなら、それも良いと思うよ？」

「それに私は、この町の仕事が下らないとは思っていません」

「なっ！」

岩中は驚愕したように声を上げるが、そもそも普通はそんなものじゃないだろうか。

元の世界でも、自分の就職した町で仕事をして一生を終える人はそう珍しくない。

違いと言えば、交通手段の発達で気軽に旅行できることだろうが、転勤族でもなければ、そうそう頻繁に住む町を変えたりはしない。

危険の多いこの世界で普通に仕事をして一生を終えられるなら、ある意味、成功者だろう。

「第一、岩中君たちってあんまり強くなさそうだから、組むメリットがないかな？」

「い、今は初期スキルの影響で、もしかしたら少し負ける部分もあるかもしれません。ですが、実は僕たち三人は全員、経験値倍増系のスキルを持っているんです！」

岩中が突然口にしたその言葉に、俺たちは揃って顔を見合わせる。

それが自信の理由か？　当然俺たちの心情は『あの地雷スキルを全員？　マジで？』と言ったところだが、岩中は何か勘違いしたらしく、少し余裕を取り戻し、笑みを浮かべた。

「経験値倍増系のスキルは、最初こそ他の転移者にスキルレベルで負けるでしょう。ですが、長期的に見れば確実に追い越せます。多少計画性があれば、無理してでも取るべきスキルですね」

俺たちの反応を見てか、岩中は『どうせ取ってないんだろ？』みたいな表情を浮かべ、凄いドヤ顔で言い放った。

「更に僕は、【スキルコピー】まで持ってるんですよ？」

――くっ、笑うな、笑っちゃダメだ！　頑張れ、俺の表情筋！

岩中のドヤ顔を見ると噴き出してしまいかねないので、慌てて目を逸らす。

表情を変えていないのは、学校でもややポーカーフェイス気味だったハルカとナツキ。

ユキは頬がピクピクと震えているし、トーヤは手で顔をぐっと押さえ、一見深刻そうな表情で、その実、爆笑を必死に飲み込んでいる。

【スキルコピー】と経験値倍増系のスキルとなれば、最低でも150ポイントは必要。

岩中は成績が良かったから、初期ポイントが多いのは理解できるのだが、その使い道がこれとは……残念すぎる。

「今のところ、僕たちはあなたたちの後塵を拝しているかもしれません。ですが、将来的には確実に、あなたたちを引き離します。そう、圧倒的に、ね」

「「「………」」」

「僕はこれから人の上に立つ人間なのです。あなたたちは今、僕たちの前を歩いているでしょう。ですが、僕たちの一歩はあなたたちより大きく、追い抜けることは既に確定的なのです」

自分の世界に入って語る岩中。

俺たちが微妙な表情になっていることにも気付いていないらしい。

優越感を湛えた笑みを浮かべながら、所々無駄に強調しているあたりが、なんとも……。

ここまでアレだと、逆にちょっと可哀想になるなぁ。

だが、俺たちが黙って聞いていることでいい気になったのか、次第にニヤニヤと嫌らしい笑みに変わってきた。

「ですがリーダーには人を使う器も求められます。あなたたちが上に立つことはできないでしょうが、僕の部下としてなら役に立ちます。今のうちにパーティーに入っていないと後悔しますよ？　僕たちが強くなった後では、いくらでも人が集まってきますから。そう、女性もね」

——え、何、この上から目線。

ちょっぴり感じた同情が吹き飛んだんだけど。

トーヤもまた同様だったのか、呆れたような苦笑から獰猛な笑みに変え、武器に手を置く。

そう、今日の俺たちは討伐帰り。

しっかりと実戦用の武器を持っている。

それに絡んでくるとか、実は岩中って、バカじゃなかろうか？

「……ほう？　つまり今のうちに対処しておけと？」

トーヤが一歩踏み出すと、岩中はハッとして、気圧されるように二歩下がった。

うん、やっぱバカだな。

追い越す前に『そのうち追い越しますよ』と言って、喧嘩売るとか。

「ぼ、冒険者同士でも武器を抜けば捕まりますよ!?　この前、あなたが言ったことですよ！」

「おう、そうだな。――ところで知っているか？　この世界には犯罪歴を確認するようなアイテムはないんだぜ？」

そう言ってチラリとこちらを見てくるトーヤに頷き、俺も口を開く。

「そうそう。ステータスに賞罰欄があって、町に入るときにチェックされる、なんてことはないんだよな、残念なことに」

「ホントにな。町の外で起きた殺人とか、そんな事件があったことすら知られないんだろうな」

「たぶんな。そういえば森の奥だと魔物の死体もすぐになくなるんだよな、何かに食べられて」

チラチラと岩中に視線をやりつつ、そんな会話をする俺とトーヤ。

面白いように血の気が引き、強ばり始める岩中の表情。

そして、じりじりと後退った岩中は「こ、後悔しますよ！」という言葉を残して走り去った。

なかなかに見事な逃げっぷり。

その決断力と、変に粘着しない潔さは褒めても良いが……。

「いやぁ、後悔するのは彼らだよね」

「だよなぁ。三人とも経験値倍増系スキル持ちだろ？　よくもそんなのが集まったよな？」

元から仲が良かったのか、たまたま同じ場所に転移してきたのか、それともこの町で出会ってパーティーを組んだのか……。

似たもの同士だから纏まったのかもしれないが、どれぐらいの確率なのだろう？

「危ないスキルを取った人が淘汰されたからじゃない？　あの系統のスキルなら命には関わらないし、必要ポイントも多いから、他の地雷スキルを取る余裕もない」

「結果、生き残ったアイツらが集まった……と？　可能性はあるな」

「ちなみに彼、私の【看破】で見た限りでは【取得経験値4倍】、【スキルコピー】、【看破 Lv.1】のスキル構成だったわよ？　どれだけ正確かは不明だけど」

「……あ、俺忘れてた。さすがハルカ、頼りになる」

「オーク相手では、使ってもあまり意味がないですからね」

【看破】って、そこまで万能なスキルじゃないから、微妙に使うの、忘れがち。

使いこなせてないだけ、という考え方もあるが、活用法を訊く相手もいないしなぁ。

「けどそれって、確実にオレ以上の初期ポイントだよな？　勿体ねぇ」

トーヤは本気で残念そうにため息をつくが、ハルカとトーヤの差を考えると、初期ポイントの差が圧倒的な戦力差、って単純な話でもないんだよなぁ。

おかしなことをしなければ、やり方次第、それと努力次第でなんとかなる程度？

邪神さんも『努力は君を裏切らない』って言ってたから、そういうことなのだろう。

「そういえば、トーヤは【ヘルプ】がないのに、経験値倍増系に騙されなかったんだな？」

「だって二倍で50ポイントだぜ？　どこに転移するかも判らないのに、リスク高すぎ。最初の戦闘に勝てなければ死ぬんだから、ある程度戦えるようにするだろ、普通」

トーヤの初期ポイントは120。【取得経験値2倍】を取るのなら、70ポイント以内で戦闘スキルなど、必要なスキルを揃える必要がある。

ある意味では幸運なことに、それなりに生き残れそうな構成にしたら、経験値倍増系スキルを取れるようなポイントは残っていなかったらしい。

「本当に経験値が一〇倍になるとしても、最初の敵に勝てなかったら無意味だよな」

「だろ？　都合良く雑魚に遭遇、上手いこと斃して一気にレベルアップ、とか運の要素大きすぎ」

俺たちは特に問題なく町まで辿り着いたが、トミーのように森の中に出現していたら、戦闘系スキルなしでは、なかなかにリスクが高かっただろう。

そう考えれば、岩中たちはそれなりに運が良かったのかもしれない。

「ちなみに、ユキが取らなかったのは？」

「あたし？　あたしの場合はちょっと嫌な予感がしたから。成長率が一〇倍で120ポイントって明らかに安すぎじゃない？」

「おぉ、その勘は素直に賞賛したいが――」

「【スキルコピー】は取ったんだよな？」

「それはもう忘れてよ～～。今は役に立ってるでしょ～～」

情けない顔でポカポカと攻撃してくるユキの頭を押さえつつ、苦笑する。

確かに役に立っているんだよなぁ、ちょっと悔しいぐらい。

やや器用貧乏になっているところはあるが、俺たちの中で一番なんでも熟せる。

俺が痛い思いをして得たスキルも、あっさり覚えるし？

だから、ちょっと揶揄うぐらい許されると思う。

「でも、中途半端だったよね、彼って。和解しに来たのかと思ったら、途中から完全に喧嘩売ってたし。何がしたかったんだろ？」

「さあな。実はナチュラルに人を見下している奴で、喧嘩売ってるつもりもなかったりして？」

「まさかぁ、あれが素ってことはないだろ」

と、俺は否定したのだが、ハルカは首を振った。

「そうとも言い切れないわよ。彼、元の世界にいた時から、その片鱗を見せていたから。私とは相容れない、間違っても友人にはなれないタイプね」

俺は関わることがほとんどなかったのだが、一応優等生をやっていたハルカは、これまた一応委員長をやっていた岩中と関わる機会が何度もあったらしい。

その経験からの評価が『友人にはなれない』である。

ハルカがそう言う以上、俺たちもきっと同じ——というか、これまでの対応を見れば、まともじゃないのはよく判る。強そうなスキルを手に入れて、箍が外れたのだとしても。

実はそんな良いスキルじゃないことに、そろそろ気付いても良さそうなものだが……。

ま、俺たちにとっては都合が良いが。

「あとの二人はよく知らないけど、先日のことを考えると、まともじゃないわよね」

「はい。少し厄介ですね」

「幸いというか、経験値倍増系を持っているなら、私たちが訓練をサボらなければ、彼らの方が強くなることはないと思うけど……」

「単純な強さだけじゃないからな……面倒くさいなぁ」

現時点では俺たちの方が強いと思うが、常に警戒しているというのは難しい。

不意打ちも考慮するなら、それこそ『包丁で刺されても大丈夫』にならなければ気も抜けない。

しかも襲ってくるのは痴情の縺れなどという色気（？）のあるものではなく、ただの暴漢だ。

「さすがに街中で襲ってくることはない、わよね？」

自信なさげにハルカがそう言うが、ユキは少し考えて首を振った。

「う〜ん……取りあえず、あたしたちは常に三人、もしくはトーヤかナオのどちらかと一緒に行動しよ。二人には迷惑掛けるけど」

「気にするな。大した手間でもないし、一人で出歩かれて襲われた方がキツい」

「だよな。判りやすく襲ってくれりゃ、始末できるんだが」

「おぉ、トーヤ君ってば、過激！」

俺が茶化すと、トーヤは少し心外そうな表情を浮かべた。

「えー、ナオだってそう思わなかったか？」

「……まぁ、少しだけ手を出してくれたらすっきりする、とは思ったことは否定しない」

できれば町の外で。町の中だとあまり過激な反撃はできない。

「問題は冒険中ですが……活動場所を森の奥にすれば大丈夫でしょう。彼らだと入ってこられないでしょうし、もし付いてきても、そのときは行方不明になるだけですから」

さすがナツキ、なかなかに容赦がない。

良い笑みを浮かべているのが更に怖い。

「……ちなみに、それは人為的に？」

「向こうが何もしないうちは何もしませんよ、さすがに」

「だよなぁ。ははは」

いくらアレな奴らでも、こちらから手を出すのは躊躇するものがある。

少し安堵して笑うトーヤだったが、続いたナツキの言葉に表情を凍らせた。

「でも……仕留め損ねた魔物が彼らの方に向かう可能性、ないとは言えないですよね？」

「「………」」

そう言って微笑むナツキに、俺とトーヤは沈黙で答えたのだった。

◇　◇　◇

祝勝会までの三日間は自由行動と決まった。

つまり、日課の早朝訓練を終え、朝食を摂った後は何をしていても良いのだが——。

「なあ、ユキたちは今日、何するんだ？」

「あたしたちは、服作りに使う布を見に行く予定だよ」

「この三日間を使って、冬物も用意してしまおうかと話していまして」

簡単な物は、今までも自前で縫製していたのだが、まだまだ数が少ないし、これから寒くもなる。この機会にそういった季節物も含めて作ってしまおう、ということになったらしい。

「服って買うと高いもんなぁ」

「ええ。手縫いなので仕方ないと思いますが……ナオくんの服、私が作ったら着てくれますか？」

「もちろん。奇抜な物じゃなければ、何でも嬉しいぞ」

「ありがとうございます。頑張りますね！」

作ってくれるなら、むしろ俺がお礼を言うべきなのだが、ナツキが嬉しそうだから別に良いか。

【裁縫】スキルのおかげか、ナツキたちが作る服は出来が良いし、この辺りでも違和感がないデザインでありながら、着心地は店で買った品よりも良いのだ。断る理由なんてない。

ただ、シャレなのかなんなのか、部屋着として作務衣や浴衣なんかを渡してくるのは少し謎。

実用上はまったく問題ないのだが、誰の趣味なのだろうか？

「買い物、俺たちも付いていこうか？　アイツらのこともあるし」

元の世界では、ナンパ避けに同行することも多かったのだが、正直に言えば、ハルカたちの服選びに付き合うのはあまり楽しくはない。

可愛い服を着て見せてくれるのは良いのだが、それが何時間も続くと、さすがに疲れる。

だが、昨日のことを思えば、ハルカたちだけで行かせるのも少し不安があるわけで。

「んー、今日はいいわ。私たちだけで行きたい。三人いれば大丈夫でしょ」

ハルカは少し考えて首を振る。

その口調からして、遠慮しているわけではなさそうなので、俺は素直に頷いた。

女性だけの方が都合が良いとか、そういうこともあるだろうしな。

「そうか。気を付けてな」

「いってらー。大丈夫だとは思うが、危ない場所には近付かないようにな」

「……いえ、このラファンだと、私たちの家の建設予定地が危ないエリアなんですけど。あまり警戒するほどではないような？」

「違いない。ま、最初の頃とは違って、オレたちもだいぶ慣れてきたからな」

「慣れた頃こそ注意すべきだとは思うけど……行ってくるわ」

それが解っているハルカならさほど心配もないだろう。

女性陣を見送り、残ったのは俺とトーヤ。

「トーヤ、お前の予定は？」

「オレも特にないなぁ。何か案はあるか？」

「あったら訊いてないな」

魔法の訓練をしても良いが、のんびりと過ごすという趣旨に反する。

いや、別にこだわる必要もないのだが、なんとなくな。

「畑、でも作るか？　栽培はナツキとユキに任せるにしても」

「畑？　……スイートコーンか」

そういえば家庭菜園を作るとか言っていたな。

既に土地はある。まだ家はできていないが、今から作っていても悪くはないだろう。

「家庭菜園、如何にも趣味っぽいな」

「だろ？　幸い、オレたちには土地も鍬もショベルもある！」

「鍬って、最初に買ったやつか？　ショベルを手に入れてからは出番がなくなった」

「そうそう。やっぱり、耕すためには必要だろ」

穴掘りにはショベルが便利だが、畑仕事と言えば鍬か。

「場所は適当に、庭の隅で良いとして……耕すだけで良いのか？」

「いや、家庭菜園なら、花壇みたいな区切りがあった方が良くないか？」

「それも、そうだな？」

俺の家庭菜園のイメージは、ブロックなんかで四角く囲った中に土を入れ、そこに作物を植えているという感じ。窓から実った野菜が見えればなお良し。

区切りもなく庭を畑にしてしまうと、家庭菜園というより、農家ってイメージ。

家付きの畑、みたいな？　主客逆転、的に？

「ブロック、売ってるわけないよな」

「そうだな。そこは石で良いだろう。妥協しよう」

石拾いを禁止する法はたぶんない。

石切場とかなら別だろうが、町の外で拾ってきても、文句を言う人はいないだろう。

運搬に関しても、俺たちにはマジックバッグがある。何の問題もない。

「それじゃ拾いに行くか！」

「おう！」

俺たちはニヤリと笑みを浮かべて、意気揚々と町の外へと繰り出した。


——そして、立ち尽くした。

「……なあ、ナオ。石ってどこにあると思う？」

「……難しい問題だな」

東門を出て広がるのは草原。

街道を歩いて行けば森が見えてくるが、岩場みたいな所はまったく記憶にない。

草原にも石が転がっていないわけではないが、囲いに使えそうな大きさとなると数は少なく、簡単に集まりそうにはない。

「森だとたまにでっかい岩もあったが……」

「二人で入るわけにはいかないだろ？」

無事に帰ってきたとしても、確実に怒られる。

「第一、岩をどうやって砕く？　トーヤが『ナンチャラ・スラッシュ!!』って斬ってくれるか？」

「そんな技は持ってねぇ！　普通に剣が曲がるわっ。魔法剣みたいな物があるなら、可能性はゼロじゃないかもしれないが……」

「物理法則が歪めば可能かもな。現実的には鑿と楔とハンマーだろう」

「後でガンツさんのとこに行くか。今は、拾える物を探そうぜ？」

「そうだな。ウチで使う分ぐらい、あるかもしれないしな」

俺とトーヤは二手に分かれ、草原を走り回って石を拾い集めていく。

だが、一時間ほどかけてかなりの広範囲を探しても、見つけた石は両手に満たない。

これでは石拾いに来たのか、ランニングに来たのか判らないぐらいである。

そうやって見つけた石も見栄え(みば)の面で難があり、庭のよく見える場所に使うには、ハルカたちから使用許可が下りないような気がする。

なかなかの徒労感に顔を上げれば、遠くに山脈が見える。

麓(ふもと)には森が広がっているが、ある程度より上には大きな木が見えない。

あれが森林限界というものだろうか。

「あそこまで行けば、石はいっぱい転がってそうだよなぁ……」

残念ながら、危険なので近づけないが。

俺は山の上を眺(なが)めながら、ふぅとため息。

一休みしていると、少し離れた所で石を探していたトーヤが走り寄ってきた。

「休憩か？」

「ああ。だが、正直、これは無理だろ？　方法を変えないか？」

「方法って……もしかしてあの山か？　ダメだぞ。危険すぎる」

俺の視線の先を確認してか、トーヤがそう言って首を振る。

「解ってるって。行くにしても他の場所だよ。——ところで、あの山、途中から木が生えていないんだが、あれって森林限界か？」

「ん？　確かに生えていないが……違うんじゃないか？　この辺ってそんなに寒くならないんだろ？　オレの感覚が正しければ、ここあそこの標高差ってそこまでないぞ」

「そういえばそうか。なら別の要因か？」

森林限界は気温と風など、複合要因で決まると聞いた気がする。

つまり、暖かい地域では森林限界が高く、寒い地域では低い。

このあたりはさほど寒くないらしいので、元の世界と木の性質がそう変わらないのであれば、あの程度の山で森林限界があるのはおかしいかもしれない。

「それじゃ他の……火山性……温泉とか⁉」

ガスや地質の関係で、木が生えなくなるということは考えられるよな？

「可能性は否定できないが……それなら、もうちょっと痕跡がありそうじゃないか？」

「湯気とか、見えないもんなぁ」

火山性イコール湯気、というのは俺の偏見かもしれないが、できれば温泉、期待したい。

この世界、娯楽が少ないので、自分たち専用の露天風呂とか夢が広がる。

——まぁ、魔物も存在するので、自然の露天風呂で入浴なんて命懸けだが。

「どうする？　石拾い、継続するか？」

「ナオ、どれだけ拾った？」

「八個。トーヤは？」

「オレは一〇個。……微妙だな」

「だな。軌道修正しよう。石の形もばらつきが多いし」

「森に行って、岩を砕くか？」

「それならハルカたちも呼ぶ必要があるだろ。布を選んだり、服を作ったりしているあいつらの邪魔、できるか？」

「無理」

トーヤ、即答である。もちろん俺も、邪魔はしたくない。

ちょっとした気遣いを忘れると、仲がこじれる遠因となるのだ。

男と女なので、考え方や趣味の違いはどうしても存在する。

だからこそ、お互いに半歩ずつ譲るのが、上手く付き合っていくコツである。

片方が一歩譲るような関係では、長続きしない。

まぁ、俺たちの場合、元の世界での付き合いも長いので、互いに譲れるところ、譲れないところがある程度解っていて、幸い、そこまで気を使うこともないのだが。

「今日はガンツさんの所で道具だけ手に入れて、様子を見るか」

「そうだな。所詮暇つぶしみたいなもので、急ぐわけでもないし」

「そんなわけでガンツさん、石切に必要な道具、くれ」

「どんなわけだ。金払やぁ売ってやるが。そうだな、鑿と楔、ハンマー、それに削り用のハンマーだな。楔は割りたい石のサイズによっていくつもいるぞ」

「削り用？」

「こんな形のハンマーだよ」

ガンツさんが見せてくれたのは、片側がマイナスドライバーのように尖ったハンマー。

大まかに割った石をこれで削って、目的の形にするらしい。

「じゃ、それ一式」

「いるっつぅなら売るが、普通に石工に頼んだ方が良いと思うぜ？　素人がやってもろくな物にはならねぇぞ？　石だって普通に買った方が良いだろ？」

「ハハハ、良いんですよ。遊びみたいなものですから。できあがりを考えれば、プロに頼んだ方が安上がりなのは解ってますから」

素人の俺たちが石を集め、割って、形を整えるのに必要な時間とコスト。

それを魔物討伐に振り分ければ、確実により良い物がプロの手によって作られるだろう。

でも、それじゃ面白くない。趣味なんだから、下手くそでも自分でやらないと。

「解ってんなら良い。――それじゃ、これで一式だ。足りなければまた買いに来い」

「はい、ありがとうございます」

ガンツさんが集めてくれた道具を受け取って代金を払い、俺たちは店を出る。

だが、道具はあっても割るべき石や岩が存在しない。

トーヤと『まだディオラさんにでも相談してみるか』などと談笑しながら、宿へ戻った俺たちを待ち受けていたのは——非常に不機嫌そうなハルカたちだった。

◇　◇　◇

ラファンの町の片隅、囲壁のすぐ近くには、日雇い労働者や低ランクの冒険者など、低所得者向けの宿が固まって存在する。

そこに建つ最低よりも少しだけマシな宿の一軒に、岩中たち三人の泊まっている部屋はあった。

三段ベッドがギリギリ入る小さな部屋。

他の家具はおろか、人がすれ違うのもやっというほど、狭いスペースしか残っていない。

そんな部屋に戻ってきたのは、醜く顔を歪めた岩中。

彼は荒々しく扉を閉めると、ドカリとベッドに腰を下ろして忌々しそうに床を蹴る。

「クソッ！」

そんな岩中を前田と徳岡が上のベッドから見下ろし、不満げに口を開いた。

「首尾は訊くまでもなさそうだな。自信ありげだったのに？」

「紫藤一人ぐらい連れてこられなかったのかよ」

「なら前田、あなたが行きなさい！　五人の中から一人だけ連れ出すことなんてできますか⁉」

岩中はベッドにゴロリと寝転がり、上に向かって吐き捨てた。

「街中じゃ強引に引き摺り込むこともできねぇしなぁ。やっと見つけたってのに」

「部屋に連れ込んじまえばどうとでもなるが……。上手くいかねぇな」

元の世界にいた時から目立っていたハルカたちだったが、前田や徳岡からすれば完全に高嶺の花。

一応は優等生だった岩中も、ハルカからはまったく相手にされていなかった。

だがこちらに来て、学校の成績が関係なくなり、スキルも身に付けた岩中たち。

同時に妙な自信まで付けてしまい、ハルカたちに粉をかけたわけだが……当然玉砕。

その失敗を踏まえて方針転換。

一人だけでも上手く誘い出せればと考えていたのだが、結果はご覧の通り。

そもそも口が上手いわけでもない岩中が、好感度がマイナスになっている相手を一人だけ自分たちのテリトリーに引き込めると考えること自体が愚かなのだが、それが理解できるようなら、最初からあんな行動は取っていないだろう。

「しかも彼ら、下手に手を出したら殺す、って脅してきましたよ」

「はあっ⁉　紫藤が、か？」

「いえ、神谷と永井。直接的じゃないですが。町の外では、犯罪も取り締まれないって」

「確かにな。この世界、町の外じゃ人目がねぇし、人が行方不明になったところで魔物の餌食になったと思われるのがオチ。捜査もされねぇよな」

「それは俺らも同じだろ。上手く町の外で攫っちまえば……」

「勝てますか？　僕たち三人で。五人相手に」

岩中の言葉に、徳岡と前田が考え込む。

「……人数は負けてるが、経験値的には俺たちの方が上だよな？」

「だが、スキルレベルはアイツらの方が上だろ？　経験値倍増系取ってねぇんだよな？」

「反応からすれば、そうでしょうね」

「攫うなら、殺すわけにはいかねぇしな。手足ぐらいなら……」

「僕は嫌ですよ、手足がないのなんて。そんな特殊性癖はないですから」

彼らの認識でのナオたちは、未だに東の森で薬草採取をしているパーティーである。

当然、戦闘経験にも乏しく、自分たち以下であろうと考えていたが、それでもキャラメイクで取れる高レベルの戦闘スキルは侮れないし、戦って必ず勝てるとは断言できなかった。

「クソッ、もっと強けりゃ、神谷と永井をぶち殺して、アイツらを俺たちの物にしてやるのに」

「徳岡、お前は【取得経験値10倍】だろ？　早くレベル上げろよ」

「できたらやってるぜ。この世界、明確なレベル制じゃねぇだろ？　ゴブリン斃したぐらいじゃスキルも付かねぇし」

「経験値も、キャラクターレベルも見えないですから、判りづらいですよね」

三人のスキル構成は、基本的に経験値倍増系と素質系のみ。

戦闘系のスキルを取るポイントがなかったため、未だにゴブリン一匹斃すのにも苦労していた。

それでもゴブリンの数匹は斃しているのだが、それによって強くなれたという実感はない。

「キャラクターレベルもスキルレベルも、こっちのやつは認識してねぇだろ？　俺たちもスキルレベルだけは見えるが……。【取得経験値10倍】って効果あるのか？」

「スキルとして表示されているのですから、ないことはないでしょう。そもそも冷静に考えれば、さほどおかしくはないですし」

「……どういうことだよ？」

顔を顰(しか)めた徳岡に、どこか得意げに岩中が解説する。

「そうですね、この世界の仕組みが判りませんから、キャラクターレベル制とスキルレベル制の二つのパターンで考えてみましょうか。まずは前者のキャラクターレベル制。古典的なＲＰＧ、ドラゴンク○スト的な物ですね。僕たちはゴブリンを斃しましたが、アレは最弱に分類される魔物です。ドラゴンク○ストで言えば？」

「そりゃ、スライムだろ」

「ですね。徳岡でいえば、今、スライムを数十匹斃した状態です。レベルは上がりますか？」

「……上がるだろ？　確か数回の戦闘でレベルアップしたぜ？」

「そう、上がります。ただし、レベル１なら」

岩中がそう言って指を一本立てれば、前田は訝(いぶか)しげに声を漏らす。

「あぁん？」

「この世界で僕たちは成人の年齢(ねんれい)に達しています。そんな僕たちのレベルは１でしょうか？」

「……普通なら、もっと高(たけ)ぇよな」

「はい。仮に10ぐらいとしましょうか。その場合、スライムを数十匹斃したぐらいでレベルは上がりますか？」

「無理、だな。数百、下手したら千の単位で必要か？」

「はい。経験値1が一〇倍になっても僅かに10。大した量ではありません。それにゴブリンを数十匹斃したぐらいで簡単に強くなれるなら、この町にいる年配の冒険者はなんだ、って話ですよね」

岩中たちが普段請け負っている仕事、木こりの護衛には、中年以上の冒険者も参加しているし、ゴブリンなどが出現すれば率先して戦い、斃している。

つまり、彼らがこれまでに斃したゴブリンの総数は、数百ではきかないはずである。

にも拘わらず、未だにこの町で木こりの護衛をしているわけで。

ゴブリン数十匹で簡単に強くなれるなら、彼らがこの町にいることはおかしい、というのが岩中の考えである。

成績は良かっただけに、そのあたりの考察はまともにできるのだ、一応。

「もう一つ、スキルレベル制。戦闘や訓練で経験値が貯まり、スキルレベルが上がるという仕組みですね。ステータスでスキルレベルが見えますから、こちらの方が可能性が高いと思っています。ですが徳岡、こちらに来てどれくらい剣の訓練をしましたか？」

「あ～、あんまりしてねぇな」

岩中の問いに徳岡は苦笑を浮かべ、頭を掻きつつそう答えた。

「ですよね。剣の素人が戦えるようになるまで、どのくらい訓練が必要ですか？　仮に一〇ヶ月で多少使えるようになるとしても、一ヶ月はみっちりと訓練しないといけないことになります」

「かぁあっ！　【取得経験値10倍】があれば、楽にハーレムでも作れると思ったのによぉ！」

そう叫んで上を見上げる徳岡に岩中が呆れたような視線を向け、ため息をつく。

「訓練の効率が一〇倍なんですから、真面目にやったらどうですか？　頻繁に女を買いに行く暇があったら」

「バカッ、おめぇ、大銀貨一枚足らずで一回できるんだぜ？　行かねぇ理由がねぇだろ！」

徳岡が言うように、このあたりの街角なら、安ければ一回分の食事代程度で街娼が買える。

ただし、相手も数を熟すことで稼いでいるので、場所は路地裏の暗がり、地面に適当な物を敷くか、下手をすれば立ったままでやることになる。

「街娼は安いが、汚ぇし、顔もなぁ……暗いからまだマシだが」

相手が聞けば、『お前が言うな』と言われること請け合いである。

岩中に倣って身体を洗って、髭を剃った今ならまだしも。

「お前は頻繁に買いすぎなんだよ。数日ぐらい我慢して、多少金を出せばマシになるぜ？」

「それでも似たようなものですよ。せめて娼館に行ったらどうですか？」

岩中が呆れたようにため息をつくが、そんな岩中を見て、徳岡は馬鹿にしたように鼻で笑った。

「高ぇよ、娼館は。岩中、お前、何回ヤった？　数回しか行ってねぇのにスッカラカンだろ」

「うっ……確かにそうですが、それはあなたたちも同じでしょう？　少し金があったら、街娼を買いに行ってるんですから」

「——けっ。お前が紫藤を引っ張って来れてりゃ、解決だったんだがな」

「それを三人で共有ってか？　そりゃそのへんの街娼と比べりゃ、ダンチだがよぉ」

「邪魔ですね、神谷と永井」

「あぁ、特に永井。なんだよ、あの身体。めっちゃ鍛えてたじゃねぇか」

「その上獣人とか、反則だろ？　……分かれて行動しねぇかなぁ」

「あぁ。アイツらがいなけりゃ、ちょうど三人。数も合う。――岩中、お前は誰が良い？」

「僕は東ですね。いつも僕より順位が上で、目障りだったんです。ヒィヒィ言わせてやりたい」

「俺は古宮だな。あのすまし顔が歪むとこを想像すると……へっへ」

「じゃあ、俺は紫藤か？　まあ、ああいう小さいのも嫌いじゃないが」

言うまでもなく、相談している内容はこちらの世界であっても犯罪なのだが、その認識もないのか、それとも気にしていないのか。

「ま、時間が経てば経つだけ僕たちが有利です。上手く機会を見つけましょう」

「おう、そうだな」

三人は顔を見合わせて、嫌らしい笑みを浮かべた。


――そんな話をした翌日。

「おい！　起きろ、徳岡！　岩中も準備しろ！」

息せき切って安宿の部屋に飛び込んできたのは、前田だった。

既に夕方なのに、未だにぐーすか寝ていた徳岡を叩き起こし、岩中を急かす。

「なんだよいきなり。今日は休みだろぉ〜」

ちなみに彼ら、収入はナオたちよりも圧倒的に少ないにも拘わらず、二日に一日、もしくは三日に二日の休みを取っている、働き方改革の模範生である。

その代わり、貯蓄ゼロの綱渡り人生になっているが。

「それどころじゃねえ！　見つけた、見つけたんだよ！」

「……何を？」

「紫藤たちだよ！　三人で歩いてる。神谷と永井はいねぇ‼」

「マジかよ⁉　――いや、場所は？　さすがに人目が多い場所はマズいぞ？」

「心配ねぇ。この近く、人通りの少ない場所をのんびり歩いてやがった」

「チャンス、ですね。時間は僕たちの味方ですが、彼女たちが別の町に移動してしまっては、見つけるのが難しくなります」

「だろっ！　こんな機会、そうそうねぇよ‼」

機会はないかもしれないが、その機会は掴むべき物ではない。

そんなことは冷静に考えれば解りそうなものだが、彼らにその冷静さはなかった。

岩中たちは慌てて武器を取り、立ち上がる。

「――あっ、顔はどうする？　アイツらはまだしも、他に目撃者がいたら」

「アイツらはこの町の住人じゃねぇ。そこまで調査はされねぇと思うが……」

「布を巻いておきましょう。遠くから判らなければ問題ないでしょう」

そう言いながら顔に布を巻く様は、完全に盗賊のそれだった。

そしてそのまま宿から飛び出していく徳岡たちはかなり怪しかったが、彼らの泊まる宿はその程度のことを気にするような、上品な所ではなかった。

それでも、さすがに人を攫ってきて連れ込めば通報されるだろうが、彼らがそのあたりのことも考えて行動しているのかは不明である。

「……いたぞ」

無駄に迅速な行動の甲斐もあり、ハルカたちの姿はすぐに見つかった。

前田が彼女たちを見かけた場所からさほど移動しておらず、楽しげに談笑しながら歩いている。

大きめの荷物を持っているからか、武器などは身に着けておらず、格好もただの私服。

それだけ見れば、ごく普通の女の子である。

「行くか？」

「待ってください。もう少し様子を見ましょう。できれば、人がいないところで……」

物陰に隠れながら後を追うこと暫し。

周囲から人影が消え、やや暗めの路地裏に差し掛かった。

「今だっ！」

三人は一気に飛び出してハルカたちを囲むように立ち塞がり、武器を抜いた。

きっと、驚き怯える、そんな岩中たちの予想とは裏腹に、彼女たちは大きくため息をつくと、苛立たしげに叫んだ。

「……はぁぁぁ。毎日、毎日、いい加減にしてくれないかなっ！」

「こうも頻繁に、楽しい気分を台無しにされてしまうと……我慢の限界ですね」

「出てこなければ、ストーカー行為も見逃そうかと思ったけど……はぁ」

まるで予想していたかのように対応するユキたちに、岩中たちが僅かに動揺する。

「……まさか、気付いていたのですか？」

「むしろ、なんで気付かないと思ったの？　森の中で命の遣り取りをしてたら、あんなバレバレの尾行、気付かなかったら死ぬよ？」

「まったく。今日は良い気分で終われると思ったのに……死にたいの？」

鋭く冷たいハルカの言葉と視線が、岩中たちに突き刺さる。

それを受け、彼らはたじろぎ後退しかけたが、自分たちを鼓舞するように声を張り上げる。

「——っ！　は、はっ！　強がってんじゃねぇよ。永井たちはいねぇんだぜ？」

「おう！　俺たちに丸腰で勝てると思ってんのか？」

「す、少しはこの状況を理解して、喋った方が良いですよ？」

武器をちらつかせて脅す岩中たちだが、それを見たハルカたちの視線の温度は更に下がる。

「うわぁ、脅して女の子に言うこと聞かせようとか、最低だねー。生きてて恥ずかしくない？」

「元々低俗な人間だとは思っていましたが、それ以下でしたか」

「あなたたちって、もしかしてバカなの？　あ、ごめんなさい、訊くまでもなかったわね」

「バ、バカにしやがってっ！　おとなしく付いてきた方が痛い目を見ずに済むぜ？」

「それが嫌なら、動けなくしてから連れて行くだけですが」

「つか、面倒だから早くやっちまおうぜ？　腕の一、二本でも折ってやれば、黙るだろ？」

肩をすくめて「ふぅ」とため息をつき、心底バカにしたように見るハルカの視線や、ユキやナツキの見下すような視線に曝されれば、彼らが激高するのも当然かもしれない。

だが、それはあまりにも愚か。

彼女たちが何も考えていないわけがないのだから。

「どうする？」

「私がやりましょう。ユキ、荷物を持っていてください」

「オッケー。町中だから、一応、殺さないようにね？」

「ええ、加減はします」

「言ってろ‼」

「やるぞ！」

「オウ！」

武器を持っていてもスキルなしの素人と、【体術 Lv.3】を持つ素手のナツキ。

普通なら男女の筋力の差もあるのだろうが、今のナツキには【筋力増強】や【鉄壁】、【韋駄天】など、肉弾戦でも有効なスキルがあり、力で押さえつけるなど土台不可能。

それに冷静さまで失えばどうなるか、そんなことは自明である。

僅かに数十秒。

それが、岩中たち全員が地面に転がり、ただ呻くだけになるまでの時間だった。

「バ、バカな……」

ハルカたちからすれば至極当然の結果だが、やられた岩中たちの方は状況が理解できず、混乱したように自分たちを圧倒したナツキを見上げる。

ナツキはそんな彼らの手足を細い紐で手早く縛り上げ、ハルカたちの方を振り返った。

「さてハルカ、ユキ、どうしましょうか？　どこかに捨てに行きます？」

「こんなのを引き摺ってたら、さすがに門から出してくれないよ～」

「衛兵かどこかに突き出しても良いんだけど……ただの喧嘩として処理されるかしら？」

「あたしたち、冒険者だからねぇ。ちょっとぐらい、怪我しておくべきだったかも？」

「止めなさい。あんな汚い武器で怪我したら、感染症が心配よ」

「でも、このままってのは、ちょっと嫌だよね？　散々邪魔してくれたし？　もう三回目だよ？

あたしたちの楽しい時間を邪魔してくれちゃったの」

「……潰してしまいましょうか。幸い、ナオくんたちはいないですし」

そう言うナツキの視線が向いているのは、岩中たちの股間。

何を潰すかなど、言うまでもないだろう。

「「「――――っ‼」」」

それを理解した岩中たちの顔から血の気が引く。

「え～、ナツキ、やってくれるの？　あたし嫌だよ？　靴越しでもナニに触るの」

などと言いながらも「シュッ！　シュッ！」と口で効果音を付けて、蹴りの練習を始めるユキ。

彼女もナツキから体術を習っているわけで、その蹴りはなかなかに鋭い。

効果音など付けずとも、空気を切る音が聞こえるほどに。

普通に喰らえば、一発で漢女になれることだろう。

それを見る岩中たちの顔は、青を通り越して既に白い。

「いえいえ、幸いそこに、良い物があるじゃないですか」

ナツキが指さすのは、岩中たちが取り落とした武器。

かなりの粗悪品で、ガンツの店であれば屑鉄に分類されそうな代物だが、棒として使うには十分に役に立つ。ついでに言えば、その持ち主は襲撃者本人。

「……なるほど。彼らは武器の扱いを誤って、自爆するわけね」

「はい。ダメですよね、扱いきれない武器を使うなんて。きちんと練習しないと」

ニコリと笑い合うハルカとナツキに、前田が耐えかねたように声を上げた。

「お、お前ら！　そんな性格だったのか⁉」

「そうだよ？　知らなかった？　この二人、クズ相手には容赦ないからねぇ」

「ユキだって、外面は良いけど似たようなものじゃない？」

「女の子は、異性の前では猫を被る物なんですよ？」

「お、俺たちも一応、異性だろうが⁉」

慌てて反論する徳岡に、ナツキは心底不思議そうな視線を向ける。

「異性……？　あぁ、すみません。あなた方は、異性とか、それ以前の問題なので」

「そもそも、人間扱いすべきか悩むとこだよね。……虫以下？」

「女の子を襲う暴漢なんて、万死に値すると思ってるわ。私は」

フフフと嗤うハルカの暗い瞳を見た徳岡が言葉も出せず、ゴクリと喉を鳴らす。

「ま、ナオたちの前ではあんまり隠してないけどね～。ナツキは微妙だけど？」

「あら？　そうですか？　それなりに素を出していると思いますけど？」

「えぇ～？　でもナオがいたら、『潰そう』とか言い出さなかったこと、ない？」

「そうですね、その場合は……『去勢しましょう』とか『宦官にしてあげましょう』とか？」

「同じ意味だし！　――ま、そろそろ処理して帰ろっか？　暗くなりそうだし」

「ま、待って――」

「はいはーい、岩中君、静かにしようね。ご近所迷惑だから」

「むぐぐっ」

剣の鞘を拾い上げたユキは、それを使って彼らが覆面に使っていた布を、その口にぐいぐいと押し込んでいく。

這いずって逃げようとした徳岡と前田には、オマケで一撃ずつ食らわせ、同様に。

「さてと。誰がやる？」

と言いつつ、再び「シュッ！　シュッ！」と効果音を付けながら、今度は剣を振るユキ。

その鋭さは、決して素人のものではない。

「「「むぐぅ――――‼」」」

岩中たちは驚愕に目を見開き、その目からは微妙に涙が流れ出している。

「ユキ、その威力でやったら死ぬかもしれませんよ？　一応急所ですし」

「程良くかぁ……。難しいなぁ。――せっかくだから彼らに選ばせてあげようか？」

「誰が手を下すか、ですか？　少し贅沢じゃありませんか？」

「でも、ムスコにお別れを告げる相手だよ？　最後ぐらいは、ね？」

「「「あがぁぁ！」」」

「ほら、こんなに喜んでる」

どう見ても嫌がっている。

しかしそんな彼らを見ても嬉しそうに微笑むユキは、かなりのSなのか、それともここ数日のことが余程腹に据えかねたのか。

「ほらほら、三人のうち、誰が良い？　選ばないなんてのは選択肢にないからね？」

ばびゅんっと剣を振るユキと、微笑みながら立つナツキと、ムスッと腕を組むハルカ。

そんな三人の間で視線を彷徨わせる岩中たち。

「選べないの？　欲張りだなぁ、全員が良いだなんて」

「仕方ないですね、それがご要望とあらば」

「「「うぐぐぅ‼」」」

ブンブンと首を振る三人の視線は、やがて一人に集まった。

「私？　仕方ないわね」

ハルカは面倒くさそうに地面の剣を拾い上げ、鞘に入ったそれをおもむろに振りかぶる。

きっと岩中たちは『エルフだから非力』と選んだのだろうが……彼らはまだ知らない。

誰を選んでも、結果には大差ないことを。

彼女たちの誰であっても、その気になれば軽くムスコを粉砕できることを。

そして……ハルカの手にある剣が振り抜かれた。

◇　◇　◇

「……殺ったのか？」

ゴクリと唾を飲み、尋ねるトーヤ。

「殺ってないわよ！　――ちょっと泡吹いて気絶したけど、生きてはいるわよ」

「道の隅に放置しておいたから、動けるようになったら勝手に帰るんじゃないかな？」

「きちんと回復体位にしておいてあげましたしね」

横向きに寝かせるあれか。であれば、嘔吐物で窒息死することはないかもしれないが……彼らの命は無事でも、彼らのムスコは無事なのだろうか？

同じ男として同情……やっぱできないな。

何を考えていたのかは知らないが、武器を持って囲んだ時点で有罪だろう。

「ま、死んでねぇなら構わねぇか。アイツらが漢女になってても」

「同意。むしろその方が、世の女性たちのためかもしれないな」

「なに？　その漢女って」

「あ～、女性に優しくなれる元男、かな？　ま、ハルカは知らなくても問題ないことだな」

わざわざ説明するのもなんだかなと、少し不満そうなハルカには曖昧に言葉を濁し、視線を外せば、ユキがにんまりと笑っている。うむ、あいつは理解していると。

「でもさ、ホントに面倒だよねー。これで懲りてくれれば良いんだけど……」

「衛兵は対処してくれないのか？」

「私たち、厳密にはこの町の住人じゃないから、難しいみたい」

冒険者は町の出入りや移動に優遇措置があったり、人頭税や賦役などが免除されている代わりに、行政サービスに関しては制限もあり、立場的には普通の領民よりも少し弱い。

そのため冒険者が領民に危害を加えたりすれば、裁定で少々不利になるらしい。

「ディオラさんにも相談はしてみたんだけど、『注意はできますが、それ以上は……』って」

ギルド資格の停止まで踏み込むなら、ギルド職員の現認や第三者の証言が必要になる。

冒険者が本当に犯罪行為に手を染め、それが悪質と判断されたなら、ギルドの権限で討伐が行われることもあるようだが、冒険者同士の諍い程度では対象外らしい。

「まぁ、あまり考えても仕方ありません。さほど脅威ではないですし、問題が起きたときに考えましょう。町の外であれば、その時こそ処理してしまいましょう」

さすがナツキ。冷笑と共にシビアなことをさらりと断言。

だが、すぐに優しい笑みに変えて、俺の方を見る。

「ナオくんたちは今日、何をしていたんですか？」

「俺たちか？　俺たちは、石集め、かな？　家庭菜園を作るなら、枠が必要かと思って」

「……あぁ！　レンガ代わり！　良いね。あたし、家ができたら、その周りとアプローチに花壇を作りたいんだけど、ついでにその花壇の枠も拾ってきてよ！」

「あー、いや、それがまったく上手くいってなくてな」

今日のなんやかんやを俺が披瀝すれば、ハルカが口元に手を当て、少し考えてから口を開いた。

「石、か……。そうね、祝勝会が終わったら、息抜きがてら大山椒魚でも狩りに行ってみる？　依頼も残ってたし、渓流なら石も多く拾えそうじゃない？　町を離れれば、アイツらもいないし」

「おっ、良いな！　それ！」

「賛成！　一遍、渓流釣りとかやってみたかったんだよ」

日本でやる機会なんてついぞなかったし、そもそも漁業権の問題があって、勝手に釣りなんかできなかった。せっかく行くのなら、経験してみたい。

「私も構いませんよ。明日、明後日で服作りも区切りがつくと思いますし」

「同じく。できたら鮎みたいに美味しい魚、食べてみたいよね。こっちに来て食べた魚って……」

あの料理を思い出したのか、ユキはどんよりと暗い目になってため息をつく。

悪い意味で〝忘れられない味〟だよなぁ、あの魚料理は。

「それじゃ、決定ね。ナオ、私たちは服作りを進めるから、二人は遠征の準備を整えておいて。数日の泊まりを想定して、テントとかそのあたりを」

「ディオラさんにアドバイスをもらうと、良いんじゃないかな?」

なるほど、理にかなっている。

設備の整ったキャンプ場でキャンプするのとは違うもんな。

「了解、任せてくれ。快適な釣り旅行になるよう、考えておく」

「だな!　しっかり準備しておくぜ」

俺とトーヤは顔を見合わせて頷いた。

第三話　釣行

翌日、早速俺たちは準備に取り掛かった。

「トーヤ、まずは何を買いに行く？　何が必要だ？」

「もちろん、最初はディオラさんだろ」

「え、ディオラさんは売ってないだろ？　そりゃ、あったら便利だけど」

「ちゃうわっ！　情報収集だよ！」

「うん、解ってた」

もちろん冗談である。早速ギルドに向かって、ディオラさんに相談。

いつも通り優しいディオラさんは、嫌な顔をすることもなく俺たちに対応してくれた。

「野営の道具ですか？　そうですね、これからの時季に一番必要なのは防寒具ですね。このあたりでは命に関わるほどに冷え込むことは少ないですが、体調を崩す危険性はありますから」

「火魔法の『暖房』があればどうですか？」

「便利な魔法ですが、移動中は使えません。馬車の中みたいに、閉鎖された空間なら効果はありますが。高レベルの術者なら、自分の周りに暖かい空気を保持したまま移動できると聞きますけど、防寒着を着る方が簡単です。戦闘になったときを考えると」

「確かに。魔力消費、多そうですもんね」

快適ではあるだろうが、あまり良い方法ではないだろう。

「『防冷』は人に対して使う魔法ですから、こちらは移動中も効果があります。ですが、魔力切れになったときのことを考えると防寒着が不要、とはならないでしょう」

「魔力切れで凍死とかシャレになりませんもんね」

「はい。他には雨を防げる外套などもあった方が良いですね。野営に限りませんけど、雨が降っていても移動しないといけないときもあります。長時間雨に濡れると体力を奪われますので、これの準備はほぼ必須です。余裕があれば、雨宿りできるような天幕もあると良いですね」

「それは、テントとは別に？」

「別にですね。支柱と屋根だけの物です。普通のテントだと、中で火を焚けないでしょ？　雨のときは冷えますから、やはり火は欲しいところです。あと、地面が濡れていて火が付かないこともありますから、焚き火を地面から離せるコンロや乾いた薪もあると良いですね」

「結構、いろんな物がいるんですね」

いずれも納得できる物ばかりだが、マジックバッグがある俺たちはともかく、普通の冒険者には持てる量じゃない。そう思ったのはトーヤも同じだったらしく、ディオラさんに尋ねる。

「でも、これって普通は持ち歩けないですよね？」

「そうですね、このあたりは馬車を持っていないと難しいですね。なので、天候が崩れそうなときは町の中で過ごしたり、長期の遠征を控えたりすることをお勧めしますが、馬車を持てない冒険者ほど、そんな余裕がないですから、雨でも仕事をせざるを得ないことも……」

「そういう場合は？　外で雨に遭ったときとか」

「雨に濡れながら集落まで移動する、外套を被ってひたすら耐える、このあたりですね」

厳しいっ！　雨の中、雨合羽的な物を被って一晩過ごすってことだろ？

いや、現代の雨合羽ほどの性能はないから、もっと辛いか。

水魔法の『防雨』や火魔法の『暖房』、普段の生活には便利そうでも、ちょっと微妙な魔法とか思ってたけど、実は冒険者としても重要な魔法だったんだなぁ。

「まともな冒険者なら目的地までの距離や天候を考え、余裕を持って行動しますから、頻繁にあることではありませんけどね。これら以外に必要なのは、ごく一般的な物です。テントや食料、毛布。余裕があれば調理器具。案外役に立つのが、大きめで厚手のマントです。移動中に寒いときにも使えますが、テントを張れないような状況でも地面の上で仮眠ができます」

そのあたりは、キャンプの経験を参考に買い集めよう。

子供の頃、キャンプに連れて行ってもらった時は全部親任せで、自分で準備した経験なんてないけど。

頑張れ、俺の記憶力。あの時のことを思い出すんだ。

「そして、忘れがちなのが水です。活動量が多いと水の消費量も多くなります。事前に水場の情報を集めるのはもちろん、その水場が涸れていたときのことも考えておいた方が良いでしょうね」

「水魔法に『水作成』がありますよね？　これでは？」

「使えるのであれば活用すれば良いと思いますが、それに頼り切ってしまうのは問題です。万が一の状況、はっきり言ってしまえば、水魔法を使える人が亡くなった場合、そこまでではなくても魔力不足や意識不明の場合なども想定しておくべきでしょう」

「……そう、ですね」

そんな状況は考えたくもないが、ライフラインの冗長化は必要か。

ハルカには水魔法のレベルアップに励んでもらうとして、ユキも水魔法の素質を持っているし、エルフの俺なら努力すれば覚えられる。

マジックバッグにも入れておくにしても、この三人が全員斃れるようなら、ほぼ全滅状態。

水の心配をする必要もないだろう。

「ディオラさん、ありがとうございます。参考にして準備を整えます」

「いえ、お気になさらず。どこかに遠征ですか？」

「遠征ってほどではないんですが、家の代金も確保できましたし、近いうちに息抜きも兼ねてグレート・サラマンダーでも捕まえに行こうかと。あと、ハルカたちに絡む冒険者が……」

「あぁ、あれですか。お話は聞いています。すみません、あまりお力になれなくて。ギルドの建物内で問題を起こしてくれれば対処もしやすいんですけど……」

申し訳なさそうな表情でため息をつくディオラさんに、俺たちは揃って首を振る。

「いえ、ディオラさんの責任じゃありませんから。なぁ？」

「おう。ま、ほとぼりを冷ます意味も兼ねて出かけてきますよ。お土産、期待していてください」

「ふふっ、程々に期待しておきます。町の外ですから、十分にお気を付けて」

「はい、ありがとうございます」

穏やかに微笑むディオラさんに別れを告げた俺たちは、彼女のアドバイスと、俺とトーヤの記憶を頼りに、必要な物を買い揃えていく。

基本的にはディオラさんの挙げた物、それに加えてロープや布など汎用性の高そうな雑品類。

売っている商品にバリエーションが少ないので、迷う余地もあまりない。

「テントは、一つで良いと思うか？」

「普通なら、男女で分けてと言うところだが、安全な場所に遊びに行くわけじゃないしなぁ。二人は見張りで起きているだろうし、着替えをすることも、基本的にはないだろ？」

最近は休日に私服を着る余裕もできたが、当初は完全に着た切り雀。

ハルカの『浄化』のおかげで、それで問題はなかったし、今も洗濯はこの魔法頼り。

今回は半分余暇だが、町の外と考えれば装備を外すことなどないだろう。

もしハルカたちが必要と言うのであれば、そのときにまた購入すれば良い。

「それじゃ、必需品は終わりとして、レジャー用品を買いに行くか！」

「レジャー用品？　……ボールとか、フライング・ディスク？　犬的に」

「釣り竿だよ！　渓流釣り。他にないだろ？　つか、犬じゃねぇ！　狼だ！」

ツッコミ所はそこなのか、と思いつつ、渓流釣りは確かにレジャーだなと、俺も納得。

俺としては、釣った後もかなり楽しみだが。

川魚を焚き火で塩焼き……じゅるり。

「確かに忘れちゃダメだな。しかし、釣り竿を売っている所ってあったか？」

「……見た覚えはない」

俺もない。釣具屋なんて見たこともないし、雑貨屋にも釣り竿はなかった。キャンプに使える良い物がないかと、隅から隅まで確認したので、見落としたということもないだろう。

「まずは、針を手に入れるか。それ以外はどうとでもなるだろ」

「そうだな。ってことは、ガンツさんの所か」

金属製品なんだから鍛冶屋だろ、という安易な考えで向かったガンツさんのお店だったが――。

「釣り針ぃ～？　そんなもん作ってねぇよ。売れもしねぇのに」

「売れないのか？」

「売れねぇよ。誰が買うんだよ。この辺でのんびり釣りができるような場所なんぞねぇ。サールスタットならまだ可能性もあるが、網漁だからなぁ、あそこも」

更に漁師の縄張りもあるので、港で勝手に釣り糸を垂らしたりするとシメられるらしい。

俺たちの目的地であるノーリア川上流なら問題ないが、そんな所で釣りができるのは、一部の冒険者のみ。そんなのをターゲットに釣り針を売っても、とても商売にはならない。

「なら、釣り竿とかも？」

「売ってねぇだろうな。その辺で適当な木でも切って来いよ」

カーボン製とは言わないが、竹ぐらいのしなりがあって丈夫な木が欲しかったんだが。

当然、リールなんかもないんだろうなぁ。

——川釣りならリールがなくても大丈夫か？

「釣り針程度なら、トミーに作らせな。材料ぐれぇはやるからよ。気分転換にもなんだろ」

「すみません、ガンツさん。助かります」

少し呆れたように、顎で奥を示すガンツさんにお礼を言い、俺たちは工房の方へ。

そこではトミーがショベル作りに精を出していた。

ショベルの先っぽだけが、床に何十個も並んでいるところを見ると、販売は好調なのだろう。

「トミー」

「あ、トーヤ君、それにナオ君。こんにちは」

作業が一段落するのを待って声を掛けると、道具を下に置いたトミーが少し疲れたような笑みをこちらに向けた。

「ショベル、売れているんだな？」

「ええ、幸いなことに。先日の小太刀作りで気分転換はできましたが……少し飽きますね」

「そこは仕事だからなぁ。ほとんどの仕事は、毎日同じことの繰り返しだろ」

「もちろん、解ってはいますけどね。スラムに落ちるよりはよっぽどマシです」

言い換えるなら、『同じことをしていてもお金が貰える仕事』なわけで。

ほとんどの凡人は、『常に新しいことをしていなければお金が貰えない』となれば、すぐに路頭に迷うことになるだろう。『程々に新しいことに挑戦できて、失敗が許されて、お金も貰える』なんて都合の良い仕事、そうそうないのだから。

「そんなトミーに朗報だ。釣り針、作れるか？」

「釣り針ですか！　釣りに行くんですか⁉　良いですねぇ」

トミーがパッと顔を明るくして、声を上げる。

「おや、トミーは釣り好きか？」

「はい！　海釣りも川釣りも。頻繁には行けませんでしたけど」

予想外、ってほどでもないか。

日本だと互いの趣味を知るほどの付き合いはなかったし。

「それで、何を狙うんですか？」

「いるかどうかは判らないが、山女と岩魚、鮎とかだな」

「針に返しは？」

「ん？　付いてない針があるのか？」

「ええ。リリースする場合は返しのない針を使うこともありますね」

「もちろんありで。食べるから」

それを逃がすなんてとんでもない、である。

「トミー、オレは毛針とか使ってみたいんだが、作れるか？」

「大丈夫、というか、普通は針に自分で細工するんですよ。鳥の羽根とか糸を使って。売ってもいますけどね。ただ、毛針だと鮎はあまり釣れないと思いますよ。鮎なら、友釣りかルアーですね」

「友釣り、聞いたことはあるな」

生きた鮎を囮にして、攻撃してきた鮎を釣り上げるという、結構酷い漁法である。

そもそも、縄張りを守ろうと攻撃してくるのだから、〝友〟じゃなくて〝敵〟じゃないか？

「ルアーの方が手軽ですが、どんな魚か判らないと作れないですから、作って持って行ったとしても、上手くいくかどうかは賭けですね」

ルアーと一口に言っても、単純に魚を模した物だけではない上に、狙う魚によって使うルアーの種類も異なるため、そのあたりの情報がなければ適した物を作るのは難しい――らしい。

「ふーむ、なるほどなぁ。結構難しいんだな、釣りって」

「どうします？　取りあえず、普通の針とルアー用の針でも作りましょうか？」

「それで頼む。ついでに今日の夜、宿で毛針の作り方、教えてくれるか？」

「ええ、構いませんよ」

俺の頼みを、トミーはむしろ嬉しそうに請け合う。毛針はこれでいいとして――。

「ルアーは、どうやって作るんだ？」

「そちらは僕も経験ないです。木を削って、魚に似せた模型を作ることになるのでしょうが……」

結構難しそうだが、ま、遊びだし適当に作ってみるか。

失敗しても、それもまた経験ってやつだろう。

「ちなみに竿の方は？　なんか良い素材とかあるんでしょうか？　錬金術とか、そのへんで」

「いや、適当に森から木を切ってこようかと思ってるが――」

「ダメですよ、そんなの！　リールは……まぁ、川釣りならなくてもなんとかなりますけど、竿は良い物じゃないと大変だと思います。ラインだって、そんな良い物はないでしょうし」

竿にある程度の撓りがなければラインが――つまり、釣り糸が切れやすくなるらしい。

「なるほど。ルアーの材料と一緒に、シモンさんにでも訊いてみるか。トミー、助かった」

「いえ、この程度は。……あの、その釣りに、僕も付いていくことはできませんか？」

少し遠慮がちに言ったトミーの言葉に、俺はトーヤと顔を見合わせた。

今回は半分遊びなので、連れて行っても仕事には影響しないだろうが、問題は目的地。

俺たちも初めて行く場所であるし、危険度の想定ができない。

「釣り経験者みたいだし、安全な場所ならむしろ来てくれと頼むところだが……」

「正直、トミーが無事に帰ってこられるか判らねぇ」

「そ、そんな危険な場所で釣りですか⁉」

目を剥いたトミーに、俺は首を振る。

「いや、危険かどうかすら、判らん。ただ、普通の人が釣りに行く場所ではない」

「それって、確実に危険だからですよね⁉」

「オークでも出てきたら、一般人は一撃でミンチだからなぁ」

そこまでではなくとも、魔物分類には入らないタスク・ボアーだって、状況次第では危険。

こちらに来たばかりの俺たちには、十分に脅威だった。

「……どのぐらい鍛えれば、いけますかね？」

「え、魚釣りに命懸けんの？」

「トミー、そこまで釣り好きだったのか？」

俺たちは驚いて、トミーをマジマジと見つめた。

今の俺たちであれば、危険性が低そうだから息抜きに行こうと思える。

だが、もし俺がトミーの立場なら、危険を冒してまでわざわざ釣りに行こうとは思えない。

所詮は遊び、魚を釣ったら儲かるというわけでもないのだから。

「もちろん釣りが好きというのもありますけど、ずっと鍛冶だけというのもアレでしょう？　楽しいことは楽しいんですけど」

「息抜きは必要か」

「はい。この世界、娯楽少ないですから」

気持ちは解る。俺たちも自由時間と言われて、することが思いつかなかったクチだから。

「なるほどな。オレたちもまだ行っていないし、どのくらいなら安全とは言えないが、最低でもホブゴブリンは一人で斃せるようになって欲しいところだな」

「あとは、ある程度の速度で、半日は走り続けられるように鍛えた方が良いだろうな」

「ホブゴブリンは解りますが、半日走る、ですか？」

不思議そうに首を傾げるトミーだが、これ、凄く重要だぞ？

「強い敵が出てきたら逃げなきゃいけないだろ？　俺たち、力を合わせて強敵をギリギリ斃す、なんてこと、するつもりはないし」

「ギリギリならまず逃げるよな、逃げられる状況なら。無理する意味なんてないし」

死んだら終わりなのだ。

そんな相手と戦闘になること自体、既に戦略的に失敗している。

常に格上と戦うなんて、物語なら楽しいかもしれないが、俺たちには必要ない。

むしろ、同格以下とのみ戦えるよう、努力すべきである。

「で、そんなとき、トミーが走れないと置いていくことになる、と」

「トミー一人のために犠牲が出る危険性があるなら、普通に見捨てるから、オレたち」

「今日から走り込みをします！」

ちょっと脅すように言った俺たちに、トミーは顔を引き締めてそう宣言した。

それでも釣りは諦めないのな。根性は認める。

「頑張れ。半日走り続ける程度は案外簡単だと思うが、できるだけ速く走れるようになることを勧める。危ないときには、真っ先に一人で逃げられるぐらいに」

「えっと……良いんですか？　一人で逃げて」

「逆にその方が助かる」

「だな。オレたちからすりゃ、躊躇う方が迷惑だぞ？」

トミーは不思議そうに首を傾げるが、俺たちはすぐさま深く頷く。

緊急時に、牽制などしながら撤退するにしても、普段からパーティーを組んでいないトミーと呼吸を合わせるのは難しいだろうし、単純に速度面でも付いてこられないだろう。

かといって、先ほどの言葉通り、本当に見捨ててしまうのは心が痛む。

それならば最初に逃げてもらった方が、むしろ楽なのだ。

「ま、アドバイスが必要なら訊いてくれ。ゴブリンを斃しに行くなら、暇なときなら付き合うし」

「ありがとうございます。休みが取れたら、お願いするかもしれません」

「おう。それじゃ、針は頼むな。宿で渡してくれ」

「解りました。今夜、持って行きますね。良い物を作りますから！」

そう強く宣言したトミーは、先ほどまでよりも明らかに気合いの入った表情で炉に向き直った。


その後、俺たちは、トミーのアドバイスを参考に、木の専門家であるシモンさんにも相談。

竿とルアーの材料を見繕ってもらい、ついでに加工に必要な道具類も教えてもらった。

シモンさんは『作ってやろうか？』とも言ってくれたのだが、これは趣味。

プロに任せてしまうのは違うだろう。

続いて毛針の材料として、肉屋で鳥の羽根を、雑貨屋で糸とかそのへんの物を調達。

宿に戻るなり、早速ルアー作りに取り掛かる。

トーヤと二人して慣れない作業に悪戦苦闘していると、仕事を終えたトミーが訪ねて来た。

「こんばんは～。ご依頼の品、お届けに参りました」

「おっ、さんきゅー。良い感じにできたか？」

「正直に言えば不満点はありますが、現状ではこのくらいでしょうか」

トミーはそう言うが、机の上に並べられた釣り針は、俺が見る限り十分な出来である。

サイズも各種揃っていて、俺たちが狙う山女など小形の魚だけでなく、鮭のような大形の魚すら釣れそうな針もある。

普通に日本で手に入る針と比べても遜色はない。

……いや、正直に言えば、実物の釣り針なんて見たことないんだが。

海釣り、川釣りはもちろん、釣り堀すら行ったことないし。

「これ、どこか問題があるのか？」

「針の細さ、返し、それに強度ですね。僕の技術では、まだこのあたりが限界のようです」

俺には解らないが、釣り人のトミーには不満なようだ。

まぁ、俺たちは釣りが楽しめれば良いだけなので、これで十分である。

「今は……ルアーを作っていたんですか？」

「ああ。まだ全然形になっていないが」

現状は僅かに紡錘形な、ただの木片。これが魚に見えるようになるかどうかは、俺たちの努力とセンス次第なのだが……俺、絵もそんなに上手くはないんだよなぁ。

「そこまで精密じゃなくても、ウロコの反射を再現できれば、動き次第でなんとかなるって話も聞きますけどね。本当かどうかは知りませんが」

「ウロコの反射……難しそうだな」

「ここでできそうなのは、金属箔を貼り付けるぐらいでしょうか……それから、タモはありますか？　ないと逃げられやすいと思いますよ？」

「タモって、確か手網のことだよな？　必要なのか？」

「水面から上げると魚が暴れてバレる——針が外れることがありますから、水中で引き寄せて網に入れてから上げる方が良いでしょうね」

なるほど。さすがは経験者、頼りになる助言だ。

「手網は売ってなかったなぁ。トーヤ、作るか？」

「そうだな。網は細いロープでも買ってきて編むか。輪っか部分と柄は……」

「なら、枠は僕が調達してきますよ。柄は適当な木で良いと思いますし」

「それは助かる！」

針金でちょちょいと作ろうにも、そもそも針金自体が手に入らない。

針金の製造方法（金属を順々に小さな穴に通して、引っ張り出すことを何度も繰り返す）を考えるに、手作業での大量生産は難しいだろうし、需要の関係もあるから、仕方ないのだろうが。

「下心ありですから。鍛えたら連れて行ってもらわないといけないですし」

ふふふっと含み笑いしながら、そんなことを言うトミー。

まぁ、安全を確保できるなら、俺たちに否やはないので、むしろはっきり言ってくれた方がやりやすい。——具体的には、釣りに関して無理を言いやすい。

「実力が一定水準に達したら連れて行ってやる。オレたちが行ってみて、危険がなければな」

「俺たちが帰ってこなかったら、危険な場所と諦めてくれ」

「不吉なこと言わないでくださいよ!?　危ないときは逃げ帰るんでしょ！　嫌ですよ、せっかく仲良くなれた人が死ぬのなんて」

焦ったように言うトミーに、俺は肩をすくめて苦笑する。

「ま、もちろん死ぬ気はないが、可能性はゼロじゃないんだよなぁ、この世界」

オークならそう苦労せず斃せるようになった俺たちだが、そんなオークも魔物の中では弱い部類である。エリア毎に出現する魔物が綺麗に分かれているわけでなし、運悪く強い魔物が徘徊していたら、あっさり殺されることも考えられる。

【索敵】は有用だが、俺の索敵範囲が敵に劣っていれば、見つかる前に逃げることもできない。

そうなると、あとは移動速度の勝負。

敵よりも速く移動できなければ、強敵であっても戦うしかなくなる。

動物と違い、魔物は積極的に人間を襲うのだから。

「この世界、観光旅行とか、無理そうですよね」

「金があればできるんじゃないか？　高ランクの冒険者を大量に雇って」

「そんなの、現実的じゃないですよ～。やっぱり、安心して街道を移動できるぐらいには鍛えた方が良さそうですね」

トミーは大きくため息をついた後、気を取り直したように顔を上げる。

「ところで、毛針の作製はどうしますか？　今からやります？」

「トミーが良いなら。明後日ぐらいに行きたいと思ってるからな」

「あまり時間はないですね。必要なのは糸と鳥の羽根です。ありますか？」

「あぁ。適当に準備しておいた。これでいいか？」

「十分です。まずは細工がやりやすいように、針を固定します。普通は専用の万力(バイス)を使うんですけど……この木片、使っても良いですか？」

俺が頷けば、トミーはその木片を二つに割り、間に釣り針を挟(はさ)んで紐(ひも)でギュッと締め上げた。

「あとはこの部分に、鳥の羽根や糸を使って虫に見えるような細工を施(ほどこ)すだけですね。このへんはもう、各々(おのおの)の趣味の世界ですから、適当に……こんな感じで……」

トミーはそう言いながら、鳥の羽根を小さく切ったり、裂(さ)いたりして、糸で巻き付けていく。

「……どうでしょう？　虫に見えますか？」

「おぉ、上手いな⁉　何かそれっぽく見える！」

こんな虫がいるかどうかは知らないが、なんとなく釣り針が羽が生えた虫っぽく見える。

「これって、一つあれば良いのか？」

「好きな人は何種類も作って、付け替(か)えて使いますね。それに、使ったら消耗(しょうもう)しますし」

「それもそうか」

川に投げたり、魚が食いついたりしたら、だんだん傷(いた)んでくるのは当然だよな。

「それじゃ、何個か作ってみるか。指導、よろしく」

「はい。僕もさほど上手いわけじゃないですけど」

そんな風に謙遜(けんそん)するトミーだったが、その指導はなかなかに的確で、俺たちはその日のうちに、数個の毛針を作り上げることに成功したのだった。

ハルカたちが服作りに勤しむ傍ら、俺たちのルアー作りは翌日も続いていた。

ずっと木彫りをしていると疲れるので、気分転換にタモの網を編んだりしつつ作業を続け、昼過ぎにはおおよそ魚の形が完成。

あまり出来は良くないが、素人にしては悪くないと自分を慰めつつ、それっぽく魚の絵を描く。

軽くニスを塗って、その上からポンポンと金粉をはたき、ニスを重ね塗り。

少しでもウロコっぽく見えれば良いなぁ、という小細工である。

正直、ルアーに使えるニスが手に入るとは思っていなかったのだが、そこはプロのシモンさん。

原料は不明ながら、強度も防水性も十分という代物を教えてくれた。

少し高いが、ごく少量しか使わないので、俺たちのお小遣いでも十分に買えた。

そして、最後に針を取り付ければ、ついにルアーは完成！

俺たちは喜び勇んで、それをハルカたちに見せに行ったのだが……その反応は微妙だった。

「良く、できていますね？」

「……努力賞」

「魚に見えない」

優しいのはナツキだけで、ユキには気を使われ、ハルカはバッサリである。酷い。

だが、喜びに曇っていた目を拭って見れば、確かにこれは……ナツキの優しさが逆に痛い。

「……これ、無理だと思うか？」

「どうかしら？　私も詳しくはないし……」

「別に良いじゃん。失敗しても。遊びなんでしょ？」

「それはそうなんだが、せっかくなら魚、食いたいだろ？」

「そうだね……あたしも何か考えようかなぁ」

普通の釣り針、毛針、ルアー。三つ用意したんだから、ボウズってことはないと思いたいが、所詮素人である。いざとなれば、身体能力に任せてタモ網を使えば数匹ぐらいは獲れるだろうか？

「それより、もう少ししたら予約の時間だけど、準備は大丈夫？」

「あぁ、それは。そもそも準備するほどのこともないし」

今日はアエラさんの店で祝勝会。

といっても、仲間内で祝うだけで一張羅に着替えるってわけでもない。

せいぜい、ルアー作りで散らかった部屋を片付けるぐらいだ。

「楽しみだな、アエラさんの料理。ちょっと高いだけに美味いんだろうなぁ……」

緩んだ顔でトーヤがそう言えば、ナツキたちも少しそわそわと立ち上がった。

「ハルカ、私たちもそろそろ片付けましょうか。結構、糸くずとかが落ちていますし」

「そうね、それじゃ準備ができたら、下で集合ね」

祝勝会で出た食事は、控えめに言ってもかなり美味しかった。

もちろん、元の世界で同等のお金を払えば、もっと高級な料理が食べられるだろうが、そこは比較しても仕方がないし、初めて食べる珍しい料理もあったので、満足感はかなり高い。

それに、お金を出せば美味しい料理が食べられると判ったことは、間違いなく収穫である。

ただアエラさんは今回、ほぼ原価で提供してくれたみたいで、他のお店で同じレベルの食事をしようと思えば、確実に二、三倍はするらしい。

つまり、一人一食一〇万円相当。おいそれと払える額ではない。

今回は思いっきり奮発したが、その一〇分の一でも震えるレベルである。小市民の俺では。

そう考えると、やはり安くて美味い食事処を見つけるのは、なかなか難しそうだ。

家ができてからにはなるだろうが、ここはハルカたちの手料理に期待したいところである。

祝勝会の翌日、俺たちは予定通り魚釣り——もとい、大山椒魚の捕獲に赴いた。

ラファンの町を出て一路東へ。サールスタットが見えてきたら北へと進路を取り、ノーリア川上流へと向かえば、当初三〇メートルは超えていた川幅も急速に狭くなり、水量も減り始めた。

そんな川の様子をユキも不思議に思ったのか、首を傾げて疑問を口にする。

「ねぇ、この川って支流もなかったけど、何であんなに大きくなってるのかな？」

「よく判らないけど、伏流水とかそんな感じじゃない？」

「あぁ、確かに山は深いから、それならおかしくない、のかな？」

ラファンからサールスタットまで、北側には山脈が続いているが、その間に川は一本もない。

おそらく、そこに降った雨水が集まるのが、ノーリア川なのだろう。

「よく解らねぇけど、実際あるんだから、そうなんだろ？」

「トーヤ、身も蓋(ふた)もないな。しかしそれなら、あの辺りに井戸(いど)を掘(ほ)れば、水は出そうだよな。何で農地になってないんだ？」

ラファンの町の農地は南側にしかなく、その広さもさほどではない。

東側の草原も危険性は低いのだから、農地開発しても良さそうなんだが。

「単純に農業従事者がいないだけでしょ。家具作りという主要産業があるなら農作物は輸入でも良いわけだから。人が増えて土地がなくなれば、自然とこちらにも農地が広がるんじゃない？」

「なるほど、ラファンは発展途上(とじょう)の町とも言えるわけか」

領都があるのも南方向だし、農地開発もそちらから進めたのかもしれない。

現状でラファンが安定しているなら、新しく人を呼び込んで、東側まで開発を進めるリスクを取る必要がない、という考え方もある。それが為政者(いせいしゃ)として正しいかは解らないが。

「それより、今は依頼の方よ。大山椒魚(グレート・サラマンダー)が出るのはまだ先？」

「資料によれば、サールスタットから上流に一時間以上移動した場所とありましたが……」

「それは、かなり曖昧(あいまい)よね」

「だよな。この世界、人によって身体能力の差が大きいわけだし」

『駅から徒歩五分』みたいに、ある程度の基準が決まっているわけでもないのだ。

資料があったのは冒険者ギルドだし、一般的な冒険者の移動速度と考えれば良いのだろうか？

「オレたち、もう一時間程度は移動したよな？」

「うん。時間的には、そろそろ大山椒魚（グレート・サラマンダー）の生息エリアなのかな？」

サールスタットのあたりでは、河岸の砂と岩石の割合は七対三といったところだが、このあたりでは逆転して四対六ぐらいになっている。

水もかなり澄（す）んでいて、サールスタット近辺のような泥（どろ）による濁（にご）りはまったくない。

「ナオ、どうだ？　いそうか？」

「わからん。そもそも大山椒魚（グレート・サラマンダー）って川を泳いでいるのか？　それとも岩陰（いわかげ）に隠（かく）れているのか？」

「あ～、……ナツキ、どうなんだ？」

「元の世界の大山椒魚（おおさんしょううお）は夜行性だったと思いますが、この世界の大山椒魚（グレート・サラマンダー）に関しては、よく判りません。生態についても、ギルドの資料には載（の）ってませんでしたね」

魔物ですら大して調査されてないのに、ただの生物なら言うまでもないか。

川を観察しながら更に三〇分ほど上流に進み、砂と岩の割合が二対八ぐらいになったころ。

「あっ！」

その声が聞こえるのとほぼ同時、俺の横から突（つ）き出された槍（やり）が川底に突き刺（さ）さる。

そしてすぐに引き上げられた槍の先には黒っぽく平べったい、鯰（なまず）と蜥蜴（とかげ）を掛け合わせたみたいな生き物が、頭を串刺（くしざ）しにされてピクピクと身体（からだ）を震わせていた。

「大山椒魚（グレート・サラマンダー）、です」

仕留めたのはナツキ。

俺も【ヘルプ】で確認してみれば、確かに『グレート・サラマンダー』と表示される。

体長は八〇センチほどだろうか。

俺の知る大山椒魚と差はないが……やっぱちょっとグロい。

「ナツキ、よく気がついたわね。私も視界に入ってたはずなんだけど……」

「そうだよな。俺なんか隣にいたのに」

俺の真横から槍を突き出したのだから、俺とナツキの視界はほぼ同じだったはず。

にも拘わらず、俺は大山椒魚が川にいることにまったく気付かなかった。

川を泳ぐ魚はちらほらと目に入っていたんだが、あれだけのサイズの物に気付かないとは。

「川面に光が反射しますし、色も判りづらいですからね。――これ、仕舞っちゃいましょうか」

「あ、ああ、そうだな」

鮮度が重要らしいので、動きを止めた大山椒魚をハルカが冷やし、すぐにマジックバッグへと入れる。これで一応、金貨二〇枚以上は確実。

半分レジャーだから稼ぎを気にする必要もないのだが、金になるに越したことはない。

「あたしも見つけられなかったけど、ナオは判らないの？ 【索敵】で」

「う～ん、はっきりとは。川の中にも反応はあるんだが、敵意がないせいか小さいんだよなぁ」

〝敵〟を感知できる【索敵】スキルだが、脅威にならない生物は、かなり集中しないと難しい。

逆に生物すべての情報が感知できてしまうと取捨選択に苦労しそうなので、これはこれで良いのだろう。

「トーヤはどうだ？」

「ダメダメ。川の中はさっぱりだな。オレのはお前みたいなスキルじゃなくて第六感みたいな感じだし、嗅覚（きゅうかく）が封（ふう）じられる水の中だと無理なんじゃないか？」

おそらくトーヤの索敵は、視覚や聴覚（ちょうかく）、嗅覚など、複合的な感覚の組み合わせで為（な）し得ているのだろう。そのうちの一つ、もしくは二つが封じられた状態ではあまり期待できそうもない。

「むむ、生物の反応……ここか？」

索敵に集中し、それっぽい物を選択、その岩陰を覗（のぞ）き込んでみると、そこにいたのは黒っぽいヌメッとした生物。大山椒魚（グレート・サラマンダー）に比べると明らかに短く、ヘルプで表示されたのは『ポイズン・トード』と言う名前。毒ガエルらしい。

牛蛙（うしがえる）よりも大きいぐらいのサイズなので、これまたちょっとキモい。

「なにか……きゃっ！　ち、違うじゃない！」

俺の後ろから覗き込み、そんな非難の声を上げたのはハルカ。

気持ち悪さは大山椒魚（グレート・サラマンダー）も同じだと思うが、不意打ちがマズかったのだろうか？

「ナオ、そいつは毒があるみたいだから気を付けろよ？」

「名前からして毒があるのは俺も判るけど、触（さわ）るとマズいのか？」

それとも噛（か）まれたり、毒を吹（ふ）きかけられたりするのだろうか？

「ポイズン・トードは、そんなに危なくはないですよ。ポイズン・トードを触った手で目を触ったり、肌が弱い人はかぶれるみたいですが、その名前に反して、食用可、らしいです」

「マジでか……」

「はい、マジです」

きちんと皮を剥いで、洗ってから火を通せば、普通に食べられるらしい。

ただ、ナツキが言ったように気軽に掴んだりできず、調理に注意が必要なため、普通は食用にされていないのだとか。

「味は淡泊で、特別美味しくもないみたいなので、捕まえる人もいないんでしょうね」

「依頼の出る大山椒魚は美味いってぇことか」

「見た目はどっちもアレなのにな。ま、じゃなきゃ、大金を払わないよな。今度こそ……ここか？　――っ、おっと！」

岩をひっくり返し、そこにいた生物を槍の石突きで押さえつける。

大きさ五〇センチほどはある、特徴的な亀。スッポンである。

「ハハハ、またハズレだな！　今度はスッポンか。どうする？」

俺が押さえ込んでいるスッポンを、トーヤが木の枝でパシパシと叩くと、スッポンは思った以上に長い首を伸ばし、その枝に噛み付く。

「おぉ、結構強い……いや、強すぎ？」

トーヤが枝を引っ張っても、その名の通りまったく離す様子もない。

どころか、俺の親指よりも太いその木の枝が、メキメキとへし折れていく。

噛み付く力、どんだけあるんだ、こいつ？

「これって、噛まれたら指がちぎれちゃうんじゃ……」

その様子を見て、横から覗き込んでいたユキも、ちょっと戦くように身を引く。

「一般人だと危険ですね。私たちのような冒険者なら大丈夫だと思いますが、油断はできません」

「でもスッポンはスッポンなのよね？　食べられるの？」

「食べられますよ。サールスタットでも高級料理として食べられてましたから。話で聞いただけですけど」

スッポン自体はサールスタットのあたりでも獲れて、宿のメニューにも載っているらしい。

だが、あの料理の味を考えると、美味いかどうかは疑問である。

「私、スッポンって食べたことないんだけど、美味しいの？」

そう言ったハルカが俺たちを見回すが、俺たちは揃って首を振る。

少なくとも普通に食卓に上るような食材ではないし、俺のイメージとしては専門料理店に行って食べるような高級料理である。庶民の俺には縁がなかった。

そして唯一首を振らなかったのは、やはりナツキ。

「見た目はちょっとアレですけど、美味しいですよ」

「美味いのか、やっぱり。――日本人ってスッポンを食べるのに、蛙は食べないよな」

ゲテモノレベルで言うなら、似たようなものなのに。

「蛙はそんなに美味しくないんじゃない？　美味しければ食べるでしょ、日本人なんだから」

とても説得力がある意見である。海鼠だって食べるんだからなぁ。

鶏肉みたいな味とは聞いたことがあるが、それなら鶏肉で良いしなぁ。

「スッポン、美味しいなら、あたしは食べてみたいかも。誰か調理できる人、いる？　【調理】スキルでなんとかなるかな？」

「調理はそう難しくないですけど、泥抜きに時間がかかりますから、すぐには絞められませんよ？　このあたりは水が綺麗ですから、一、二週間も必要ないとは思いますが……」

生物はマジックバッグに入らない。

だからといって、この巨大なスッポンをこのまま持ち帰るのは、かなり大変そう。

「見逃すのは勿体ないよな。大山椒魚は一匹獲れたんだし、ここでキャンプしないか？」

トーヤのその提案に、誰からも異論は出なかった。

大山椒魚の捕獲はついでで、俺たちの目的はレジャー。

息抜きがてら、野営の練習でもできればそれで良いのだ。

それに、このあたりは魚影も濃いので、魚釣りがしたい俺としてもまったく問題はない。

「それじゃ、早速……」

俺は足で押さえていたスッポンを持ち上げ、トーヤが取りだした桶の中に入れる。

魚用に大きめの桶を用意していたのだが、五〇センチもあるスッポンを入れれば、いっぱいいっぱい。動き回る隙間もない。

そこに魔法で作った綺麗な水を入れて蓋を閉め、逃げられないように重し代わりの石を置けば、泥抜きの準備は完了である。あとは時々水を換えれば良いだろう。

人生初のスッポン、食べられる時がちょっと楽しみである。

「さて、スッポンはそれで良いとして……最初は、野営場所を整えましょうか」

「確か、河原はマズいんだよな？　オレ、知ってる」

ちょっとドヤ顔のトーヤを見て、ハルカは苦笑する。

「一概にそうとも言えないけど……」

河原で野営するとマズい理由の一つが、ダムによる放水。

だが、これに関してはこの世界では関係ない。

もう一つは天候の変化による増水。

仮にその場所で雨が降っていなくても、河川の上流が山深いと、遠くで降った雨によって鉄砲水が発生する危険性がある。だがこちらに関しても、この場所ではあまり関係ないだろう。

ここの上流は急峻ではあるがさほど山深くはないので、天候に大きな差があるとは考えにくい。

「とはいえ、この時季は雨が降る可能性もあるから、河原は避けましょう」

川から少し離れた位置で野営場所を整えた俺たちは、手持ちの食料で簡単に昼食を終える。

それ以降は自由行動となったが、魔物や野生動物が襲ってこないとも限らないため、基本的には互いが視界に入る範囲で活動することになる。

ギルドで見た本には、この周辺で遭遇するのはゴブリン程度、稀にオークと書いてあったが、それでも一人で対峙するような可能性は排除すべきだろう。

まぁ、今の俺の【索敵】なら、かなりの範囲をカバーできるので、あまり心配はないのだが。

あとは夜の魔物がどうかだが、この程度であれば、トミーを連れてきても大丈夫かもしれない。

「それじゃ、早速釣りをしてみるか！」

テントの傍で休んでいるハルカたちから、「釣果、凄く期待してるから！」とのプレッシャーを受けつつ、俺とトーヤは釣り道具を持って川へ向かう。

「ナオ、オレはこのへんで釣るが、お前は？」

「じゃあ、俺はちょっと上流で。どっちが釣れるかな？」

「お、勝負するか？」

「それも面白いな？」

ニヤリと笑うトーヤに俺も笑い返し、トーヤから三〇メートルほど離れた岩の上に腰を据える。

「最初は、毛針から使ってみるか」

出来の悪いルアーを使うのは、毛針である程度釣果が出てからで良いだろう。

……出るかな？　素人の毛針と、素人の釣りの腕で。

「まぁ、物は試し」

毛針をヒュイと川面に投げて、上流から下流に流す。

泳いでいる魚自体は見えているので、一匹ぐらいは食いついてくれるか……。

そんなことを考えながら、毛針を流すこと数度。

「――っ！　来た！」

ぐいっと竿を起こし、同時にタモ網を川面に差し入れる。

魚をスッと引き寄せて掬い取り、岩の上に。

「よしっ！」

デカい。三〇センチほどはあるだろうか。

手早く針を外して桶に入れると、元気に泳ぎだした。

『ヤマメ』か」

ヘルプで表示された名前は『ヤマメ』。遺伝子的に同じかどうかは知らないが、ヘルプでそう表示されるということは、ほぼ同じ生き物なのだろう、邪神さん的に。

安心して食べられるから、俺たちとしてはありがたい。

「まずは一匹目。幸先が良いな」

俺が笑みを浮かべてトーヤの方を見ると、トーヤもこちらに気付き、ニヤリと笑って指を二本立ててきた。……ピース、じゃないよな。二匹釣ったってか？　早いな、オイ。

俺も慌てて毛針を流すと、数回で再びフィッシュ。

先ほどよりは少し小さいが、二〇センチは十分に超えている。

釣りに来る人がいないせいか、思った以上にあっさり釣れる。

その後も順調に釣果を重ね、日が傾く頃には桶一杯に山女が溢れていた。

山女以外が釣れないのがちょっと残念だが……毛針だからか？

それとも場所の問題？　だがこれなら、ハルカたちにも十分に胸を張れる。

これだけ釣れたんだから、明日はルアーを使ってみても良いかもしれない。

俺とトーヤが足取りも軽く野営場所に戻ると、ハルカたちは焚き火を囲んで歓談に興じていたが、こちらに気付くとすぐに立ち上がり、近付いてきた。

「お帰り。釣れた？」

「ああ、大漁だ。な？」

「自分でも意外なことにな。所謂、スレてないってやつじゃないか？　オレたちみたいな素人でも釣れるんだから」

どうやらトーヤも俺と同じ感想を持ったらしい。

毛針自体も素人の手作りだし、間違っても俺たちに釣りの才能があるってことはないだろう。

「わっ！　凄い！　こんなに釣れるんだ……明日はあたしもやってみて良い？」

俺の桶を覗き込んで驚きの声を上げたユキに、俺は頷く。

「竿は人数分用意してるから、大丈夫だぞ。ナツキとハルカは？」

「えっと……疑似餌なんですよね？　それなら……」

「みんながやるなら、私もやってみようかな」

ナツキは虫が苦手なようだ。まぁ、釣りの餌って気持ち悪い物、多いからな。

毛針はハルカたちに譲るとして、俺はルアーと生き餌を使ってみるか。

蚯蚓程度なら、その辺を掘れば出てくるだろう。

「ハルカたちは、今日の午後、何してたんだ？」

「持ってきた罠をしかけた後は、ここでお茶を飲みながらおしゃべりね。あえて言うなら、多少魔法の練習をしたぐらい？」

「ナオたちに対抗して、あたしたちも魚用の罠を用意してたんだ」

「大部分は、大工さんにお願いして作ってもらったんですけど」

ユキが持ち前のコミュ力を駆使して、難しい部分は家造りをしている大工にお願いしたらしい。

彼女たちがやったのは、作ってもらった部品を組み合わせる最後の部分だけ。

無理して自分たちでやろうとしないあたり、ある意味、正しい。

三人とも知識だけで使った経験はないため、獲れるかどうかは判らないようだが、遊びとしてはそれもありだろう。

「それも明日になれば判るわよ。今晩は、ナオたちが釣ってきたお魚を食べましょ」

「本当にたくさんありますね。焼き串、足りないですよね、これだと」

「あぁ、手持ちのだと足りないか。かといって、今更作るのもなぁ」

最初の頃は自分たちで作っていたのだが、店で案外安く売っていたので、今は専らそれである。

安い代わりにほぼ使い捨ての木製と、何度でも使える金属製。

最近使っているのは後者だが、難点は焼きたてだと串が熱すぎて火傷することだろうか。

「今日食べる分以外は、下処理だけして保存しましょう。串打ちは食べるときで良いでしょ。切り身にできそうなサイズもあるし」

ハルカは魚の入った桶の中に魔法で出した氷を流し込むと、まな板と包丁を三つずつ取りだし、ナッキとユキに渡す。

「トーヤとナオはできないわよね？　それともやってみる？」

「いや、任せる」

「そうだな。適材適所ってやつだ」

「下拵えぐらいなら、そう難しくないんだけど……ま、いいわ」

肩をすくめたハルカは、手早く魚を捌き始め、ユキとナツキもそれに続く。

その手際は流れるように速く……うん、確実に俺たちは足手纏いだな。

傍にゴミ捨て用の穴を掘った後は、すべてお任せ。

ハルカが焚き火の周りに突き刺した、山女の串焼きを観察するに留める。

スキルを持たない俺が下手に手を出すと味が落ちるので、こちらも見てるだけである。

「しかし、あんな包丁、持ってたか？　いや、売ってたか？　俺、見たことないんだが」

ハルカが取りだした包丁は、日本の一般家庭にある三徳包丁みたいな形で、このあたりで売っているナイフとは明らかに形が違う。

これまでの料理では、解体用のナイフを使っていたと思うのだが……。

「あれか？　トミーに注文したらしいぞ。料理にはやっぱり包丁が使いやすいって」

「あぁ、ナイフは料理に向いてないか。あれで美味い料理を作ってくれるなら、ありがたいな」

家ができれば本格的に料理するようになるのだから、包丁ぐらいオーダーメイドしても損はないだろう。俺たちも食べるわけだし。

……ん？　俺たちも料理しろって？　いや、無理だから。

男の料理なんて、便利な調味料があること前提だから。

めんつゆも焼き肉のタレも、ここにはないから。

この状況で上手い料理が作れるとか、正に〝スキル〟の領域である。

「そういやナオ、何匹釣れた？」

「……あぁ、勝負か。けど、あまり関係なくないか？　あっさり釣れるだろ、ここ」

「だよな。ま、どうでも良いか」

いずれも鮨詰め状態になっている二つの桶を見比べ、トーヤは肩をすくめる。

これでは釣れる数なんて、釣りの腕よりも使った時間次第だろう。そのまま待つこと暫し。

「――終わったわよ。全部で五八匹ね。結構大きい物が多かったから、明日もみんなで釣れば、しばらくはお魚が食べられそうね」

「山女ばかりでしたが、全体的に大きかったですね」

一番大きい個体で四〇センチ近く。

全体としては三〇センチ前後が大半で、二〇センチ未満の物は少なかった。

俺の山女のイメージとはちょっと違うが、小さいよりは余程良い。

「ワタを出すだけでも、これだけあると結構疲れるよ……ホント、スキルがあって良かった」

ユキはこれまで、数度しか魚を捌いたことがなかったらしいが、さすがは【調理】スキルと言うべきだろうか、その手際はハルカたちと比べても遜色はなかった。

「でも明日はこの数倍、捌くことになるのよね……順調に釣れれば」

「うっ……たくさん釣りたいけど……これはちょっと面倒かも？」

「ナオくんたちと同じだけ釣れるかは判りませんが、釣る人が二人から五人、ですからね」

その上、半日未満だった今日と違い、明日は丸一日あるわけで。

順調にいけば、二〇〇匹ぐらい釣れる可能性も……？

「ま、そのときは絞めるだけ絞めて、マジックバッグに入れておけば良いじゃん。そんなことより
さ、この串焼き、そろそろ良いんじゃね？　早く食おうぜ。さっきから美味そうな匂いが……」

「そうね。それじゃ、食べましょうか」

「「「いただきます！」」」

待ちかねたように、それぞれが一本ずつ山女の串焼きを手に取り、齧りつく。

「！　うまっ！」

程良く焦げた皮がパリッとしつつ、中はふんわり、しっとり。

ただの塩焼きなのに、これまでに食べたどの魚よりも美味い。

調理？　素材？　環境？　おそらくそのすべてが影響しているのだろう。

ハルカたちの料理の腕は言うまでもなく、焚き火を囲んで、自分で釣り上げた魚を食べるなんて
経験、日本だとそうそうできることじゃない。

いや、やろうと思えばできるのだろうが、少なくとも俺は経験がない。

特別魚が好きなわけじゃないが、これならいくらでも食べられそうな気がする。

「やっぱり水が綺麗だからかしら？　全然臭みがないわね」

「はい。元々山女は臭みが少ない魚ですけど、これは特に美味しいです」

「あー、マジで美味い。魚を食べるのなんていつぶりだ？　もちろんサールスタットの〝魚料理とは認めがたいアレ〟を除いて」

「ラファンじゃ魚料理は出てこないからなぁ」

干物は売っていたのだが、サールスタットの魚料理を経験しているので、買おうと言い出す人は誰もいなかった。アレと同じ魚を干物にしたのであれば、不味いことは保証されている。

もしかすると違う魚だったのかもしれないが、干し肉に比べて値段も高かったため、試しに買ってみるにはちょっとハードルが高すぎた。

「もっと近ければ、頻繁に釣りに来たいところだよな、これだけ美味いなら」

魚は美味いが、そのために行き帰りで丸一日、釣る時間を考えれば、一泊は必要になる。

「いいじゃん！　嗜好品に時間を使っても。生活に潤いは必要だよ！」

串を握りしめ、力強く宣言するユキと同意するように頷くナツキ。

「なら滞在を延長して、多めに獲って帰る？　マジックバッグがあれば腐る心配はないし」

「お、それは良いな！　一泊延長すれば、数ヶ月分は釣れるんじゃね？」

「今日の釣果を考えれば、不可能じゃないな。俺は賛成」

「それじゃ三泊にしましょ。幸い、多く釣っても、文句を言ってくる人はいそうにないし」

「厳密に言うなら、サールスタットには漁協的なギルドがありそうだが……」

「一応ありましたけど、サールスタットの港近辺の管理をしているだけですから、そのあたりで漁をしなければ文句を付ける根拠(こんきょ)はありませんよ。まぁ、変な人がいると面倒ですから、バレない方が良いとは思いますが」

ここで大山椒魚(グレート・サラマンダー)の捕獲ができるように、法的には魚を釣っても問題はないらしいのだが、権利もないのに分け前をよこせというチンピラがいないとも限らない。

やはり帰りも、サールスタットには寄らずにラファンへ戻ろう。

お買い得な本が買えたこと以外、あの町に良い思い出はないのだから。

焼き魚の数匹で夕食を終えた頃には、周囲はだいぶ暗くなっていた。

普通なら寝(ね)るには早いが、交代で見張りをすることを考えれば、話は変わってくる。

「さて、初めての野営なわけだけど……二交代で見張りをするしかないわよね」

「現状だとそうだな。もう少し時空魔法のレベルが上がれば、『聖域(サンクチュアリ)』って魔法もあるんだが」

今の俺の時空魔法はレベル3。『聖域(サンクチュアリ)』はレベル4で使えるようになる魔法である。

いや、この世界的に言うなら、『聖域(サンクチュアリ)』を使えるようになればレベル4、だな。

この魔法は、術者の指定した領域に侵入(しんにゅう)できる物を限定する魔法であり、熟練度が低いと虫除(よ)け程度（それでも十分に有益だが）の効果しかないが、練達するとある程度までの魔物は完全にブロックできる。また、ブロックまではできなくても侵入の検知はできるため、見張りを置かなくても大丈夫、というメリットがある。

ちなみにレベル5には、『隔離領域』という完全隔離する魔法も存在するのだが、こちらは空気すら通さないため、ある意味では非常に危険である。

「ナオとオレは別々、女性陣が一人と二人に分かれるって感じか。どう分ける？」

「適当にじゃんけんで良いでしょ」

大した問題でもないので、ユキの提案をそのまま採用。

その結果、俺とハルカがペアで先に、残り三人が後でという組み合わせになった。

「それじゃ、ナツキたちはさっさと寝ちゃって」

「そうですね。今から寝れば、それぞれ五、六時間ぐらいは寝られそうですし」

「焚き火を囲んでのおしゃべりも楽しそうだけど、仕方ないか」

「いや、お前たち、昼間、メチャメチャ話してたじゃん！」

少し残念そうなユキに、トーヤが呆れたように指摘する。

ユキの気持ちも解るが、俺もトーヤに同感である。

「夜ってシチュエーションが良いんだけど……ま、寝るのも仕事だよね。冒険者的には」

そんなことを言いながらユキもナツキに続いてテントに入り、最後にトーヤが入る。

まだ日が落ちて間もないので、時間的には一九時ぐらいだろうか。

今から五、六時間後に交代して寝れば、俺とハルカも同じぐらいの睡眠時間が取れる。

三交代ならもっと寝られるのだが、数日程度なら特に問題もないだろう。

「しかし、五、六時間もただ座っているだけっていうのも暇だよな」

トーヤたちを見送り、改めて俺のすぐ隣に座り直したハルカに、俺は囁く。

購入したテントは防水性能も兼ね備えたやや厚手の物だが、防音性はまったく期待できないので、暇つぶしに雑談することもできない。

「そうね、できるのはスキルの訓練ぐらいかしら？」

「それも音を出さないものに限られるよな」

俺なら【索敵】や魔法関連、あとは見回りも兼ねて周囲を【忍び足】で歩き回るぐらいか。

「――そういえば、交代時間って判るのか？　感覚で五、六時間っていうのは厳しいぞ？」

こちらに来て以降、時間感覚が向上したのか、それとも太陽などの自然の動きに敏感になったのか、数分から1時間程度までならあまり差もなく判断できるようになったが、夜、それも五、六時間の長時間となると、あまり自信はない。

「今日は星が見えるから判断できるけど……やっぱり時計は欲しいわね」

「高いんだよな？」

ラファンでは一定間隔で鐘が鳴るが、時計塔なんて物は存在しないし、店舗や食堂に時計が掛かっていたりもしない。町で生活していれば必要性がないにしても、時計を売っているのを見た記憶もないので、決して安くないことは想像に難くない。

「一般人が買う気になれないほどにはね。錬金術で作られる物だから、私の場合、自分で材料を集めて作る方が安上がりでしょうね。砂時計もあるけど、これも十分高いし」

「ガラス細工、だからなぁ」

魔法や錬金術が存在するせいか、街中でガラス窓を見かける程度にはガラスも普及（ふきゅう）しているが、それらは決して質の良い物ではないし、繊細（せんさい）な砂時計ともなれば、単なる実用品というよりも工芸品や美術品に近いのではないだろうか。

「ま、時間の方は私に任せて、ナオは好きな訓練をしてて良いわよ。寝なければ」

「了解」

ハルカの言葉に素直（すなお）に甘（あま）えて……まずは【索敵】だな。

見回りは僅かでも音がするし、魔法を使うとユキあたりは魔力の動きを感知するかもしれない。寝入り端（ばな）を邪魔（じゃま）するのは良くないだろう。

それに対して【索敵】は完全なパッシブ型。魔力も音も発しないので、睡眠の邪魔をしない。

俺は目を瞑（つむ）り、索敵範囲を探（さぐ）っていく。

まずは川。山女なども眠（ねむ）っているのか、昼間とは打って変わって非常に動きが少ない。

だが、いくつかは活動的な反応もある。夜行性の魚類や両生類だろうか。

辺りには蛙の鳴き声も響（ひび）いているので、活動している生物はそれなりにいると思われる。

今なら大山椒魚（グレート・サラマンダー）も見つけられるかもしれないが……まぁ、無理をする必要もないか。

次に森の方へ意識を向けると、こちらでもかなりの数の反応が動き回っている。

夜行性の動物なのだろうが、反応自体はさほど大きくない。

俺たちの脅威にはなりそうにないが、最低限の注意は必要だろう。

「……狼、かしら？　この森、夜行性の狼がいるのよね？」

「らしいな。人が襲われることは、あまりないみたいだが」

「人を襲うリスクを理解しているんでしょうね。元の世界と同じなら、多くても群は一〇匹程度。森で野営をするのなんて冒険者ぐらいでしょうし、それを襲えばほぼ確実に数匹は殺される」

余程無防備にしているならともかく、武器を持つ冒険者を襲う理由なんてないか。

普通に鹿あたりを狙う方が安全で楽だろう。

ちなみに、一つの狼の群は一〇キロから三〇キロ四方程度を縄張りとするため、何十匹も連携して襲ってくるようなことはないらしい。

上位種の下で巣を作る魔物とは生態が違うってことだな。ありがたいことに。

犬は好きなので、無駄に殺したくはない。

毛皮は売れるようだが、あえて狩る必要もないだろう。トーヤのお仲間だし？

それからの数時間は、【索敵】に加えて、魔法や【忍び足】の訓練をして過ごした。

座ってやる【索敵】や魔法に対し、周囲を歩き回る【忍び足】はハルカに不評だったが、普段あまりやることがない訓練だけに、これからも続けていきたい所存である。

何かの役に立つことも、きっとあるだろうからな。

◇　◇　◇

翌朝、ユキに起こされた俺たちがテントから出ると、そこには既に朝食の準備が整っていた。

ユキたちもやることがあまりなかったようで、のんびりと料理をして過ごしていたらしい。

ただし、その役に立たないトーヤだけは、一人筋トレに励んで汗水漬くになっていたため、朝から ハルカに『浄化』をぶつけられていた。

トーヤは『さすが、気が利くな!』などと言っていたが、ハルカは朝食の席で汗臭いお前を見たくなかっただけだと思うぞ?

「今朝は魚と野草を使った汁物に、うどん的な何かを入れてみました」

「野草なんかあったの?」

「はい。トーヤくんが芹を採ってきてくれました。あとは森で集めた葉っぱを適当に」

適当なのか。でも覗き込んだ鍋からは良い匂いがして、かなり美味そう。

入っている山女のぶつ切りは、塩をして一晩干しておいた物らしい。

「うどん──っぽい物は、あたしが作ったんだよ。スペース的に短いのは許してね」

うどんは暇に飽かせてユキが作ったようだ。

長さが二〇センチにも満たないのは、麺棒も広い板もなく、まな板だけで作ったためらしい。

「美味いなら、長さはどうでも良いぞ」

「まだ味見してないけど、不味くはない、はず?」

「それじゃ、頂きましょうか」

「おう。さっきから腹が鳴りそうだったんだよ~」

それは一晩中、筋トレしてるからだ。

忍び足で長時間歩いていた俺も大概だが、トーヤはそれ以上だな。

騒がしくはなかったので、問題はないのだが。

「それじゃ、いただきます」

「「「いただきます」」」

全員で唱和して、まずはスープを一口――うん、美味い。

ベースは塩味と何種類かの香辛料のようだが、山女から出汁が出て良いスープになっている。

他の野草に比べて芹は若干香りが強いが、それもまた一つのアクセント。

うどんも少し短いことを除けば、冷凍の讃岐うどんに近いぐらいにコシがあって美味しい。

若干喉越しに劣るが、この環境で作ったことを考慮すれば、上出来だろう。

「……どう？」

「美味しい。うどんもスープも」

俺がそう答えれば、心配そうに訊いてきたユキは、嬉しそうな笑みを浮かべた。

なんというか、日本的でホッとする味である。

パンも嫌いじゃないが、そればかりではやっぱり飽きるんだよな。

「そうね。魚のお出汁なんて、本当に久しぶり。美味しいわ」

「これから寒くなりますし、干物を作っても良いかもしれませんね。出汁用に」

今のところ、昆布も鰹節も見つかっていないので、ナツキとしては今後のため、出汁を取れる物が欲しいようだ。もちろん俺も、美味い料理のためなら喜んで協力するつもりである。

「干し椎茸（しいたけ）という手もあるけど、キノコの乾物（かんぶつ）、高かったわよね？」

「はい。高級品みたいです。大量には栽培（さいばい）されていないんでしょうね」

ナツキに値段を聞いてみたが、出汁のために買うにはちょっと厳しいレベル。

いや、出汁とかそれ以前の問題か。少なくとも、普段の料理に使えるような価格ではない。

「海に近い町なら、魚も安いか？」

「浜値（はまね）なら安いかもしれないけど、距離がねぇ。正確には判らないけど、ここから数ヶ月以上？　ちょっと買いに行けないわよ」

国を跨（また）ぐ上に、乗合馬車みたいな物もないので、自分で馬車を仕立てるか、歩いて行くかしかなく、なかなかに厳しい道のりになるらしい。

当然のごとく途中では野宿も必要になるし、魔物や盗賊（とうぞく）による危険もある。

少なくとも、魚を買うためだけに赴くのはあまり現実的ではないようだ。

「う〜む、これはますますたくさん釣って帰る必要があるな、美味いメシのために！」

「ええ、そうね」

「異存なし！」

美味しい料理という共通の目的のため、俺たちは揃って魚釣りへの意欲を見せるのだった。

朝食の後は、ハルカたちが昨日仕掛けた罠を確認しに行く。

「全部で何個仕掛けたんだ？」

「箱形の物を小さい物と大きい物で三つずつ、あとは籠を三つの計九個ね」

俺は釣りに夢中でよく見ていなかったのだが、広範囲に分けて仕掛けているらしい。

「どこが良いか判りませんでしたから」

「一応、いろんな所に入れてみたけど……まずは、大きい箱から行こっか」

ハルカたちに連れられて行った場所には、長さ一・五メートルほど、縦横三〇センチほど、側面に水抜きの穴が空いた細長い箱が沈められていた。大きさからして狙いは大山椒魚か？

「それじゃ、上げるぞ」

トーヤが重しとして載せられていた石を取り除け、箱を持ち上げるが、すぐに首を振る。

「空っぽい」

みんなでその箱を覗き込んでみても、やはり空。何も入っていない。

「餌も残っていないわね。流されたのかしら？」

「何を使ったんだ？」

「オーク肉」

確かにそれなら大量にあるな。

大雑把にしか解体していない物もあるので、食べない部分を使えば無駄もない。

「けど、川の生物だし、魚の方が良いんじゃね？」

「いや、結構なんでも食べると思うぞ、ああいう生物は」

「ま、今日の成果を見て考えましょ。次よ、次」

二つ目は少し下流に下ったところにあった。

再び箱を取りに行ったトーヤは、今度は持ち上げるなり、ニヤリと笑う。

そしてそのまま戻ってくると、俺たちの前で蓋を開けた。

「……これは鯰だな。しかも二匹」

「デカいな、おい」

俺の腕よりも太く、長さも一メートルはありそうな鯰が二匹、ふてぶてしく横たわっている。

水から揚げられると暴れそうなものだが……あまり動かないな。

「大山椒魚ではないけど、鯰も食べられるわよね？」

「はい。泥抜きは必要でしょうが。コンビニ弁当の白身魚のフライとか、結構鯰が使われているって聞きますよ？」

「え、ホントに？」

「はい。味は育った環境によってかなり変わるみたいですけど、この川ならそれなりに美味しく食べられるんじゃないでしょうか」

「それじゃ、これもスッポンの隣で泥抜きね」

桶に水を張って、ひとまずそこにナマズを移し、更に下流にあるという罠へと向かう。

「大きい罠はこれがラストね」

「大山椒魚は……っと。お、これは当たりか？　さっきより重い。注意が必要かも」

蓋を開けずに側面の穴から中を確認すると、見えたのはヌメッとした顔。

昨日見た、アレである。

「獲れるものねぇ……。ダメ元だったんだけど」

「いえ、仕組み的にはきちんと考えてましたよ？　確実ではありませんでしたけど」

喜びよりもむしろ感心したような声を上げるハルカに、ナツキはちょっと抗議の感情がこもった声を上げる。しかるに、罠作りを主導したのはナツキらしい。

「逃げられても困るし、このまま凍らせましょ」

鯰と違って大山椒魚には脚がある。ハルカは箱に入ったまま魔法をかけて、カチンコチンに凍らせてしまうと、そのままマジックバッグの中へ。

サイズ的には軽く一メートルを超えていたので、良いお値段で引き取ってもらえそうである。

「これはまた仕掛けておかないといけないわね」

「だよね。一晩仕掛けておくだけで数十万円とか、震える！」

震える、とか言いつつ、ニコニコと良い笑顔のユキである。

もちろん、俺たちも笑顔なのだが。命の危険がなく、手間が掛からないのがいいね！

「それじゃ、次は小さい箱を引き上げましょ」

「こっちはお魚狙い……ぶっちゃけちゃうと、鰻狙いです！」

「鰻か！　――でも、醬油がないだろ？」

鰻の美味さは、あの調理法とタレである。

イギリスにあると噂で聞く、鰻のゼリー寄せのような料理は食べたくない。

「……いつか入手できたときのために！」

ナツキでも、蒲焼き以外の美味い調理法は知らないらしい。

白焼きを山葵醤油で食べるという話は聞いたことがあるが、これも結局醤油だしなぁ。

「まずは確認に行きましょうよ。獲らぬ狸のなんとやら、でしょ？」

「そうですね。悩むのは手に入れてからでも遅くありません」

小さい箱の仕掛けが置いてあったのは、浅めの水域。

長さは同じぐらいだが、こちらは縦横の一辺が一五センチ足らずの大きさである。

「お、何か入ってるっぽい」

トーヤに代わって、今度は俺が回収。持ち上げてみると、少し重い。

鰻かどうかは判らないが、何か捕まえるのには成功したようだ。

川岸に持ち帰り、用意されていた桶にひっくり返すと……。

「鰻じゃん！」

ぶっとい鰻がにょろりと箱から出てきた。

俺の知る鰻よりも一回りほどは太く、長さも二、三割は長く感じる。

まぁ、本物の鰻を直接見る機会なんて、ほとんどないのだが。

――いや、そういえば回転寿司屋の水槽で泳いでいたな。これよりもかなり細く、短いのが。

「ナツキ、これって鰻なのよね？」

「鰻でしょうね、【ヘルプ】でもそう出てますし。ニホンウナギと同じような味かどうかは判りませんが」

「……あぁ、そうか。鰻でも美味いとは限らないのか」

「ん？　鰻っていろんな種類があるのか？　全部同じじゃねぇの？」

「はい。日本で蒲焼きに使うのはニホンウナギやヨーロッパウナギですね。他にもいろんな鰻がいますが、食用にならなかったり、あまり美味しくなかったり……」

「へぇ。でもこの鰻は一応、食べられるみたいだぞ。【鑑定】では食用可って出てるから」

「それは朗報ですね。美味しいかどうかは……食べる時の楽しみにしましょう」

それから、残りの二つの箱も回収し、更に二匹の鰻を手に入れたが、これも鯰同様、泥抜きのためにしばらく放置である。

「最後は籠ね。一応、浅い場所、深い場所、その中間の三箇所に仕掛けてみたけど……」

「これの狙いは蟹や海老です」

「おぉ！　獲れるのか!?」

「身が食べられるサイズの物が獲れるかは判りませんが、小さい蟹でも出汁には使えますから無駄にはなりません。沢蟹だって唐揚げにすれば丸ごと食べられますし」

蟹とかテンション上がる！

庶民の俺は、あんまり食べる機会なんかなかったし。

「まずは一つ目……おぉぉぉ！」

「やった！　蟹！　蟹だよ！」

籠には手のひらよりも少し大きいサイズの蟹が、ぱっと見でも一〇匹以上、入っていた。

ユキがそれを指さし、俺の手を引っ張りながら、ぴょんぴょんと喜びを露わにする。

「大きさ的には渡り蟹ぐらいですが、形は沢蟹に似ていますね。食べられるんでしょうか？」

「名前は『バレイ・クラブ』、食用可！」

よしっ！　これで食えないとかなったら、最悪である。

「それじゃ、これも確保ですね。樽に入れておきましょう」

干し肉作りなどに使った樽がマジックバッグに入っているので、それに綺麗な水を入れてカニを投入。小魚も数匹入っていたが、それはリリース。

頑張って大きくなってくれ。次回釣りに来たときのために。

「……なんだか、予想外に順調ね。ボウズとは言わなくても、申し訳程度にしか獲れないと思ってたんだけど」

「だよね！　所詮あたしたち、素人だし」

「獲りに来る人がいないんでしょうね、危険ですから。大山椒魚のように、美味しいということが広まれば、お金持ちが依頼を出すようになると思いますけど」

「よし、秘密にしよう！」

「異議なし！」

俺の言葉にトーヤが即座に賛成。ユキもこくこくと高速で頷いている。

だが、そんな俺たちにナツキは苦笑を浮かべた。

「まだバレイ・クラブが美味しいとは限りませんよ？　美味しくないから漁獲されていないだけかもしれませんから」

そうだったら、超ヘコむ。食べ応えありそうな蟹だけに。

「次は中間ぐらいの深さに沈めた籠ね。これはどうかな？」

今度はハルカが川の中程の岩に飛び移り、結びつけてあったロープを引いて籠を引き上げる。

川辺からはよく見えないが、なんらかは入っているようで、ハルカは笑顔で戻ってきた。

「『カワエビ』、らしいわよ。トーヤ、これも食べられる？」

「えーっと……食用可だな」

籠を覗くと、半透明の海老がかなりの数、飛び跳ねている。

大きさは一〇センチあまりと、さほど大きくないが、数がいる。

これも水を入れた樽に移し、最後の籠へ。

このあたりでは一番深そうな淵の部分に投入したらしく、籠に結んだロープは対岸の木に結びつけてあった。それを持って引き上げるのだが――。

「かなり重いな？」

「重しを付けてるからね。結構深いし」

水深は五メートル以上あるだろうか。ロープもあまり太くないし、籠の作りもさほど丈夫そうではないので、ゆっくり慎重に引き上げる。

金属製ならぐいぐいと引っ張れるのだが、これは木製の籠を改造して作ったらしい。

「……うわ」

水面に上がってきた籠の中には、海老っぽい物がわさわさと引くほどに入っていた。

見た目はザリガニに近いだろうか。ただし、大きさは二〇センチほどもあり、濃い茶色の殻はかなり硬そうで、アメリカザリガニのような赤っぽさはない。

『甲殻エビ』。これも食用可だな」

「海老だから美味いのかもしれないが、これだけ集まると……見た目悪いな？」

「いや、でも海老でしょ？　きっと美味しいって！」

「だと良いんだが」

対岸に戻って、これも樽の中に投入。

かなりの過密状態だが、水の中に戻ったからか、あまり動かずにじっとしている。

「しかし、魚はよく釣れるし、籠でもたくさん獲れる。かなり良い漁場だな、ここって」

「しかも都合良く、全部食べられるし」

鯰に鰻に蟹、それに海老が二種類。トーヤ曰く、いずれも食用可なのだから、運が良い。

「いえ、それ自体は不思議じゃないでしょ。日本でだって、川の中を総浚いして生き物を捕まえれば、その大半は食べられるわよ。美味しいかどうかは別にして」

「むっ……そういえばそうか。鯉や鮒、鮠、泥鰌や沢蟹、ブラックバスやブルーギルだって食べられるよな。亀の類いは厳しそうだが」

と思ったのだが、ナツキから衝撃情報が飛び出した。

「実は、ミドリガメやクサガメも食べられるらしいですよ？　私は食べたことないですけど」

「マジか⁉」

「マジです」

マジらしい。

トーヤが【鑑定】すると、やはりそのへんの亀も『食用可』と出るのだろうか？

……出るんだろうなぁ。

でも、スッポンは食べるんだから……いや……う〜ん、極力食べたくはないかなぁ。

やっぱり、見た目は大事だよなぁ。人も食材も。

中身が良くても、箸を付けられなければ意味がないんだから。

ま、食材の方からすれば、その方が良いんだろうけど。

「しかし、思った以上に収穫があったわね」

「はい。ある程度は獲れると思っていましたが、予想以上でした」

蟹や海老は毎日食べるわけじゃないし、今日獲った分だけでも一、二ヶ月は賄えそうだ。

あと二日も続ければ、当分は美味いメシが食べられるかもしれない。

「籠はまた仕掛けるんだよな？」

「ええ、お昼に味見して、美味しければ仕掛けましょ」

「そうだよね。大量に持ち帰って美味しくないじゃ、泣けてくるもんね」

数日ほど泥抜きした方が良いのだろうが、味見はしておくべきだろう。

ユキの言う通り、労力が無駄になるのはかなりキツい。期待値が高いだけに。

「お昼までは美味しいことが判っている山女を頑張って釣りましょう。ナオくん、釣り竿と毛針、貸してください」

「おう、どれでも好きなのを使ってくれ」

持ってきた釣り竿は予備も含めて全部で六本。

毛針は俺とトーヤが三つずつ作っているので、それをハルカたちに渡す。

「釣り方としては、あまり流れが速くない場所に毛針を投げて、上流から下流に流すようにすれば釣れる、はず。こんな感じで……」

見本としてチョイと毛針を投げる。

数度流すと山女が食いついてきたので、くいっと引いて針を食い込ませ、引き寄せる。

「掛かったら竿を立てて、引き寄せたらこのタモ網で掬う。簡単だろ？」

「ですね。誰でもできそうです」

「うん、できると思う。俺も昨日初めてやった素人だし。トーヤ、他に何かあるか？」

「いや、特にないかな。オレも適当にやってただけだから」

素人が集まっても、所詮は素人か。

俺とトーヤの持つ知識なんて、トミーに軽く訊いたことぐらいだからなぁ。

「それじゃ分かれて――って、そーいや、タモ網って三つしかないんだよな」

ハルカたちが釣りに興味を示すかどうか判らなかったので、作るのが面倒だったタモ網は俺とトーヤの分、それに予備が一つの三つしか作っていない。

簡単に作れる竿に比べ、タモ網は紐で網を編む必要があり、結構時間がかかるのだ。

「三組に分かれるしかないだろ。グー、チョキ、パーで」

「そだな。グー、チョキ、パー！」

一斉に出した手は、トーヤがグーで、俺とナツキがパー、ユキとハルカがチョキ。

一回で綺麗に分かれたので、その組み分けのまま一つずつタモ網を持って散ける。

俺とナツキの釣り場は、川の中程にある大きな岩の上。

ナツキは流れの緩い場所で山女を狙い、俺はそれよりも少し流れの速い場所でルアーを使う。

「ナオくん、そんな大きな餌に食いつく魚なんているんですか？」

「いや、このルアーは食いつくんじゃないんだよ。これを泳いでいるように見せて、追い払うために攻撃してきた魚に針を引っかけて釣る……らしい」

もちろん、受け売りである。

噛み付くわけでもないのに、上手く引っかかるものなんだろうか？

「なんか難しそうですね……」

「そうだな。ダメなら、餌釣りでもやってみるかな？」

普通の釣り針もあるので、蚯蚓でも掘ってくれれば何かしら釣れるだろう。

だが、せっかく時間をかけて作ったのだから、多少の釣果は期待したい。

俺はルアーを川下に投げ入れ、毛針とは逆に上流へ向かって、泳いでいるっぽく引っ張る。

なんともぎこちない動きだが、製作者の贔屓目で見れば、魚に見えなくもない。

……うん、贔屓目でそれだから、かなり微妙だよな。

だが、すぐに諦めるわけにはいかない。

動きを調整しながら投げては引き上げ、引き上げては投げてを繰り返す。

隣ではナツキが「わっ、また掛かりました！」と、既に何匹も釣り上げているだけに、ちょっと焦るが――。

「来たっ！」

竿に伝わる感覚に、ぐっと合わせる。ビクビクと暴れる糸。

「どうぞ！」

ナツキがサッと差し出してくれたタモ網を川に差し入れ、竿を引く。

水面に見える魚影は、結構デカい。素早く魚を網に入れ、引き上げる。

「よっし！」

「やりましたね！」

網を岩の上に置き、ホッと一息。

笑顔のナツキがパチパチと拍手で祝福してくれる。

網に入っていた魚は軽く三〇センチ超え。その形は明らかに山女とは異なる。

「やった！　鮎！　……なんかデカいけど」

俺の知る鮎とはちょっと違うが、【ヘルプ】でそう出ているので、鮎っぽい魚であることは間違いないのだろう。

「日本の鮎も大きい物になると三〇センチ近くになりますが、ここまでのサイズは見たことがないですね。食べ応えはありそうですが」

「まぁ、大きい分には問題ないだろ」

「そうですね、小さいと食べる所がなくなりますから」

小魚が大量に獲れるなら佃煮（つくだに）という手もあるが、投網（とあみ）でも使わないと無理だろう。第一、醤油と砂糖がないと佃煮は作れないし。

「ただ、効率としては山女の方が良いな」

「そうですね——あっ！」

そんなことを話している間にもナツキの竿にヒット。

ナツキが引き寄せ、俺がタモ網を差し出して、掬い上げる。

「ありがとうございます。二五センチぐらいですね」

こんな感じに、結構大きい山女がコンスタントに釣れるので、食糧（しょくりょう）確保の点からは山女を狙う方が効率が良いのだ。

「……まぁ、いろんな種類の魚があった方が良いよな？　レジャーに来てるんだし」

「はい、釣れなくても楽しければ良いと思いますよ」

「うぐっ」

ニッコリと厳しいことを言うナツキ。いや、厳しいというか、ナツキだから嫌みでもなんでもなく、本心なんだろう。資金的にも、食糧的にも切羽詰まっているわけではないし。

「大丈夫、釣れる！」

少なくとも、俺の作ったルアーでも釣れることは確認できた。

俺は再び、先ほど釣れた場所とは少し外れた場所にルアーを投げる。

トミー曰く、縄張りを利用して釣るものなので、同じ場所で連続しては釣れないらしい。

『長い竿を使う方が良いですよ』と言われていたので、他の物よりは長めの竿を使っているのだが、それでも五メートルに満たない。

ナツキも付き合わせてしまうことになるが、時々場所移動をした方が良いかもしれない。


——と、思ったのだが、予想に反して、場所移動せずとも鮎はコンスタントに釣れていた。

慣れてきたからか、釣れる間隔も多少は短くなり、ナツキが四、五匹釣る間に一匹程度は釣れるようになっている。

「良い感じ、良い感じ♪」

「ですね。この調子で、たくさん確保しておきましょう」

そんな風に釣りを続けた俺たちだったが、太陽が中天に差し掛かる頃、ハルカの提案で釣りを一時中断。釣果の確認のため、全員がテントの所に集まっていた。

「みんな、どれぐらい釣れた？」

「オレはボチボチかな？　山女ほどは釣れないが、鮎がそれなりに釣れる。下手なルアーでも役に立つみたいだぞ？」

「みたいだな。量だけを考えるなら、山女の方が良いが……ハルカたちは？」

「私たちは順調ね。ね、ユキ」

「うん。面白いように釣れるよ！　これだけ釣れると面白いね」

ユキが持っている桶を差し出して、嬉しそうな笑みを浮かべる。

覗き込んでみれば、その中では昨日俺が釣った数よりも多くの山女が蠢いていた。

俺が思うに、釣りがつまらなかったり、嫌いだったりする理由は、釣れるまでの待ち時間と気持ちの悪い餌にあるのだろう。

その点この釣り場は、即釣れて、餌は毛針。きっと大半の人は楽しめるだろう。

さすがに魚自体がダメな人は対象外だが、生魚を捌ける三人には関係のない話である。

「ただ、これだけあると、下拵えが大変ですね」

「本当にね。このままマジックバッグに入れば良いんだけど」

「生物は入らないんだっけ？」

「そうね。そう書いてあったわね。……試したことはないけど」

改めて口にして疑問に思ったのか、考えるようにハルカが首を捻る。

魔道書には『魔法的な仕組みで生き物が入らない術式になっている』とあったが、どこが区切りなんだろう？　マジックバッグに入れている物、間違いなく微生物は付着しているよな？

野菜や果物も入っているが、あれは生物判定されていないわけで……。

「考えてみたら不思議だな。試してみるか？」

「……そうね」

ハルカが適当な麻袋に数匹の山女を突っ込み、そのままマジックバッグへ——入った。

ピクリと眉を動かし、釈然としない表情のまま手を引き抜いて、蓋を閉める。

「何事もなく入ったわね？」

「だな。出してみるか」

今度は俺が、さっきハルカが突っ込んだ袋を取り出し、中の山女を桶に出す。

「……生きてるわね」

「もしかして、生物判定は哺乳類限定なんでしょうか？」

「そのぐらいの方が、細かい除外条件を仕込むより簡単かも？」

安全装置と考えるならば、生物の判定なんて難しいことをせずとも、哺乳類——いや恒温動物だけを対象とすれば事足りるし、おそらく術式も簡単になるだろう。

「ま、細かい仕組みはともかく、どちらにしても俺たちには都合が良いな」

「まったくね。これでエンドレスな魚捌き業務から解放されるわ」

現状で一〇〇匹ぐらいはいるからなぁ。夕方まで続けたら優に二〇〇匹は超えるだろう。

【調理】スキルがあるとはいえ、うんざりする量であるのは間違いない。

「でもさ、制限をしてるのは錬金術の術式？　なんだろ？　ならハルカは制限のないマジックバッグも作れるってことか？」

「今の私じゃ無理。解りやすく言うなら、プラモデルを組み立てることと、プラモデルを設計することぐらいの違いがあるから」

なるほど、解りやすい。それぐらい違うなら、まず無理だよな。

「ま、便利ってことで良いじゃん？　全部入れちゃお？」

そう言って、麻袋に魚を移そうとするユキを、俺は慌てて止める。

「ちょい待ち。時間経過が遅いだけでゼロじゃないんだから、水に入れておいた方が良いだろ」

全員の獲ってきた魚を樽に移し、蓋をしてマジックバッグへ入れる。

超過密状態でも、水がないよりはマシだろう。

「町に戻ったら、少しずつでも捌いておいた方が良いでしょうね」

「そうね。それで冷凍して入れておけば、長持ちするでしょ」

ハルカの魔法とマジックバッグを併用すれば、冷蔵庫や冷凍庫代わりも思いのままである。

アエラさんのお店にあった冷蔵庫はかなり高価らしいので、これは凄く助かる。

これでますます俺たちの食生活が充実するな！　夢が広がる‼

――と、そんな実験をしていると、トーヤの我慢が限界に達したようで、腹を押さえながら焦れたように苦情を申し立ててきた。

「なぁ、検証も良いけどさ、オレの腹はさっきから、蟹を食わせろと訴えているぞ？」

「そういえば、そっちも重要だったわね。その味によって、今夜、籠を仕掛けるかどうかが変わってくるし。そのまま網焼きで良いかしら？」

「そうですね。取りあえず一匹ずつ食べてみましょうか。海老は小さいので二匹で」

手早く火を熾して、その上に網をセット。

バレイ・クラブとカワエビはそのまま、甲殻エビは縦に割って網の上に載せられる。

その上からパラパラと塩。味付けはそれだけのようだ。

ジュウジュウと焼ける音と共に、海老や蟹がだんだんと赤く変化していく。

汁が滴り落ちる度に煙が上がり、なんとも美味そうな匂いがあたりに漂う。

「な、なぁ、まだ食べちゃダメなのか？　オレ、そろそろ限界」

「カワエビはもう良いかしら？　切り分けましょ」

ハルカが網から下ろしたカワエビの殻を取り除き、まな板の上で二つと三つに切り分ける。

「大きい方は、トーヤとナオに。どうぞ」

「お塩はこのお皿に入れておきますから、お好みで付けてくださいね」

「「いただきます！」」

差し出されたまな板からカワエビの切り身を摘まみ、チョイと塩を付けて口の中に。

「……おおぉ、美味い」

牛海老のような身が締まった感じはなく、ほろりと崩れるような柔らかさ。

それでいて旨味があって、泥臭さなんてほとんど感じられない。

「予想以上に美味しいですね。背わたは取ってないですけど、あまり気にならないですし」

「これなら、料理を選ばずに使えそうね。——刺身を除いて」

「あ、やっぱり刺身はダメかな？」

「川の生き物を生食するのはダメでしょ。たぶん、こちらの世界でも」

「寄生虫、怖いですからね」

川魚の刺身、ないわけではないが、推奨はできない食べ方である。

最近は寿司ネタとして使われるサーモンも、本来は生食するとマズい魚なのだ。

あれは特別な環境で育てているから食べられるのであって、川で捕まえた鮭をそのまま刺身にして食すのは御法度。冷凍するか、塩や酢などを使って寄生虫を殺さなければ危ない。

まぁ、これも確実とはいえないので、安全を求めるなら火を通せ、ってことである。

「しかしこの美味さ、一口じゃ足りないぜ。もっと焼かないか？」

「まぁまぁ、トーヤ、まだ甲殻エビと蟹もある。それを食ってからにしようぜ」

無意識か尻尾を振っているトーヤを宥め、俺は網の上を指さす。

そこではバレイ・クラブと半割にされた甲殻エビが、美味しそうな音を立てている。

「甲殻エビも……もう良さそうね。これは各自、箸で突いちゃって」

「おうともさ！」

「あっ！」

ハルカのお許しが出ると同時、トーヤが素早く箸を伸ばし、尾っぽの身をごっそりと抉り取る。

そしてそのまま口へと運び、パクリ。にっこり。

「美味い‼」

「美味い、じゃねぇ！　てめっ！　遠慮しろ、遠慮！」

半身の尾っぽの身がなくなったので、ほとんど食べる場所がない。

ミソの部分も美味いかもしれないが、それはそれだろ？　許されざる行為である。

「……切りましょうか」

トーヤの所業を見てため息をつくハルカ。

ナツキが包丁を手に取り、もう半身の尾っぽを四等分に切り分ける。

「すまん」

「いえいえ」

微笑むナツキに礼を言い、一切れ摘まんだ海老の身を、ミソの部分に絡めて食べる。

この味は……伊勢エビ？　数えるぐらいしか食べた記憶がないが、そんな感じ。

先ほどのカワエビに比べて少しだけ泥臭い気がしないでもないが、泥抜きの時間を長くすれば、これも解消されるんじゃないだろうか。

「甲殻エビも美味しいね！」

「殻は凄く硬かったけど」

「この包丁のおかげで縦に割れましたが、普通は無理ですね、これ」

ナツキの感覚では伊勢エビより余程硬く、おそらく普通のナイフでは刃が立たないほど。

今回は新調した包丁の切れ味と、強化された腕力に任せて叩き切ったとか。

ちなみに普通に食べるだけなら、柔らかい腹側から刃を入れていけば良いので、半割にこだわらなければ、問題はないようだ。

「頭の部分、ミソには少し臭みというか、クセがありますね。取り除くか、泥抜きか、香辛料を使うか……食べられないことはないですが」

「そうか？　オレはこのぐらいでも全然」

俺がハルカたちの方に箸を付けたのを良いことに、半身を自分の所に取り込んで身をほじくりつつ、ミソを啜っていたトーヤが平然とそんなことを言った。

こいつは……食い物の恨みは恐ろしいぞ？

——と言いたいところだが、甲殻エビの詰まった樽を見れば怒りも収まる。

もしここが元の世界で、甲殻エビが伊勢エビだったりしたら、拳で語り合っているところだ。

「最後は蟹ですね。食べにくいでしょうから、切り分けますね」

ナツキが蟹をまな板に載せ、脚を全部落として、甲羅を開く。

胴体の部分を四等分にしてから、脚にも包丁を入れて食べやすいように細工していく。

とてもプロっぽい手さばきに感心したり、トーヤが途中で伸ばそうとする手を叩き落としたりしながら待つこと暫し。ナツキが包丁を置いて、まな板を差し出した。

「どうぞ。適当にとってください」

今度も素早く手を伸ばし、胴体の四分の一を確保したトーヤに呆れつつ、俺は脚を手に取る。

ワタリガニのヒレのような脚はなく、ハサミはやや小さめだろうか。

ズワイガニの脚よりは短いが身は詰まっていて、それぞれの脚からカニカマ二本分ぐらいの身が取れそうなので、それなりに食べ応えはありそうである。

取り出した脚の身に、ぱらりと塩を掛けて食べる。

「ふむ……カニカマよりは美味い」

「あたし的には、缶詰のズワイガニよりも美味しいかな？」

「私としては、ズワイガニの方が美味しいですね」

「ナツキだとそうかもね。私は少なくとも回転寿司の蟹よりは美味しいと思うけど」

やや意見が分かれたか？　――いや、ナツキが食べていたズワイガニは除外すべきか。

同じ食材でも品質によって味が違うのは当然だし、少なくとも不味いという意見はない。

「ナオくんがカニカマって言いましたけど、言い得て妙ですね。クセがないので使いやすいかもしれません」

「さすがにカニカマってことはないけど、蟹の濃厚さはない気がするわね」

「え、そうか？　オレはそう思わないが……」

一人違う意見を出したのはトーヤ。

手に持ってガシガシと齧っているのは、蟹の胴体。

蟹の種類によっては、胴体部分に食べる所がほとんどなかったりするが、この蟹はワタリガニのように、かなりの身が付いている。

「脚と味が違うのかしら？」

不思議そうに箸を伸ばしたハルカが、胴体の身を口にすると同時に目を丸くして声を上げた。

「ん！　全然違う！」

「マジで？」

俺も胴体の身を一口。これは……歯応えからして全然違う。

味は少しねっとりと濃厚で、蟹の風味を凝縮したような感じ。

人により好みが分かれるかもしれないが、『蟹を食べている！』と強く主張してくる。

甲羅に残ったカニミソも摘まんでみたが、こちらも味が濃い。

好きな人は非常に好きだろうが、苦手な人はダメかもしれない。

「ここまで味が違いますか……脚と胴体、それにカニミソ、全部混ぜてしまえばちょうど良いかもしれないですね」

「万人受けを考えるなら、それもありかも？　あたしとしては、別々でも十分美味しいけど」

「カニチャーハンとか食べたいなぁ。米って売ってないのか？」

昨日から魚の塩焼きとか、魚の出汁のスープとか、ご飯が食べたくなる食事が多いので、米が恋しくなってきた。やっぱりパンはちょっと違うんだよなぁ。

フライにすれば、魚でもパンに合うんだが、塩焼きだと白米が欲しい。

「前にも言ったけど、私の『常識』にはないし、少なくともラファンで売っているのは見たことないのよね。麦があるんだから、米だってどこかにはあると思うけど……」

「亜熱帯から温帯の地域に行けばあるんじゃないでしょうか？　短粒種で炊飯に適した品種かどうかは判りませんが」

「気候的な問題かぁ」

元の世界で言えば、歴史的には長粒種の方が主流で、日本のようにご飯として食べる方が少数派だった。それを考えると、美味いご飯を食べるまでの道のりは遠いかもしれない。

「オレはユキがうどんを作ってくれたから、それほどでもないかな？　パンだけしかないなら、さすがに飽きると思うが」

「うどんか。小麦で作れて、鍋の締めにも使えるし、良いよな」

「確かに、この状況で作ったとは思えないほど、ちゃんとしたうどんだったわね」

「そう褒(ほ)められると照れちゃう。家ができたら、もっと美味しいのを作るから期待しててね！」

俺たちの素直な感想に、ユキが頬(ほお)を染め、はにかみながら頭を掻(か)く。

朝のうどんでも、少し短い以外は十分に美味かったので、楽しみである。

贅沢(ぜいたく)を言うなら昆布出汁が欲しい、ってところか。

「ま、お米はまた考えるとして。少なくとも蟹や海老を確保することは決まりね」

「勿論(もちろん)だとも！」

「取り尽(つ)くす勢いで！」

当然、そんなことは不可能だし、後々のことを考えると残しておくべきなのだが、あれを味わった今の俺たちの意欲は、止(とど)まるところを知らない。

「それじゃ、午後にはまた罠を仕掛けてから、釣りを続けましょ」

「そうですね。今日と明日、籠を仕掛ければ、しばらく食べる分は確保できそうです」

「これだけ美味ければ、泊(と)まりがけでも獲りに来る価値があるし、なくなったらまた来ないとな」

そんな俺の言葉に、誰一人反対の言葉を上げることなく揃って頷いた。


結局、俺たちの三泊四日の釣行は、ひたすら魚釣りと川での罠漁に明け暮れて終わった。

また、途中で少し上流に釣り場を移したおかげか、岩魚も追加で確保でき、更に言えば、先日オークを狩り尽くしたためか、魔物に襲われることすら一度もなかった。

その成果として、かなりの数の魚と蟹、海老、ついでに五匹ほどの大山椒魚(グレート・サラマンダー)も確保できた。

この内、大山椒魚(グレート・サラマンダー)の四匹はギルドに売却(ばいきゃく)し、売り上げが金貨二〇〇枚あまり。

もちろん、色々協力してくれたトミーやガンツさん、ディオラさんとアエラさんには、山女をお裾分(すそわ)け。特にお世話になることの多いディオラさんには、少し多めに。

ディオラさん曰く『売れば一匹あたり大銀貨二、三枚にはなりますよ』とのことだが、今回の主目的はレジャーだったし、今の俺たちにとっては、多少のお金よりも美味しいご飯。

収穫の大半は、そのままマジックバッグに保存されることになったのだった。

◇　◇　◇

「今日はシモンさんの所に差し入れに行くけど、ナオたちはどうする？」

ハルカがそう言ったのは、釣行から戻ってきた翌日のことだった。

「差し入れというと、魚料理か？」

「そう。無理を聞いてもらってるからね。主にユキが」

「え～。別に無理は言ってないよ？　気持ち良くやってくれてるもん」

家造りは仕事としても、それ以外にも木刀を作ってもらったり、漁に使った罠を作ってもらったり。多少の手間賃は払ったようだが、ハルカからすれば正価とは言い難いらしい。

「だとしても、お礼は必要なの。ねぇ、ナツキ？」

「そうですね。今後ともお付き合いは続くでしょうし」

「ぶぅ～、あたしだって、別に反対はしてないって。ナオたちも来る？」

「行こうかな、家の様子も気になるし。トーヤは？」

「もち、オレも行くぞ。差し入れには協力できねぇけど、家は見たいしな」


なんやかんやで、前回訪れてから一週間ほど。

それだけの期間にも拘わらず、家の状況は一気に変化していた。

外見的にはほぼ完成に近くなっており、今は外壁に漆喰を塗っているようだ。

それも大部分は既に塗り終わり、今日中には全部終わりそうなほど。

あ、でも塗り壁って、複数回塗り重ねるんだっけ？

内側の進捗状況は見えないし、実際にあとどれぐらいで完成するのかは、よく判らない。

「シモンさん！　おはようございます！」

「嬢ちゃんたち。帰ってきたのか？」

ユキが現場監督をしているシモンさんに駆け寄って声を掛けると、彼は振り返って目を細めた。

結婚が早いこの世界、初老の彼から見れば、ユキや俺たちは孫ぐらいの年代に当たる。

それ故か、ユキに向けるのはまるで頑張っている孫を見るような、そんな微笑ましげな視線。

「うん！　無事に仕事も終わったから。工事、だいぶ進んでいるみたいだけど、どんな感じなの？」

「見ての通り、外壁はもうすぐ塗り終わるな。もう一回上塗りをするが、それも明日には終わる。内側もあと二週間もかからねぇな」

「……かなり早いですね？」

「おう。天候に恵まれたな。あとは屋内の作業だから、遅れることはねぇな」

このまま順調に行けば、着工から一ヶ月と少しで完成してしまうことになる。

予定よりも早いその理由を訊いてみれば、それは大きく分けて三つ。

一つは予想以上に地盤がしっかりしていたこと。

家の形などの細かい部分はシモンさんにお任せにしたので、以前あった家の土台を上手く再利用することができたらしい。

もう一つは、金貨六〇〇枚の前金。

ポンと先払いしたおかげで、人を多く雇って一気に作業を進めることができたようだ。

シモンさんには、『普通は進捗状況を見ながら、渡すもんだぞ？』と言って笑われたが、それで早くできるなら俺たちとしても都合が良い。それにユキやハルカたちが信用できると判断したのだろうし、現に持ち逃げすることもなくきちんと工事してくれている。

最後はやはり天候。

この時季は天気が崩れやすいらしいのだが、運が良いことに曇天や多少の小雨程度はあっても、工事を中断するほどの雨が昼間に降ることは、一度もなかった。

「それで今日は進捗を見に来たのか？　それともいつもの特訓か？」

「あ、いえ、簡単な物ですけど、お昼の差し入れに。お世話になってますし」

「ほう、嬢ちゃんたちの手作りかい？　そりゃあいつらも喜ぶだろうな」

一時期は一〇人以上が働いていたらしいが、残っているのは技術が必要な部分だけなので、今日いるのはシモンさんを含めて五人のみ。

俺たちを含めても一〇人分。思っていたよりは楽かもしれない。

「それじゃ、お昼頃に呼ぶから、お仕事頑張ってね！」

「ああ、楽しみにしてるぜ」

シモンさんはそう言って、ユキの肩をポンポンと叩くと作業に戻った。

それを見送り、作業を始めるハルカたち。

昼食の時間までにはまだまだ余裕があるのだが、先に下拵えを済ませておくらしい。

その間、俺たちにはできることがないので、離れた所で訓練でも――。

「あっ‼」

「なんだ⁉　何かあったか！」

突然(とつぜん)声を上げた俺にトーヤが慌てて顔を向けるが、俺は座り込みながら庭の隅を指さした。

「完璧(かんぺき)、忘れてた……」

「石——？　あっ、それか！　何か忘れてるような気がしたんだよ！」

「なら言えよ！」

「判ってたら言ってるわ！　思い出せなかったんだよ！」

「……はぁ、だよなぁ」

俺が指さした先にあったのは、俺とトーヤが草原で拾い集めてきた石の山。

そう、渓流で集めてくるはずだった庭石のこと、すっかり忘れていたのだ。

釣り、大山椒魚(グレート・サラマンダー)の捕獲、蟹や海老まで大漁と、あまりに順調且(か)つ満足度が高すぎて、行こうと思ったきっかけを失念していた。

「どうするんだよ。また行くのか？」

「……保留だな。魚や蟹が品切れになった頃、考える」

「すぐ必要な物じゃないしなぁ」

庭造りは所詮趣味である。見た目を気にしなければ、家庭菜園に石は必須ではない。

「ふと思ったんだが、土魔法でブロックとか作れないのか？　『石弾(ストーン・ミサイル)』とかあるだろ？」

「できなくはないだろうが、土魔法を使えるのって、ユキだけなんだよなぁ」

「ナオはどうなんだ？　エルフだろ？　素質なしでも魔法、使えるんだよな？」

「……不可能ではない。一応は、な」

素質がなければ魔法が使えない人間に対し、エルフにはその制限がない。

だが、これまで俺が練習してきたのは、時空魔法と火魔法のみ。

魔力操作には慣れてきたが、土魔法を覚えてブロックが作れるまで、どれだけかかるか……。

「ま、頑張れ。自分の不始末、ユキに押しつけるわけにはいかんだろ？」

「お前も同罪だろうがっ！」

「オレ、魔法使えないし〜〜？」

ビシリと指さした俺に、肩をすくめて半笑いを浮かべるトーヤ。

冗談と判っていても、ちょいと殺意が湧くんだが。

「くそっ、脳筋め」

「はっはっは、否定はしない」

「否定しろ。あんまり脳筋じゃないだろ、お前。魔法が使えないだけで」

肉弾戦極振りみたいなスキル構成にはなっているが、トーヤも地頭は悪くないのだ。

ハルカたちみたいなトップ集団ではないが、俺も含めて成績は一応、上位だったのだから。

「種族的な問題だから仕方ないのだ！」

「はぁ……頑張るか。トーヤも暇があったら本でも読んでおけ？　【鑑定】スキルはほぼ確実に自身の知識に影響されるんだろ？」

「だな。たぶん、たくさん使ったところでレベルアップしそうにないし」

トーヤはかなりの期間、目に付く物を片っ端から鑑定するという行為を繰り返していたらしいのだが、未だに【鑑定】のレベルは最初の2から変化していない。

そこから予想できるのは『スキルを使うだけではレベルアップしない』という可能性。

そのことに加え、トーヤがギルドで調べ物をして以降、鑑定で表示される内容も変化したことを考え合わせれば、自身の知識が影響を与えるということは容易に想像できる。

「そいじゃ、魔物事典でも読むか」

「そうしろ、そうしろ。俺は土いじりをするから」

地面に敷いたゴザに寝っ転がり、優雅に本を読み始めたトーヤに対し、俺は直接地面に座って土を掻き集め、それに魔力を通す練習を始めたのだった。


「――オ、ナオ、お昼ご飯、できたわよ」

俺を呼ぶ声と肩を叩く衝撃に顔を上げれば、目の前にあったのはハルカの顔。

少し呆れたような表情からして、既に何度か声を掛けていたのかもしれない。

空を見上げると太陽は中天に差し掛かり、いつの間にか昼食の時間になっていた。

「あぁ、すまん、すぐ行く」

立ち上がって尻を叩こうとした俺をハルカが制し、『浄化』をかけて、土が付いた手も含め、綺麗にしてくれた。

「ありがと」

「どういたしまして」

ニコリと笑うハルカに連れられて行った先には、簡易的なテーブルが用意されていた。

その上には深皿に入った料理が並び、周囲には既に全員が揃っている。

「すまん、待たせた」

「ナオ、お疲れ。調子はどうだ？」

「もうちょい、だな。ほら」

俺が持っていた物をひょいと投げると、トーヤはそれをパシリと掴み取り、それをテーブルに転がした。

「これはサイコロ……？　六面ダイスに八面、これは一〇面か？」

「八面までは作れるんだが、一〇面は難しいな」

トーヤに投げたのは土を固めて作った複数のダイス。

それぞれの面に数字を彫り込み、簡単には欠けたりしないように硬く固めてある。

真四角の六面ダイス、四角錐を二つ合わせた八面ダイスはなんとか作れたのだが、五角錐を少しずらして引っ付ける形になる一〇面ダイスはなかなかに難しい。

これで苦労するのだから、五角形を貼り合わせる一二面ダイスや三角形を貼り合わせる二〇面ダイスはさすがに作れそうにない。

「おいおい、目的を見失ってないか？」

「……いやいや、まさか、まさか」

もちろん魔法制御の練習である。

退屈(たいくつ)な訓練のちょっとした息抜きに、ちょっとだけダイスを作ってみて、ちょっとだけ熱中しただけなのだ。——そう、ちょっとだけ。

「ささ、それよりも食べようぜ。冷めるだろ？」

ハルカたちが作ったのは、釣行二日目の朝、ユキが作ったうどんもどきのようだ。

多少具は違うようだが、少し肌寒い今の気温に温かい湯気と良い香りが食欲をそそる。

「ナオを待ってたんだけど……そうね、食べましょ。シモンさんたちも食べてください」

「おう、頂くぜ。——っ、うまっ！　すっげぇ、うまっ！」

「めちゃくちゃ美味いな、おい！」

「これ、屋台で出したら、絶対行列ができるぜ⁉」

俺たち好みの味付けは、シモンさんたちの舌にも合ったらしい。

うどんもどきの麺にも違和(いわ)感はないのか、気にした様子も見せず、ずるずると食べている。

俺も食べてみるが、野営に比べて制約が少ないせいか、あの時の物よりも少し美味しい。

ただ二日目以降、蟹も一緒に入れて出汁を取った物に比べると多少落ちる。

それでも、その辺の食堂では食べられない美味しさ。

家が完成したら、毎食これぐらいの料理が……かなり楽しみだな！

「嬢ちゃんたち、料理も上手いんだな」

「——っ！　いや、待て！　これ、魚が入ってるぜ？　お前さんたち、ノーリア川の上流……グレート・サラマンダーを獲りに行ってきたのか？」

「判りますか？」

「あれの捕獲依頼は常に出ているらしいからなぁ。獲りに行くやつはそんなにいないらしいが。この町に生の魚が入ってくるのは、その時ぐらいだからな」

確かに店に買い物に行っても普通には売っていないし、あっても干物ぐらい。

よく探せば塩漬けの魚ぐらいはあるのかもしれないが、アエラさんのお店や〝微睡みの熊〟で出てくることもないので、決してメジャーな食材ではないのだろう。

「サールスタットが近い割に、この町って魚を見かけませんよね？　入ってこないんですか？」

荷馬車でも一日あれば着く距離なのだ。もう少しぐらい見かけてもおかしくないのでは、と思って訊いてみたのだが、大工たちは揃って首を振った。

「入ってこねぇな」

「不味すぎんのさ、サールスタットの魚は。安くもねぇし」

「いくらこの町から近くても、生なら魔法で凍らせるなり冷却するなりは必要だろう？　もしくは遠方に運ぶ時と同じように干物や塩漬けにするか。その分高くなるが、味の方はなぁ……」

「「「あぁ……」」」

苦い顔でそう言ったシモンさんたちに、俺たちは揃って納得の声を上げた。

やはりあの魚は、この町の人でも美味しいとは思わないらしい。

その上で高いとなれば、普通に肉を買った方がマシである。

あの町の人は何故か平然と食べていたが、その地域特有の珍味みたいな物なのだろうか？

「これ、美味ぇ料理だが、魚が入ってるんじゃぁ、屋台じゃ出せねぇなぁ」

「そもそも私たち、冒険者ですしね。シモンさんたちが大工であるように」

「違いねぇ！　儂らが屋台をやるようなもんか」

「そりゃそうだな！　これが食えねぇのは残念だが……」

「売ることはできませんけど、今日は多めに作りましたから、たくさん食べてください」

「おう！　滅多に喰えねぇんだ。遠慮はしねぇぜ！」

その言葉通りシモンさんたちは遠慮なく食べ続け、大鍋は瞬く間に空になる。

そして差し入れの効果もあったのか、その日以降もシモンさんたちは精力的に働いてくれ、家は急ピッチで完成に近付いていく。

あと一息。そう思っていたそんな時——事件が起こった。

第四話　キノコ災害

「キノコ災害が発生しました」

俺たちを前にそう宣言したのは、深刻そうな表情を浮かべたディオラさん。

何かしら問題が起きているのだろうが、詳細の判らない俺たちは顔を見合わせるのみ。

唯一ナツキが、ハッとしたように口元に手を当てる。

「もしかして、私たちが以前採ってきた、マジックキノコですか……？」

「あ、いえ、それは関係ありません。きちんと管理してますからね。キノコ災害の原因となっているのは、バーラッシュというキノコなんですが……見てもらうのが判りやすいですね」

そう言ったディオラさんに案内され、俺たちが向かったのは冒険者ギルドの屋上。

冒険者ギルドの建物は周囲よりも少し高いので、遠くまでよく見通せる。

「さて、皆さん。あちらをご覧ください」

「あちらって……あれ？　あんな所に白い柱って、あったっけ？」

ユキが不思議そうに首を傾げるのも当然だろう。

ギルドから見て北の方向、街中にドンと突き立っている巨大な白い柱。

今まであれに気付かなかったなんてこと、あり得ない……とも言い切れないか？

ここから見れば一目瞭然だが、道を歩いていると傍を通らないと見えないぐらいの高さ。

その上、あの柱がある場所は、俺たちの行動範囲からも外れている。

「いえいえ、あれは昨日できたんですよ。そしてあれが、バーラッシュです」

「「「……………はぇ？」」」

呆けたような声を漏らす俺たちの表情を見て、ディオラさんは苦笑しつつも深く頷く。

「解ります。信じられないですよね？　でも、本当なんです、残念なことに」

あそこに見える巨大な白い柱、あれ自体がキノコであるらしい。

ディオラさんの解説によると、バーラッシュというキノコは床下などの暗い場所で発生し、数年という長い時間をかけて菌糸を張り巡らせ、ゆっくりと成長するらしい。

そしてある時、突如として子実体（キノコの傘や軸の部分）を伸ばし始める。

その速度はとんでもなく速く且つ強力で、石造りの建物であっても破壊してしまうほど。

「えっと……この町って、そんな危険なキノコが自生しているの？」

「自生はしていません。ですが、どこからか胞子が飛んできたり、余所から持ち込まれた荷物に付着していたりするんでしょうか。ごく稀に発生するんですよね、キノコ災害が」

「怖っ！　え、めっちゃ、危険じゃね？」

「本当にごく稀に、ですから。ただ気候的な問題なのか、発生するときには連続して――あ」

ドォォォン！　という音と、ガラガラと何かが崩れる音が響き、先ほどの柱とは少し離れた場所に、新たな柱が出現した。

「「「………………」」」

「あんな感じです」

その柱を指さし、ディオラさんはしれっと言うが、俺たちはそれどころではない。

「す、凄く大変なことなのでは？　大丈夫なのでしょうか……私たちの宿とか……」

「あ、庶民にはあまり関係ありませんよ？　大抵の家は土間ですし、床下がある家でもそんなに広くないので菌糸を伸ばすスペースが狭く、せいぜい床板が突き破られる程度で済みます」

あそこまで一気に成長するのは、床下が広くエネルギーをしっかりと蓄えることができる大きな家、つまりお金持ちの家に限られるらしい。

「状況がご理解頂けたようなので、下へ戻りましょうか」

少し肌寒い屋上から一階へと戻り、話を再開。

「お願いしたいのは、バーラッシュを枯らす枯茸薬、それに必要な素材の回収——いえ、回収要員の護衛なのです。皆さんにも無関係とは言えないでしょうし」

枯茸薬という名前ではあるが、この薬が効果を発揮するのは子実体にではなく、それができる前。これを床下など、怪しい場所に撒いておけばバーラッシュが根を下ろすのを抑制でき、且つ子実体ができる前であれば、枯らすこともできるらしい。

「じゃあ、あの巨大なキノコはどうなるのかな？」

「あれは切り倒すしかないですね。しばらくすると天辺が膨らんできて爆発、町全体に灰が降ったかのように胞子を撒き散らすそうなので。放置すると処罰されます」

「うわぁ、悲惨……。家を壊された上に、切り倒すコストまで」

「いえ実は、そこまで負担は大きくないんですよ？　切った後、高く売れるので」

「売れるの？　あれが？」

「はい。食用なので」

「「「食用⁉」」」

思わず声を揃えた俺たちに、ディオラさんはこくりと頷く。

「はい。とても美味しいそうです。しかも、大きければ大きいだけ。よくは判っていないんですが、あんな風に成長する地域は限られるんですよね」

それでも十分に大きいが、先ほど見た物とは比較にならない。

バーラッシュが普通に栽培されている地域もあり、そこでは成長しても三〇センチほど。

「つまり、あの大きさのバーラッシュは、とても美味しい、と？」

「そのようです。食べたことはないですが。あ、ちなみにですが、このあたりで栽培することは禁止されています」

そりゃそうだ。あのサイズともなれば隔離して栽培するなど不可能だろうし、そもそも胞子を完全に遮断するなど、困難を極める。

町を破壊しかねない農産品なんて、領主としては絶対に認められないだろう。

「断れないわね、これは。それに、ディオラさんにはお世話になってるし」

「はい。せっかく建てた新居が破壊されたら、泣くに泣けません」

ディオラさんの話が本当ならば、俺たちの新居が危険に曝されるのは数年後以降となるのだろうが、夜寝ていたら突然家がぶっ壊される、そんな不安を抱えて暮らしたくない。

「ディオラさん、その枯茸薬はオレたちも貰えるのか？」

「はい。ギルドに依頼を出された方が優先ですが、請けて頂けるのであれば。正直なところ、信頼できる実力を持つ冒険者はほとんどいないので、皆さんには是非お願いしたいのです」

「それじゃ――」

俺が『請ける』と言いかけたその時、乱暴にギルドの扉が開かれた。

「おい！　枯茸薬はまだ手に入らんのか！」

そんな言葉と共に飛び込んできたのは、頭の上がやや寂しくなっている肥満体型の中年男性。

焦りからか、ディオラさんの前に立つ俺たちを無視して、足音も荒々しく彼女に詰め寄るが、ディオラさんは営業スマイルを浮かべて穏やかに言葉を返す。

「まだですね。そもそも手に入ったとして、リート準男爵まで回るかどうかは判りませんが」

「何故だ⁉　当家の三軒隣で発生したんだぞ‼」

焦りの理由はそれか。あんなのがすぐ近くでドカンとやったら、そりゃ焦る。

気持ちは解るが、それとディオラさんに詰め寄るのとは話が違う。

思わず一歩踏み出しかけた俺をディオラさんが視線で制し、表情も変えずに口を開く。

「ギルドに依頼料を払われている方が優先ですから。余れば販売もしますが……リート準男爵も依頼を出されてはいかがですか？　先日、土地をお売りになったお金がありますよね？」

……ん？　もしかしてこのリート準男爵って、俺たちの土地の元の持ち主か？

あの時、なんか面倒な相手、みたいなことをディオラさんが言っていたが……納得かも。

「うっ……、そ、そうだ！　あの土地を売ってやった相手、そいつらは冒険者なんだろう？　そいつらにやらせれば良い！」

言葉に詰まったリート準男爵は、まるで良いことを思いついた、みたいな表情でそんなことを口にするが……もしかして、それは俺たちのことかな？

金を払うなら考えても良いが、タダ働きさせようというのなら、あり得ないな。

そして、その言葉を聞いたディオラさんの笑顔に凄味が増す。

「あの取引は冒険者ギルドが仲介して行われた正当なものです。購入者に対して、なんらかの義務を負わせるようなものではありません。お話がそれだけならお引き取りください」

「なっ！　儂は貴族だぞ!!」

「そうですね。だから？」

つ、強い！　強いぞ、ディオラさん！

声を張り上げるリート準男爵にも、張り付けたような笑顔でさらりと言葉を返す。

そんなディオラさんの態度に弾き返されたリート準男爵は、「くそっ！」と悪態をつきつつも、金を払って依頼するつもりはないようで、「枯茸薬は絶対に売りに出せ！　解ったな！」と捨て台詞を残し、そのままギルドを後にする。

その背中が見えなくなったところで、ディオラさんは表情を崩し、「ふぅ」とため息。

「邪魔が入りましたね。話を続けましょうか」

「あの、ディオラさん、大丈夫なの？　あんな風に追い払って」

少し心配そうに尋ねたハルカだが、ディオラさんの方は目を瞬かせて、ふふっと笑う。

「え？　あぁ、問題ありませんよ、所詮は準男爵です。子爵ぐらいになると気を遣いますけど」

その表情を見るに、嘘ではないのだろう。

この世界、もしくはこの国では、貴族の権力がそこまで強くないのかもしれない。

「それで、請けて頂けますか？　護衛なので、少し面倒かと思いますが」

「俺としては構わない、と思ってる。枯茸薬？　それが手に入らないと俺たちも困るし」

「もちろん請けるよ！　せっかくのマイホーム、キノコなんかに壊されてなるものか！　だよ！」

ユキが即座に同意し、トーヤたちもやはり頷く。選択肢なんて、ほぼないもんなぁ。

仕事を請けずに自前で枯茸薬を確保する方法もあるが、そうするメリットなんてほぼないし、危険度に関しても、ディオラさんが紹介するのだから、俺たちなら大丈夫ってことなのだろう。

「ありがとうございます、本当に助かります。あまり時間はないのですが、護衛して頂く方の準備もありますので、明後日の朝、こちらにお越しください」

ディオラさんは本当にホッとしたように胸に手を当て、ゆっくりと頭を下げた。


「家にキノコですか……怖いですね」

冒険者ギルドを出るなり、眉根を寄せて頬に手を当てたナツキが、困ったように言葉を漏らす。

「不潔な部屋の隅にキノコが生える話とか聞いたりするが、そんなレベルじゃないからなぁ」

「まさかあんな巨大なキノコが存在するとは！　ファンタジーだなっ‼」

「トーヤはなんで嬉しそうなのよ？　私たちの家がキノコに壊されるかもしれないのに」

どこか弾んだ声で言うトーヤにハルカがジト目を向けたが、トーヤはそれを気にした様子もなく笑顔で尻尾を振る。

「いや、だって、すげぇファンタジー感じゃん！　ワクワクしねぇ？」

「んー、少し解るかも？　ディンドルの木も大概非常識だったけど、言ってしまえばただの巨大な木、だしね。バーラッシュの巨大さ、そして成長速度は、ちょっとあり得ないよね」

確かに。ただの巨木と巨大なキノコ。現実感のなさは比較するまでもない。

「なぁなぁ、見に行こうぜ？　いや、むしろ、見に行かないって選択肢はないよな？」

「野次馬みたいであまり感心しないけど……私も、気になるのは否定できないわね」

「これも経験です。邪魔にならないようにすれば良いんじゃないでしょうか？」

「うんうん。火事とか事故とは違って、緊急事態ってことじゃないみたいだし？」

全員賛成か。ま、俺も反対する理由はないので同意して、普段はあまり近付かない、大きな屋敷があるエリアに向かえば、見えてきたのは周囲からニョキッと突き出た白い柱。

それを目印に歩いて行くと、やがてざわざわとした人の声が聞こえ始める。

「野次馬がたくさん……ってわけじゃねぇな」

「既に作業に取り掛かっているようですね」

人が集まっていたのは、かなり広い敷地を持つお屋敷――の、跡地。

既に倒壊した屋敷の瓦礫の撤去は終わり、今はキノコの周囲に足場が組み上げられていた。

俺たちのような見物人も皆無ではないが、普通の人なら今はお仕事をしている時間、僅かな時間立ち止まるだけで、すぐに立ち去っていく。

「あの足場で、上から切っていくわけですか」

「根元で切り倒したら、危なそうだもんねぇ。作業しているのは木こりかな？」

敷地の広さ的には、上手く倒せばギリギリその内に収まりそうだが、周囲にあるのは高級住宅。

その住人の身分なども考えると、万が一にでも失敗すれば、色々とヤバい。

多少手間はかかるだろうが、この家の持ち主もリスクを負うことは避けたのだろう。

「……ん？　あれって岩中たちじゃね？」

トーヤが指さした方を見ると、確かに見覚えのある男が三人、片付け作業を手伝っている。

木こりの護衛をしている流れから、ここの仕事にも入ったのだろうか？

「そうだな。生きていたか」

「だから、殺してないって」

「男としてどうかは、判らないけどねー。たぶん大丈夫？」

にっこりと笑うユキが怖い。

向こうもこちらに気付いたようで『うげっ‼』と、即座に顔を逸らした。

「さすがに懲りたみたいですね」

「そりゃ、懲りるだろ。懲りなきゃ、バカだろ」

「だが、アイツら、バカだぞ？　きっと」

バカじゃなければ、ハルカたちに襲いかかったりはしないだろう。

「そう言われると、否定できねぇな」

「ま、大丈夫よ。三人とも、大して強くなかったから。功夫が足りないわ」

「ハルカが武術家みたいなことを⁉　でも、あたしも同感かな？」

だと良いのだが……なんだか気になるんだよなぁ。

岩中たち三人がこちらを窺うように、何やら密談しているように見えて。

――まぁ、現場監督にどやされて、すぐに仕事に復帰したのだが。

「でも、あの大きさのキノコって、どんな味がするんだろ？　大きければ大きいほど美味しいって言ってたけど……とんでもない量だよね？」

木こりが鉈などを振り回して切り出しているキノコは、一切れでも人一人分ぐらいの大きさ。

いくら美味しいと言っても、確実に供給過剰になりそうなのだが……。

「おや、お嬢ちゃんたち、知らないのか？　あれは乾燥させると凄く小さくなるんだぞ？」

そんな雑談をしている俺たちに声を掛けてきたのは、敷地から出てきた一人の男性だった。

どこかで顔を見た覚えがあるような……誰だっけ？

内心首を捻った俺とは違い、ユキはすぐに思い当たったらしい。

「おじさんは……あ、大工さんの！」

「おう。俺の担当はもう終わったが、嬢ちゃんたちの家では世話になった」

「ううん、あたしたちこそ、お世話になりました。それで……縮むの？　あのキノコ」

「一〇〇分の一ぐらいにはなるな、しばらく干しておけば」

その大工の話によると、通常販売されているバーラッシュはそのまま食べるキノコだが、巨大に成長した物はしっかりと乾燥させ、軽く水で戻してから食べるらしい。

人間サイズの塊でも、乾燥させればペットボトル程度になり、ちょうど良いのだとか。

ちなみに水で戻しても二倍程度に膨らむだけなので、乾燥ワカメより余程安心である。

「ま、高ぇから、俺たちが買えるかどうかは今後の状況次第だな！　大きな声じゃ言えねぇが」

どこか他人事のように笑う大工だが、事実、他人事なのだろう。

バーラッシュで被害を受けるのは基本、金持ちの家だけ。

災害の規模が広がれば広がるだけ、足場を組んだり、伐採作業を行ったりする庶民の仕事は増えるし、キノコの供給量が増えれば、販売価格も下がって手が届くようになる。

行き過ぎは困るが、程々なら一種の特需みたいなものらしい。

「それは、確かに大きな声じゃ言えませんね」

「だろ？　ま、キノコ災害なんざ、数十年に一度あるかないか。被害を受けるのも多くて一〇軒程度。当たったお貴族様は運がねぇってことだな」

声を潜めてそんなことを言った大工は、軽く笑って「そいじゃな！」と帰って行った。

「……過剰に心配する必要はない、ということかしら？」

「でもそれは、枯茸薬が手に入るから、ですよね？　一〇軒程度で収まるのも」

「つまり、あたしたちの仕事が重要ってことだね。マイホームの安寧のためにも！」

「ある意味、このタイミングで発生してくれて助かった、とも言えるか」

完成前に対策が取れるのだから。

「――よっしゃ！　それじゃオレたちも帰るか！　しっかり準備を整えておかないとな」

二日後、ギルドで俺たちを待っていたのは、ディオラさんとその隣に立つ不審な人物だった。

身長は小柄なユキと同じぐらい、フード付きの黒いローブで全身を隠し、顔も窺えない。

ディオラさんの知り合いなので変な人ではないのだろうが、普通ならちょっと関わり合いになりたくないような怪しさを醸し出している。

「こちらが、今回皆さんに護衛して頂く、錬金術師の方です」

「リ、リーヴァと言います。よ、よろしくお願いします。リーヴァって呼んでください」

フードの下から小さく聞こえてきたのは、女の子の声。

体格や声質からして、俺たちと同い年か、少し下ぐらいだろうか？

「私はハルカよ。錬金術師なの？　私もなのよ。ちょっと齧った程度だけど」

「あたしも！　あ、あたしはユキね。よろしく～」

「そ、そうなんですか？　き、奇遇、ですね」

同性で似たような背丈、更には錬金術師という共通点があるからか、少しだけ緊張が解れたような声色になったが、それでも俯き気味のままで、顔は見えない。

「私はナツキです。錬金術師ではありませんが」

「同じく。俺はナオ」

「オレはトーヤだ！　よろしくな！」

俺とナツキには頷くのみで、少し大きな声で挨拶をしたトーヤに至っては――。

「ひぅっ……」

引きつったような声を漏らし、ディオラさんの後ろへと隠れてしまった。

「と、まぁ、ちょっと人見知りな方なので、女性の多い皆さんにお願いした部分もありまして」

苦笑を浮かべたディオラさんが言う通り、リーヴァと同い年ぐらいの女子が三人もいるパーティーなんて、そうはないだろう。少なくとも、ここラファンでは。

「リーヴァさん、トーヤさんも含め、皆さんは私が信頼する方々ですから、大丈夫ですよ？」

「わ、解ってはいるんですが……」

解っていてもトーヤは怖いか。トーヤの手を引っ張って俺の後ろに隠せば、リーヴァも少し安心したのか、ディオラさんの陰から出てきた。

「むぅ、なんか納得がいかねぇ」

「仕方ないですよ、トーヤくんは、少しだけ厳ついですから」

こちらに来たときよりも少々マッチョ度が上昇したトーヤは、気の弱い女の子であれば、ちょっと引く、かもしれない。

筋肉好きなら逆に嬉しいかもしれないが、リーヴァは違うようだ。

「リーヴァ、これでもトーヤは頼りになるから、しばらくの間は我慢してくれるかしら？」

「だ、大丈夫ですぅ……」

あまり大丈夫じゃなさそうな、蚊の鳴くような声で応えるリーヴァだが、俺たちの役割は彼女の護衛。こればっかしは慣れてもらうしかない。

「あはは……。早く行こっか。あんまりゆっくりしてたら被害がふえそうだし」

「だな。キノコと仕事が増えて喜ぶ住民も多そうではあるが……」

確認はしていないが、今朝早くドッカンという音が響いていたので、もう一軒、被害が出ている可能性は高い。今後、被害のペースが上がるのか、下がるのかは不明だが、あまり余裕がないことは間違いないだろう。

「一応言っておきますと、皆さんへの依頼料を払うのは、喜ばない方の住人ですからね？」

困ったように笑うディオラさんに俺たちは頷き、荷物を手に取る。

「解ってます。できる限り、無理しない範囲で急いで行ってきます」

「はい、よろしくお願いします。お気を付けて」

枯茸薬に必要な素材が得られるのは、南の森の奥深くらしい。

俺たちの役割はそこまでリーヴァを護衛し、素材を集める間の安全を確保すること。

状況的には急ぐべきなのだが、実際の俺たちの歩みは、少々のんびりとしたものになっていた。

その原因はリーヴァに――いや、正確に言うなら彼女の背負う、やや不釣り合いなまでに大きな荷物にある。一応、『俺たちが持とうか』とは提案したのだが『い、いえ！　大丈夫、です。これ、錬金術の道具なので……』と、固辞されてしまった。

もっとも、戦闘となれば荷物を放り出すことになる俺たち。

壊れ物とか入っていそうな荷物を持つことなど、土台不可能なのだが。

そんな感じでラファンの南に広がる畑の間を抜け、しばらく歩けば目的地の南の森へと到着。

普段は木の伐採が行われているこの森だが、今日は木こりの姿がまったく見当たらない。

おそらく、全員がバーラッシュの方に駆り出されているのだろう。

「こちらの森は……少し明るい感じだな」

入り口付近ということもあるかもしれないが、俺たちがオークを狩っていた辺りに比べ、日の光もよく差し込んで明るく感じる。

喩えるならば、人工林と自然林の中間ぐらいのイメージだろうか？

「木材を確保するため、人の手が入っているからでしょうね。でも、初めての魔物も出てくるんだから、気を抜いちゃダメだからね？」

「当然だよ！　ブランチイーター・スパイダーやスラッシュ・オウルとかが出るんだよね？」

「はい。ただ前者に関しては、先に見つけられれば、さほど脅威ではないと思います」

ブランチイーター・スパイダーはその名前の通り、木の枝を齧る蜘蛛なのだが、その目的は枝を使って獲物を狩ることにある。

手法は二つで、一つ目は枝を齧って折れやすくした上で、粘着質の糸を絡めておく方法。

この状態で動物が乗れば、そいつは糸に絡め取られて、枝と共に落下することになる。

それで死ねば良し、死ななければ更に糸を吹き付け、動けなくしてから牙で止めを刺す。

もう一つは、獲物が木の下を通りかかったとき、枝を折ってぶつける方法。

こちらの方は冒険者や木こりも被害に遭うことがあり、決して油断はできない。

ただ、林業としてみれば、木を齧るその生態の方が厄介なため、討伐が推奨されており、討伐証明を冒険者ギルドに提出すれば報奨金が出るようになっている。

「危険なのはスラッシュ・オウルか。強くはないらしいが、若干不安はあるよな」

スラッシュ・オウルの特徴は、翼の一番外側の羽がナイフのように切れ味鋭いこと。

獲物を見つけると高い木の上から無音で滑空し、すれ違いざまにその羽で切り裂いていく。

腕を切られるぐらいならまだマシ、運が悪いと頸動脈をスッパリとやられ、死に至る。

厚手の革なら防げるようなので、顔や首を守れば問題はないのだが……。

「ネック・ガードでも付けた方が良いかな？」

「頸動脈でも、治癒魔法があるから死にはしないと思うけど……」

「仲間が即反応できれば、ですね」

血管をすぐに繋ぐことができるわけだから、問題になるのは出血量か。

切られたときに、咄嗟に手で押さえられるものかな？

急速な血圧低下による貧血（ひんけつ）で、意識を失う危険性もありそうなのが怖い。

「あと今回は護衛だから、普段と同じようには戦えないことも念頭に置いて行動しないとな」

何も考えず攻撃（こうげき）を避（よ）けたりしたら、リーヴァが怪我（けが）をしかねない。

状況によっては、肉壁（にくへき）となることも考えないといけないだろうが……トーヤに任せたいところだなぁ。壁の強度的に。

「す、すみません。ご迷惑（めいわく）をおかけして……」

「いや、気にする必要はないぞ？　守るのが俺たちの仕事だから」

「そうそう、オレがしっかりと庇（かば）うから。身体（からだ）を張ってでも」

おぉ、自ら肉壁に名乗り出てくれるとは、さすがトーヤ。

だが、トーヤに笑顔を向けられたリーヴァの方は――。

「――っ、ぁ、ありがとうございますぅ……」

か細い声で応えて、俺の後ろに隠れてしまう。やっぱまだ慣れないか。

トーヤはなんとか笑顔を保ったが、ちょっとへコんでいるっぽい。

ちなみに、俺の後ろに隠れたリーヴァではあるが、別に俺には慣れたというわけではない。

トーヤよりはマシみたいだが、隊列的にリーヴァとトーヤの間に俺がいるだけのこと。

一番緊張しない相手は、錬金術師という共通点があり、身長差もほぼないユキみたいで、ここまで来る間にハルカも交えて錬金術の話で少しだけ盛り上がっていた。

「うんうん、トーヤしっかり守ってね？　か弱いあたしたちを」

だからだろうか。混ぜっ返すようにユキがそんなことを言ったのは。

トーヤもそれに乗って、ニヤリと笑う。

「たち？　リーヴァ以外、この場にか弱いやつなんかいるか？」

「ほほぅ？　それはあたしに対する宣戦布告かな？　かな？」

「いえ、待ってユキ。か弱さというなら、ユキよりも私だと思うけど？」

「おや？　ハルカ、繊弱な私を忘れていませんか？　むしろ、私の代名詞じゃないですか？」

「繊弱は言いすぎ。少し前ならまだしも、今はトーヤに次いで頑健じゃない、ナツキ」

別に冒険者には、か弱さなんて必要ないだろう？

――と思ったのが悪かったのか。

「まぁ待て。ここは、そこで他人事のような顔をしているナオに判断を託そうじゃないか」

「んんっ？」

トーヤが余計なことを言った。

俺に集まる視線にゴクリと唾を飲む。

「も、もちろん、全員、か弱いに決まってるじゃないか。――見た目だけは」

「「「え、なんだって（ですか）？」」」

「さて、先に進もうか！」

思わず漏れた本音を誤魔化すように、俺は即座に宣言して歩き出した。

森に入ってから一時間ほど。幸いなことに未だスラッシュ・オウルには遭遇していなかった。

その代わりと言うべきか、ゴブリンに加え、ゴブリン・スカウトやゴブリン・ファイターなどの上位種には遭遇したのだが――。

「思ったほど、強くなかったね？」

「だよな？　ちょっと動きは速いが……その程度か」

ゴブリン・スカウトは少々見つけにくかったが、【索敵】と併せれば苦労するというほどでもなく、出合い頭に『火矢』を打ち込めばあっさりと斃せるし、魔石の回収も簡単。

価値があるのは魔石だけなので利益という面では微妙だが、それでも上位種のゴブリンなら、一匹で一泊分の宿泊代ぐらいにはなるので、是非に回収すべきだろう。

「お前らが魔法で斃すから、オレとナツキなんか、まだ一匹も斃してねぇしなぁ」

「ん？　戦いたいのか？　別に構わないが、その場合、魔石の回収もやってくれよ？」

ゴブリンの魔石があるのは頭の中。

魔法で頭を吹き飛ばさなければ、手作業で抉り出す必要があるわけで……俺はやりたくない。

なんで一部の魔物は、頭に魔石があるんだろうな？

「遠慮する。雑魚と戦ってもなぁ。ちょっと警戒してたんだが……大したことねぇな」

「……いえ、皆さんが強いから、だと思います、よ？」

遠慮がちながらもそう主張したのは、少しは慣れてくれたリーヴァ。

ユキのコミュ力のおかげもあって、普通に会話が成立するぐらいにはなっている。

「そんなものかしら？　オークに比べると、全然歯応えがないけど」

「ゴブリンは、オークと比べる物じゃないです……」

「……うん、それもそうだよね。最近、オークとばっかり戦ってたから」

ラファンだと、オークを斃せるだけでもそれなりの冒険者、なんだよなぁ。

「ユキさんは凄いです……。錬金術だけじゃなくて、オークまで斃せる冒険者なんですから。私なんて斃すどころか、そのお肉すら滅多に買えないぐらいですし……」

「えへへ、そっかなぁ？　でも、錬金術師って、あんまり儲からないの？」

「人による、と思います。私は、その……人見知りなので」

「「「あぁ……」」」

小声で答えたリーヴァの言葉に、俺たちは思わず納得の声を漏らす。

威圧感とはほぼ無縁の俺たちにすら気後れするリーヴァでは、客商売は難しいよなぁ。

「よっしゃ！　お昼はお腹いっぱいオークを食べさせてあげる！　お姉ちゃんに任せなさい！」

「あ、ありがとうございます……お姉ちゃん？」

ポンと胸を叩いて言ったユキの言葉に、リーヴァはお礼を言いつつも、首を傾げる。

ユキ、リーヴァを保護したくなるようなその気持ちは解るが、これまでの雑談から推測するに、たぶん俺たちより年上だぞ？

「……ま、まぁ、この程度なら問題はなさそうだな。このままなら、だが」

「どうしたの？　何か気になることでもあるの？」

「ちょっと、な。妙な反応があってな」

森に入って少しして、他の冒険者が索敵に引っ掛かったのだが、その動きが妙なのだ。

ずっと逃げ回っているというか、魔物の反応があっても倒していないというか。

逃げるなら逃げるで森の外へ向かえば良いと思うのだが、そうするわけでもない。

ついでに言うと、俺の索敵に引っ掛かっているのも気になる。

もちろん、敵意がなくても感知は可能なのだが、どうもそういう反応とは違うような……。

と、思っていたら、突然その冒険者の動きが変わった。

魔物を引き連れたまま、こちらへ向かって動き出し——。

「っ！　敵！　後ろから！　数が多い！」

俺が警告の声を上げるなり、全員がすぐさま動く。

ナツキとトーヤが後ろへと移動し、ハルカとユキはリーヴァの両脇に、俺はその少し前。

すぐに藪を掻き分ける音が聞こえ始め、遠くに人影が見える。

いったい誰がと、それを【鷹の目】で観察した俺は思わず眉を顰めた。

「あれって……岩中たちだぞ？」

「……ここって、町の外、ですね」

ナツキの冷たい声とその言葉に含まれる意味に、冷や汗が流れる。

こちらに向けた背中からも感じられる静かな怒り。

顔が見えなくてよかった！

「…………魔物から逃げているだけかもしれないし、一応、ラストチャンスをあげましょう」

「そだねー、本当の、ラストチャンスを。ふふっ……」

「え、えっと……？」

ハルカとユキも負けてなかった。そして、戸惑うようなリーヴァの声。

「ナツキたち、アイツらに襲われたことがあるんだよ」

これまでの経緯を知らなければ、訳が判らないのも当然だろう。状況的に説明しないわけにはいかないと、俺がそう教えると、リーヴァは息を呑み、声を上げた。

「っ！　だ、大問題じゃないですか！」

「問題なんだよ。まぁ、当然、返り討ちにはしたんだが……」

「ま、しゃあねぇな。攻撃してきたら、対処し――っと！」

トーヤが言い終わる前に事態は動く。

近くまで来た岩中たちがしたことは、俺たちに向かって石のような物を投げつけること。

警戒していたトーヤは即座にそれを盾で弾き、もう一つはナツキが切り捨て、一つはこちらまで届かず落下。だが、岩中たちからすればそれで問題はなかったのだろう。

三つの石が落下すると同時にドドドンッと音が響き、辺りに煙が立ちこめた。

いったい何が、と俺が疑問に思ったその時、慌てたようにリーヴァが叫んだ。

「囮玉です！　魔物が近寄ってきます！」

後から聞いたのだが、この囮玉は魔物から逃げるときなどに使用するアイテムで、投げつけると魔物が好む臭いのする煙を発し、追跡の足を鈍らせる効果があるらしい。

これで気を引けるのは弱い魔物に限られるが、この森の魔物はその範疇に入るようで、魔物の群れは僅かに足を緩め、その間に岩中たちは俺たちの前で直角に曲がって逃げ去る。

「擦り付けやがったか！」

その直前、俺たちを見てニヤリと笑っていたのがかなりムカつく。

俺たちだけであれば、後を追いかけて再度擦り付けてやれば良いのだが、リーヴァがいてはそれもできない。それを企図していたのであれば、仕掛けるタイミングとしては悪くない。

「ま、雑魚は雑魚だけどな！　でりゃっ！」

即座にゴブリンを切り捨て始めたトーヤではあったが、その動きは少々精彩を欠く。

普段であれば、周りを気にせずに動き回って戦えるが、今は護衛の最中。

俺たちもいるとはいえ、後ろに抜けさせられないというプレッシャーもあるのだろう。

「これまで楽をしていましたから、良い運動ですが……スラッシュ・オウルもいますねっ！」

ナツキの槍が貫いたのは、一羽の鳥。無音、且つ高速で飛んでくるとはいえ、注意していれば十分に対応できるレベルではあるが、乱戦状態では決して侮れない。それに加え――。

「ブランチイーター・スパイダーも近寄ってきてるわね！」

ハルカの矢が木の上にいたブランチイーター・スパイダーを射貫く。

これまた単体では雑魚だが、乱戦では面倒な敵である。

「『火　矢』！　良くもまぁ、これだけ集めたね！」

「囮玉とかいうアイテムの効果だろうな！　確実に増えてるし!!　『火　矢』！」

岩中たちを追いかけていたのは、索敵で判る範囲では二〇に満たなかった。

だが今、この場には確実に二〇以上の魔物がいる。

一匹ずつは弱いのだが、リーヴァを守りながらでは想像以上に厄介である。

これがアイツらの狙いなら、悔しいが効果的であると言わざるを得ない。

「ナオとユキは、リーヴァを確実に守って！　魔物は私たちで減らしていくから」

「「了解！」」

「す、すみません……」

「謝らなくて良いよ～。でも、危ないから動かないでね。しゃがんでくれるとなお良いかも？」

「は、はい」

素直に頭を抱えてしゃがむリーヴァの左右に俺とユキが立ち、魔法でハルカたちの援護。

次第に魔物の数が減り始めたその時、ひょうと空を切って矢が飛んできた。

射たのは戻ってきた徳岡。矢の向かう先は、リーヴァ。

故意か、それとも単に下手くそなのか。そんなことは知らないが、許されることではない。

俺は槍を操ってその矢を払い落とし、怒声を放った。

「徳岡ぁ！　ふざけんじゃねぇぞ！」

「おいおい、矢を落とせるとか、マジかよ。おい、石でも何でも良い、投げつけろ！」

ハルカの放つ矢ならともかく、徳岡の矢を払い落とすぐらい、さして難しくはない。

だが、前田と岩中が投げる石も加わると、なかなかに面倒くさい。

注意してそれを弾きつつ、俺は意識を集中、二本の『火矢』を放つ。

狙いは、トーヤの横を回り込み、こちらに近付いていたゴブリン・スカウトと徳岡。

ゴブリンの方は頭を吹き飛ばすことに成功したのだが、もう一本は、慌てて転がった徳岡の後ろの木に着弾し、その幹を抉り取るに留まった。

「ちっ」

「神谷！　お前、殺す気か⁉」

「当たり前だろう？　むしろ、殺されないと思っていたのか？」

木石じゃあるまいし、殺す気で殴りかかれば、殺す気で殴り返される。そんなの当然。

つか、仮に殺す気がなかったとしても、ハルカたちを襲うとか、それだけで万死に値する。

「もうちょっとしたら相手をしてあげるから、待っててねぇ～？」

どこか楽しげなユキの言葉に、岩中たちの顔色が悪くなったのが見て取れる。

「おい、岩中、ヤバくね？　なんか、魔物が順調に減ってんぞ？」

「これだけ集めれば大丈夫じゃなかったのかよっ⁉」

「そ、想像以上です――ぐぁっ！」

動揺して攻撃の手が緩んだ徳岡たちに、ユキから『火矢』が飛び、岩中の顔を焼く。

だが、間にある灌木などが邪魔をしたことで威力が減衰したようで、岩中は顔を押さえ、元気に地面を転がり回っている。

「ちっ、浅かったかぁ。敵を前にして隙を曝すとか、あたしたちを舐めてるのかな？」

「ユキ～、私の分も残しておいてくださいねー」

怖い。——いや、まぁ、俺も殺るつもりはあったのだが。

「お、俺は逃げるぞ！」

「あっ、徳岡、待てよ！　一人で逃げるな！」

形勢不利を今更認識したのか、ガサガサと音が遠ざかっていく。

「追いかけて殺してやりたいが……」

ユキにチラリと視線を向けると、ユキも残念そうな顔をしつつ、首を振る。

かなり数が減っているとはいえ、魔物がまだ残っている今、リーヴァの傍は離れられない。

そんな中、ハルカが無言で矢を放つ。

さすがにこの距離では……。

「ぐあぁっ！」

——あ、当たったみたいだな。

だが、索敵の反応では逃げているのが判るので、残念ながら生きてはいるらしい。

そして、それからさほど時間をおかずして、俺たちはすべての魔物の駆除に成功したのだが、さすがにその時には、徳岡たちも俺の索敵範囲から外れていたのだった。

「ふぅ……なかなかの……惨状ね」

前線で戦っていたため酷い状態になっているトーヤと、トーヤほどではないものの血で汚れているナツキに、ハルカは『浄化』をかけつつ、周囲を見回して嘆息する。

魔法で倒した魔物、弓矢や槍で倒した魔物はまだしも、トーヤの倒した魔物が酷い。

頭が潰されたり、胴体が引きちぎられたり……なんというか、スプラッタ。

ある程度は慣れた俺たちでも、気分が悪くなりそうな酷さである。

「あの、私、もう立っても大丈夫、ですか？」

「あぁ、構わないが……かなり酷い状況だぞ？　大丈夫か？」

「えっと……うっぷ」

立ち上がったリーヴァは、周囲に広がる酸鼻極まる光景に口元を押さえたが、幸いリバースすることはなく耐えた。

数ヶ月前の俺ならやっちゃってただろうから、気弱に見えても案外タフなのかもしれない。

「リーヴァ、少し離れてるか？　俺たちは魔石を回収しないといけないいんだが」

「い、いえ、大丈夫、です。ちょっとびっくりしただけで」

「そうか？　なら手早く回収するか。ゴブリン以外はトーヤとナツキ、ゴブリンは俺とハルカ、ユキはリーヴァの横についていてくれ」

周辺に魔物の気配はないが、時間優先。ナイフで取り出しやすい魔物はトーヤたちに任せ、俺たちは魔法でゴブリンの頭を消し飛ばしつつ、魔石を回収していく。

死体を冒涜するようで正直、気分は良くないが……これもお仕事である。慣れるしかない。

「しっかし、惜しかったよなぁ、徳岡たち。せっかくの良い機会だったのに」

「仕方ないわよ、仕事を放り出して追いかけるわけにもいかないでしょ？　指名手配でもできれば良いんだけど、冒険者同士の争いじゃ難しいみたいだし……」

鬱憤をぶつけるかのようにザクザクと魔物を切り裂いているトーヤを宥め、ハルカはそう言ったが、彼女のその言葉にも不機嫌さが滲んでいる。

あんなことをされても処罰できないとか、なんとも理不尽と言うしかないが、それに対して思わぬ所から助け船が出された。

「あの、私が証言すれば、たぶんできます、よ？」

「え？　そうなの？」

「はい。賞金首までいくかは判りませんが、少なくとも、冒険者資格の剥奪ぐらいは」

立ち位置が曖昧な俺たちとは違って、リーヴァはここの領民である。

そんなリーヴァを襲った徳岡たちは明らかな犯罪者。

俺たちと共に彼女が訴えれば、冒険者ギルドも処罰する大義名分が立つ、ということらしい。

賞金首にするには予算が必要なので、被害の件数が少ないと、なかなか難しいらしいが。

「それでは、ラファンに戻ったらお願いできますか？」

「は、はい、もちろん、です。私も危なかったわけですから」

小声ながらもしっかりと請け合ってくれたリーヴァの言葉に、俺もホッと息を吐く。

「取り逃がしはしたが、これで少しは溜飲が下がる。ありがとう」

礼を言った俺にリーヴァは穏やかに応え、首を振った。

「いえ、当然のこと、です」


さて、手早く現場の片付けを終えた俺たち。奴らの対処に目処が付いたこともあり、足取りも軽く先へと進み始めたのだが……以来、魔物の襲来がぱったりと途絶えていた。

その原因はおそらく囮玉。

あれで集まった魔物を軒並み斃したことで、周囲から魔物が枯渇したのだろう。

だが、その代わりにと言うのも変な話だが、増えた物もある。

「お、ここにもあった。大量だな！」

トーヤが嬉しそうに拾い上げたのは、栗。

森の浅い所では毬しかなかったのだが、この辺りはきちんと中の入った毬栗が転がっている。

他に胡桃も多く見つかるので、かなりの本数、胡桃と栗の木が生えているのだろう。

「浅い所だと、木こりやその護衛をしている冒険者が拾うのでしょうね」

「胡桃とかの木って、木材を目的として植樹したのかな？」

「元々多かったみたいですけど、切った後は植えているみたいです。他にも……このクットの木なんかもですね。胡桃とかと違って、実を拾って帰っても、あんまりお金になりませんけど」

そう言いながらもリーヴァは、その木の下に落ちている親指の先ぐらいの小さな木の実を嬉しそうに拾い集め、手持ちの革袋に詰めていく。

「クットの実……以前、アエラさんのお店で食べた料理に入ってましたね」

俺は初耳だったのだが、ナツキは知っていたようで、興味深そうにその実を拾い上げた。

「あの香ばしくて美味しいやつか！　なんで金にならねぇの？　美味しいのに」

「簡単に育つし、一本の木からたくさん実が採れるので、庭に植えている人も多いんです。市場でも安く売られているので、ラファンだと子供のおやつですね。この時季の楽しみなんです」

「そういえば、私たちの家にも生えていましたね。リーヴァさんの家にも？」

「……私の家には、庭すらないので」

「「「………」」」

気まずい沈黙。想像以上に、錬金術師――いや、リーヴァの生活は苦しいのかもしれない。

「あ、あたしたちの家に採りに来れば良いんじゃないかな⁉　この木って何本も生えてたよね？　どうせあたしたちだけじゃ食べきれないし」

少し慌ててフォローしたユキに同調するように、ハルカもコクコクと頷いて口を開く。

「そ、そうね、良いんじゃないかしら。リーヴァ、そうしたら？」

「良い……んですか？　売ればお金になりますよ？　高くはないですけど」

「だ、大丈夫！　そんなに困窮してないから。それに、リーヴァとはこれからも仲良くしたいし？　錬金術師仲間として。あたしたちの場合は兼業……というか、趣味みたいなものだけど」

窺うように聞き返したリーヴァにユキが胸を張って答えれば、リーヴァは少しだけ顔を上げる。

「仲良く……嬉しいです。私、この町に知り合いって少なくて……」

「うんうん、あたしたちも女の子の友達は少ないから、嬉しいかな」

その時、リーヴァの微笑んだ口元が僅かに見えたのだが、俺の視線に気付いたのか、再びフードを深く被って俯いてしまう。

うーむ、会話はできるようになったが、顔を見て話せるまでには、今しばらくの時間が必要か。

錬金術を通じて、ユキたちと仲良くなってくれるのを期待しよう。

「ところで、そろそろ目的地かと思うんだが……リーヴァ、どうだ？」

「あ、はい、木の数が減ってきたので、もうちょっとだと思います」

その指摘の通り、周囲の木々はやや疎らになり、拾える木の実の量も減ってきていた。

そして、それからさほども歩かないうちに、俺たちの目の前に広い草原が姿を現す。

「ここが目的地になります」

「へぇ、こんな森の中に草原が……不思議だな。なんでここだけ木がないんだ？」

「あの、足下、注意してくださいね？　ここ、草原に見えますけど湿地帯なんです。分厚い草の層が水に浮かんでいるような、そんな状態なので。沈むことはまずないですが」

「おぉっ！　このなんだか足下が頼りない感じはそれか！」

先頭を歩くトーヤが楽しそうにポンポンと跳んでいるが、地面はそれをしっかりと受け止め、ズブズブと埋まるようなこともない。

「言われてみれば、って感じではあるが……これは気付かないな」

「こんな所に湿地帯があったんですね。ギルドで調べた時には、判りませんでしたが」

「見ての通り何もないですから、普段は冒険者が来ることもありません。ですが、たまに隙間というか、穴というか、そんな場所があって、慣れない人はそこに――」

とぷんっ。

そんな音を立てて、リーヴァの姿が消えた。

「リ、リーヴァ⁉」

慌てて駆け寄れば、そこには地面から突き出たリーヴァの両腕が。

いや、地面からと言うのは正確ではないか。草の隙間から、だな。

今正に彼女自身が注意喚起していた穴にすっぽりと填まり、その手をバタバタと動かしている。

「あわわっ！　ナオ、そっち持って！」

「おう！　――よいしょ！」

俺とユキでその手を掴み引っこ抜けば、ずぶ濡れになったリーヴァが現れた。

「げほっ！　うえぇぇ、私が落ちちゃいました……」

ゲホゲホと咳き込むリーヴァからフードがずれ落ち、その顔が露わになる。

綺麗な薄桃色の髪と涙を湛えた榛色の瞳、そしてやや童顔ながらも整った面立ちが目を引くが、それ以上に俺たちの目を引いたのは、その頭に生えた二本の耳。

押さえていたフードがなくなり、ぴょこんと立ったその長い耳は、明らかに兎の物。

それを見た途端、トーヤが絶叫した。

「獣人⁉　獣耳‼　きたぁぁぁぁぁ！！！！」

「ひゃぅ‼」

「あー、もう！　トーヤ、落ち着く‼」

「おうふっ！」

リーヴァが悲鳴を上げ、濡れそぼったフードを被って蹲ったのを見て、ユキの容赦のないツッコミがトーヤに炸裂。腹を押さえた彼に、全員の呆れを含んだ視線が集中する。

待望の獣人、しかも女の子だからトーヤの反応も判らなくもないが、相手と状況が悪い。

「えっと……取りあえず『浄化』。ごめんなさい、彼、ちょっと病気なの」

「病気じゃねぇ！　愛だ！」

「黙りなさい！　バカ‼」

復活したトーヤに、今度はハルカが蹴りを叩き込み、リーヴァに手を差し出した。

「立てる？　もしかしてリーヴァは、獣人だから顔を隠していたの？　もしそうなら、あんなのだけどウチにも一応獣人はいるから、気にすることはないんだけど……」

「ありがとうございます……。あの、元々人見知りなのは間違いないのですが、ラファンに来て、じろじろ見られることが多くて……余計に苦手になって……」

「ラファンだと、珍しいからなぁ。トーヤ、お前はどうなんだ？」

「オレ？　確かに見てくるやつは多いな。けど、じっと見てくるやつはいねぇかな？」

トーヤだとそうなるか。

珍しいのは間違いないが、普段のこいつは武器を持ったマッチョ。

そんなのをじろじろと見る根性があるやつは、そうそういない。

それに対して、リーヴァは可愛い上にちょっと気弱そうな女の子。

男であればガン見してしまうのも宜なるかな。気持ちは解る。

だが、そうやって見られたからこそ、リーヴァの人見知りが悪化してしまったのだろう。

「……まずは、リーヴァさんの濡れた服をなんとかしましょうか」

「そうね。ナオ、トーヤ、テントを張って。ユキとナツキはお昼ご飯の方をお願い」

ハルカの『浄化』は、汚れを綺麗に落とせるのだが、水濡れに関してはイマイチ効果が薄い。

例えば訓練の後、汗と砂埃で汚れた身体はさっぱり綺麗になるが、状態としては濡れタオルで拭ったような感じで、すっきりサラ肌、服までパリッと乾く、なんてことはない。

魔法の熟練度が上がっていけばまた別なのかもしれないが、服を完全に乾かすなら、今のところ一度脱いでから『乾燥』を使う方が簡単なのだ。

そのため、俺とトーヤがテントを張り終えたところで、ハルカはリーヴァを連れて中に入り、俺たちは少し離れた場所で昼食の準備を始める。

「う～む、まさかリーヴァが獣人だったとは……」

腕組みをしてしみじみと言うトーヤに対し、俺たち三人の視線が突き刺さる。

「トーヤ、自重しろ？　リーヴァ、怯えてたぞ？」

「そうそう。気持ちは解るけど、ダメだよ？　人見知りなんだから」

「人見知りじゃなくても、あれは完全にアウトでしたけど」

「がふっ……いや、解ってるんだけどな？」

容赦のない俺たちの言葉に、トーヤが胸を押さえた。

「あれを見たら、普通の女の子は引くよ？　ま、オーク肉でも食べて、元気出してもらおう」

「ですね。水に浸かって身体も冷えたでしょうし、お腹いっぱい食べてもらいましょう」

火を熾し、網をセットし、その上に切り分けたオーク肉。

そのお肉が良い匂いを漂わせ始めた頃、ハルカとリーヴァがテントから出てきた。

顔を見られたことで少し吹っ切れたのか、リーヴァはフードを被らずに頭の耳も曝している。

だがそれでも、腰を下ろしたのはトーヤから一番遠い場所。

完全に苦手意識を持ってしまったのかもしれない。

哀れ、トーヤ。リーヴァを〝獣耳のお嫁さん〟にするのは厳しそうだぞ？

「……ご迷惑をおかけしました」

少し気まずげに頭を下げたリーヴァに、ユキはアハハと明るく笑って手を振る。

「全然、気にしなくて良いよ。それにしても……可愛いね！　髪も綺麗だし」

「そ、そんなことないです……」

少し頬を染めて、俯くリーヴァは確かに可愛かった。

薄桃色の毛に覆われ、少しだけ垂れた耳と、同じ色でセミロングの髪。

あまり日に当たらないからなのか、色白の肌。

耳のせいで水増しされていた身長も、実際にはユキよりも低いほどで、守ってやりたくなるような、そんなタイプ。

ついでに正直なことを言えば、あのもふもふした耳、触ってみたい！

もちろん、そんなことをしたら痴漢扱いなのは疑いようもないので、口にはしないが。

しかしこの場には、俺以上の正直者が存在する。

「な、なぁ、その耳——ごふっ！」

「さあさあ、オークの肉が焼けましたよ。リーヴァさん、たくさん食べてくださいね」

正直者が脇腹を押さえて蹲り、それを成したナツキが笑顔でリーヴァにお肉を勧める。

「え、えっと……はい、頂きます。——お、美味しい⁉」

トーヤの様子に戸惑いを見せたリーヴァだったが、ナツキに勧められたお肉を口にした瞬間、そんなことは頭から消え去ったようで、目を輝かせた。

「こ、こんなに美味しいオークのお肉、食べたことないです！」

「ウチのは森の奥から産地直送だからな。料理人の腕も良いし」

単純に新鮮なだけじゃない。

俺にはよく解らないが、【調理】スキルを以てして、良い感じに熟成処理もしているらしい。

「良いんですか？　こんなに美味しいお肉なら、きっとお値段の方も……」

「気にしなくて良いわよ。食べきれないほどあるし、当面の資金は確保したから」

「お腹いっぱい食べてね！　リーヴァが死ぬ気で食べてもちっとも痛くないぐらいはあるから」

「はい！　死ぬ気で食べます！　こんなお肉、次にいつ食べられるか判らないですから！」

ちょっと不憫なことを口走りつつ、もりもりと食べ始めたリーヴァではあったが、彼女の胃袋はごく一般的だった。トーヤの半分も食べないうちに手が止まり、テントの中でお腹を抱えて横になることになったのであった。


「……再び、ご迷惑をおかけいたしました」

俺たちが普段よりもゆっくりと食事を終えた頃、リーヴァが少し恥ずかしそうに顔を赤らめ、テントから這い出してきた。

「気にしなくて良いですよ。私たちとしても美味しく食べてくれた方が、嬉しいですから」

「だよね。せっかく作ったんだから。——さて、リーヴァが動けるようなら、そろそろ仕事に取り掛かろうと思うけど」

「はい、大丈夫です。よろしくお願いします」

「うん。それで、ここで枯茸薬の原料が採取できるって話だったけど……この草？」

「近いですが、ちょっと違います。この下にある草、です」

湿地帯に浮かぶ草を指さし、リーヴァが荷物の中から取り出したのは鋸。

「これで、草を切り出して……くぅ、ぬぅ……」

草地にざくりと突き刺し、切り進めようとするが、それはまったく動かない。

それを見かねたトーヤが、遠慮がちに声を掛ける。

「あ～、オレがやろうか？」

その声にリーヴァはビクッと肩を震わせたが、自分では無理そうと理解したのか、鋸を引き抜くと、それを恐る恐るトーヤに差し出す。

「お、お願いします……。四角く切り抜いてください」

思いっきり手を伸ばし、トーヤから距離を取って。

ちょっと寂しそうなトーヤだが、半分以上、自業自得。あまり同情はできない。

そして、鋸を受け取ったトーヤは、リーヴァとは違い、あっさりと草地を切り抜いていく。

「ザクザクっと……、こんなもんか。よいしょ」

トーヤが掴み上げたその草の層は、二〇センチぐらいの厚みがあるだろうか？

こうやって切り出してみると、草が折り重なっているのがよく判る。

「これを使うのか？」

「い、いえ、それは捨ててください。いらないので」

リーヴァが距離を取ったまま『あっちに』と指させば、トーヤは少し悲しげに尻尾を垂らし、それをポイと放り捨てた。

その様子にさすがにリーヴァも申し訳なく感じたのか、ぎこちない笑みを浮かべ、言葉を足す。

「ひ、必要なのはもっと深い場所なので。一メートルぐらいまで掘り下げてください」

「そうなのか！　了解、任せろ！」

それだけで元気を取り戻したトーヤが、穴の中に身体を突っ込むようにして、草地を切り取って掘り進めていけば、最初は緑の草の層だった物が、だんだんと茶色い層になり、やがて黒っぽい塊が出てくるようになった。

「それくらいで良いです。その深さの草を集めてくれますか？」

「この草……っぽいものが、枯茸薬の原料ってこと？」

「そうです。普段はこれを取ってきてもらっているのですが、今回は大量に必要になるので……」

「リーヴァが直接来たってことか」

「はい。ここで抽出作業を行わないと、ちょっと間に合いそうもないので」

枯茸薬は普段から多少、需要があるらしいが、今回は使用量が全然異なる。

そのために、原料の採取ではなく現地での抽出が求められたようだ。

「それは、私たちも手伝えるかしら？　私とユキなら錬金術の知識もあるし」

「手伝って頂けるなら、とっても助かります。一人でやるとなると、正直大変なので……」

「まっかせて！　あたしたちの家の将来にも関わることだからね！」

「それじゃ、オレたちは原料の掘り出しか。結構たくさんいるんだよな？」

「はい。大変かと思いますが、よろしくお願いします」

「体力には自信がある。ドンとこい！」

リーヴァに頼られ、良い笑顔を浮かべて作業を始めたトーヤではあったが、最終的に必要になったのは、部屋一つ分ぐらいの範囲、しかもかなり深い場所にある草。

さすがに一人でやりきるほどの体力はなく、俺たちが手伝っても、抽出作業と合わせて丸二日ほどの時間が必要になった。

だがそれでも、リーヴァが当初想定した日数よりは短かったようで、帰路でも木の実を拾い集めるという余裕を見せながら、俺たちはラファンへと戻ったのだった。


「お帰りなさい、皆さん！　助かりました、今日帰ってきてくれて」

暢気（のんき）に戻ってきた俺たちを出迎（でむか）えてくれたディオラさんの表情は、嬉しさと安堵（あんど）に溢（あふ）れていた。

「ただいま。……もしかして、状況が良くないの？」

「その一歩手前ですね。一定ラインを越えると、一気に増えてしまうので」

ディオラさんによると、現在バーラッシュによって破壊された家の数は八軒。

一日あたり、一、二本程度のペースだが、時間が経（た）つにつれてだんだんと数が増えていくようで、一日に三本、四本となってくると、もう普通には対処できなくなる。

そのボーダーラインがおそらく二、三日後。

今日中に枯茸薬を配布できれば、ギリギリ抑制できそう、というところらしい。

まぁ、あの大きさのキノコだからなぁ。一日に一本切り倒すのだって大変だろう。

生えてくる数が処理できる数を上回った時点で、あっさり破綻（はたん）するのは目に見えている。

「そっか。ディオラさんに相談したいこともあったんだけど、また今度にした方が良さそうだね。——ちなみに先日、文句を言いに来ていた人は大丈夫だったのかな？」

「あぁ、リート準男爵ですか。彼の家は……燃やされました」

「「「……え？」」」

ふっと皮肉な笑みを浮かべたディオラさんの言葉に、俺たちは思わず声を漏らす。

「対処が遅かったんですよ、お金をケチって」

なかなかに迷惑なバーラッシュであるが、きちんと処理すれば高値で売れるキノコでもある。

だが、その処理には人手が必要となり、人手を集めるためには金が必要となる。

最初のうちはまだ良いが、時間が経つにつれてバーラッシュの数は増え、人手は不足し、作業員は寝不足になり、畢竟、賃金は高騰する。

それでもやるしかないのがバーラッシュの処理なのだが、リート準男爵はその金を惜しんだ。

「で、まぁ、対処が遅れ、天辺が膨らんできたので、代官が強制的に焼却処分、ですね」

「あぁ、放置すると爆発して胞子を散蒔くんでしたね」

「はい。その前に処理しないと町全体に迷惑が掛かりますから。なかなか綺麗でしたよ、天辺から轟々と火を噴いて。町の人にも大人気でした。本人、泣いてましたけど」

胞子を飛ばす直前ぐらいになると、軸の中がスカスカになって非常に燃えやすくなるらしい。

もちろんキノコとしての価値もなくなるため、早い対処が如何に重要かよく解る。

その状態で根本付近に穴を空けて火種を放り込むと、天辺に向かって一気に燃え広がり、火の付いた胞子を噴き出しながらしばらく燃え続けるとか。

うーむ、巨大な手筒花火みたいな感じだろうか？

「ちなみに人手が足りなくなると、この方法で処理されるので、これも一種の風物詩ですね」

「はぇ～……ちなみに、燃やされた後はどうなるのかな？　補償とか、あったり？」

「特に何も。代官は町を守るのが役目ですから。結局、リート準男爵は残った土地を売りに出し、その売却代金を持って、逃げるように町を出て行ったようです」

　普通なら土地なんてすぐには売れないが、お情けで代官が買い上げてやったらしい。

　小さな家を買うぐらいのお金は貰えたようだが、彼も貴族の端（はし）くれ、外聞を気にしてか、この町に留まることは選ばなかったようだ。

「まぁ、彼は特殊（とくしゅ）な事例ですが、木こりの皆さんも連日働きづめでお疲（つか）れですから、そろそろ終わらせないと限界が来てしまいます。リーヴァさん、よろしくお願いしますね？」

「は、はい！　お任せください。急いで完成させます！　……あの、ハルカさん、ユキさん、もう少しお手伝い頂いても、よろしいですか？」

「ええ、もちろん。錬金術の勉強にもなるから、逆にありがたいぐらいね」

「だよね。本だけじゃ解らないことも多いから」

「そうですか？　でも、助かります。それじゃ、私のお店へ行きましょうか」

　そんな三人の頑張（がんば）りもあり、その翌日には必要量の枯茸薬が完成し、ラファンの町のキノコ災害は無事に収束したのだった。

◇

「これ、あたしたちの家なんだよね……」

「あぁ。ついに、ついに手に入れたな！　オレたちの家を！」

「長かったね」

「そうだな。この世界にやって来て苦節ウン十日――」

「二人とも、小芝居は良いから、中に入りましょ？」

キノコ災害の収束から三日。バーラッシュの対処に大工たちの手が取られた影響で、少しだけ工事が遅れたようだが、ほぼ予定通り、俺たちの家は完成していた。

そんな家の前で妙な小芝居を始めたのはユキとトーヤだったが、ハルカに言われるとあっさりとそれを止め、肩をすくめた。

「まぁ、オレたち、あんま苦労してねぇしな。半年経たず、だし」

「だよね。気分的にはちょっとあっさり？　イベントを盛り上げるにはモチベが足りなかったよ」

「ふむ。今回はユキでもそうか。土地を手に入れた時は一人だけ盛り上がっていたが」

「一人寂しくとか言うなっ！」

寂しくとは言ってない。ちょっと思っただけで。

「んー、だってできあがる工程、全部見ちゃったからね。中身も含めて」

頻繁に同じ敷地内で訓練をしていれば、必然的に目に入るし、時々内装の確認も求められたので、どうなっているかは把握済み。中に入ってもビフォーでアフターなアレみたいに、『なんということでしょう！』なんて感動はないだろう。

「でも、立派な家ができたのは間違いありませんよ。喜ぶのは良いと思いますよ？」

「確かに。一見すると貴族のお屋敷に見えなくもない」

外壁が白漆喰で塗られた、かなり大きな二階建ての洋館。

庶民の家では板壁や土壁が多い中、コストのかかる漆喰を採用したのは、耐久性と気密性を確保するため。現代の建築のような高気密・高断熱は無理だろうが、魔法も併用すればかなり快適に過ごせるものと期待している。

なお、実用性重視で無駄な装飾などは一切排しているので、見る人が見れば貴族や裕福な商人の家との違いはすぐに判るらしい。

だが、それで問題はない。

俺たちはただの冒険者だし、無駄に金があると思われるより安全だろう。

シンプルな外見も、機能的で気に入っている。

これで代金は金貨一一〇〇枚あまり。

予算としては一二〇〇枚だったのだが、特にトラブルもなく、途中で変な注文を付けるようなこともしなかったので、後金として払うのは五〇〇枚と少しで済んだ。

物価からすれば安い気もするが、現代の家とは設備が全然違うので、比較は無意味だろう。

まぁ、元の世界でだって、田舎の中古庭付き一戸建てがゼロ円から、なんて代物があったりするので、正にピンキリなのだが。

それら諸々考えても、かなり立派なこの家が俺の自宅と思うと、ちょっと不思議に感じる。

「しっかし、まさかオレが一〇代で、一国一城の主になろうとは……」

感慨深そうに呟いたトーヤだったが、それをユキが混ぜ返す。

「いや違うよ？　あたしたち五人の共同の持ち物だよ？　あえて言うなら五分の一城の主だね」

「わかってるよ！　気分だよ、気分！」

「所謂シェアハウスだよね、これ」

「普通は賃貸だけどな、シェアするのって」

「ですが、数ヶ月で自分たちの家が持てるとは思いませんでした。サールスタットにいた頃には」

「うん、ユキとナツキは苦労したもんね……」

あの頃のことを思い出したのか、少し目を潤ませたナツキの肩をハルカが抱く。

俺たちはまだしも、ナツキとユキは合流するまで、安い賃金で扱き使われていたわけで。

この世界であれば普通なのかもしれないが、俺たちからすればかなりギリギリの労働環境。

ユキとナツキは、苦労して家を手に入れたと言っても問題ないだろう。

「けど日本でも数ヶ月間、五人で働き続ければ家を買えなくもないんだよな、よく考えると」

「私たちが未成年だとか、税金とか全部無視して、金額だけならね」

「家を買う場合、固定資産税や登録免許税、各種手続きの手数料など、案外必要ですしね」

高校生だった俺たちからすれば家を買うなんて思考の埒外だったが、不可能って金額じゃないいんだよなぁ、ハルカの言う通り、色々無視すれば。

そもそもこんな状況でなければ、各々が稼いだお金を纏めて、一軒の家を買うなんて考えられないわけで。――いや、こんな状況でも、このメンバー以外なら、共同で家を買って一緒に住むなんて、考えもしなかっただろう。

「あー、ホント、ハルカたちと一緒になれて良かった」

俺がしみじみと言葉を漏らすと、ハルカが不思議そうに目をぱちくり。

「どうしたの？　突然」

「いや、だって、例えば岩中なんかと一緒に転移してたら、家を買うとかあり得ないだろ？」

「まずパーティーを組むこと自体があり得ないけど……そうね」

「キツいアルバイトをせずに済んだのも、素早（すばや）く活動を開始したからだし」

「だよな。『取りあえず今日は一泊して』とかやってたら、オレたちもナツキたちみたいに安い賃金で働くことになったかもなぁ」

そうなれば、ナツキたちと合流するのにも、もっと時間がかかっただろうし、その時まで彼女たちが保（も）ったかどうかも不明。あの時点ですら窶（やつ）れてしまっていたのだから。

当然、こんなにスムーズに家を持つことなんて不可能だっただろう。

そんなことを考えて俺がうんうん頷いていると、トーヤが何か思い出したのか、ニヤリと笑う。

「ホント、『悠（はるか）様の言うことは絶対！』だったな！」

「うっ。あ、あれは、冗談（じょうだん）で――」

グッとサムズアップしたトーヤに、ハルカが言い訳をしようとするが、それを聞いたナツキが面（おも）白（しろ）そうに笑みを浮かべ、口を挟（はさ）む。

「あら、ハルカ、そんなこと言ったんですか？」

「でも、それできっちり基盤（きばん）を作ったんだから、間違ってないのかな？」

「そうそう。ハルカ、様々だな。今の俺たちがあるのはすべてハルカ様のおかげです」

「ありがたや～、ありがたや～」

俺とトーヤが南無南無（なむなむ）とハルカに両手を合わせると、ユキとナツキまでそれに倣（なら）う。

「あたしが激マズ料理から救われたのも、ハルカ様のおかげです。南無南無」

「むしろ、私が今生きているのも、ハルカ様のおかげです。南無南無」

全員から手を合わせられ、たじろいだように顔を赤くしたハルカは、ぷいと顔を逸らせる。

「あー、もうっ、良いから中に入りましょ！」

照れくさそうに家の中に入ってしまったハルカに、俺たちは顔を見合わせてクスリと笑う。

そして、その背中を追って俺たちも中に入れば、最初にあるのはやや広めのエントランス。

正面には二階に上がる階段があり、左右の壁には扉。

左が応接間、右がトイレになっている。

突き当たりには左右に伸びる廊下（ろうか）があって、左側は奥から台所と食堂、リビングが並び、右側には研究・実験室四部屋と風呂（ふろ）になる予定の洗濯（せんたく）室がある。

二階の構造は単純で、左右にやや縦長の部屋が五つずつ並んでいる。

一部屋の大きさは二〇畳（じょう）ぐらいで、建物のサイズの関係で当初の予定より二部屋増えている。

遊び心はないが、実用性は高い。そんな家。

デザインが良くても、住みにくかったら何の意味もないしな。

「まずは……自分の部屋を決める？」

「そうだね！　間取りは全部一緒だからどこでも良いと思うけど……誰か、希望ある？」

「違いなんて、階段に近いかどうかだけだよな？」

「それぐらいだな」

積極的に場所を選ぶほどの差異もないので、適当に左側の奥からユキ、ナツキ、ハルカ、俺、トーヤの順で部屋を割り当てる。

一応、侵入者があった場合のことも考えて、階段に近い場所にトーヤと俺を配置したのだが、これに意味があるようなことには、なって欲しくないところだ。

右側の五部屋は全部空き部屋。余裕があれば客間として使えるように整えるつもりだが、場合によっては倉庫などになるかもしれない。

「ベッドと食堂のテーブルは……既に運び込んであるんだな」

「うん。ちゃんと注文通りのができてたよ。布団も注文済みだから、後から取りに行くだけだね。他に欲しい家具は各自注文するとして……今日は調理器具を買いに行こっか！　野営用のはあるけど、ちゃんとした料理を作るには不足してるし」

「他にも、カーテンや絨毯も見に行きませんか？　さすがに殺風景です」

「あぁ、カーテンは必要よね。オーダーメイドかしら？　窓のサイズって決まってるの？」

「概ねはね。貴族のお屋敷なんかは別だけど、ウチは普通に作ってもらったから。好みのが置いてあるかは判らないから、その場合は布から作ってもらうことになるけど」

うん、これは時間がかかるな。

女って、カーテン一枚選ぶのにも丸一日——いや、下手したら何日も掛けられる人種なのだ。

幸いと言うべきか、この世界の調理器具はデザインを選べるほどのバリエーションはないが、絨毯、カーテン、調理器具の三種類を今日一日で決められればまだマシ、だろう。

俺とトーヤは視線を交わし、頷く。

「なぁ、一応今日中にこっちに移る予定なんだろ？　買い出し、手分けしようぜ？」

「そうそう。布団は俺とトーヤで受け取りに行くから、ハルカたちは他の物を買ってきてくれ」

少し前であれば、ハルカたちだけで行かせるのは不安だったのだが、ディオラさんに相談したことで、その懸案もほぼ解消している。

そう、岩中たち。キノコ災害が落ち着いた後で改めてディオラさんに相談したところ、リーヴァの証言もあって、ギルド資格の剥奪はあっさり確定。

即執行——といきたいところだったが、岩中たちはギルドに姿を現さなかった。

いや、それどころか、ラファンに帰ってきた形跡すらない。

最後に目撃されたのは、俺たちが南の森に出かけるその前日。

死んだ可能性も僅かにあるが、状況的には別の町に逃げたと考えるのが妥当か。

少しすっきりしないが、危険がなくなったのは歓迎すべきことだろう。

「ナオたちが取りに行ってくれるなら助かるけど、結構多いよ？　お店でマジックバッグは使えないから、二往復は必要になると思うけど」

「それぐらい、なんでもねぇよ。なぁ、ナオ？」

「おう、トーヤ。軽いもんだな」

ハルカたちの買い物に、長時間付き合うことに比べれば。

「それでは、お願いしましょうか？　時間がないのは間違いないですから」

そう言ったナツキたちを笑顔で見送った俺たちだったが——。

布団を受け取って二往復目、家に戻ってみると、そこにはハルカが待っていた。

「ど、どうしたんだ？　もう、買い物は終わったのか？」

「調理器具の方はね。インテリアを買う前に、置きに戻ってきたの。それに、せっかくの新居だから、ナオと一緒に選びたいし……」

「そ、そうか。じゃあ、俺も行こうかな……？」

上目遣い(うわめづか)いでそんな風に言われたら、『俺は行かない』なんて言えるはずもない。

「ええ、行きましょ」

ニコリと笑うハルカと、一歩引くトーヤ。

「それじゃ、オレはお邪魔になるだろうし、ここで待ってるわ」

「気にする必要はないわよ、トーヤ。向こうでナツキたちと合流するんだから」

「そうそう。一緒にインテリア選び、楽しもうぜぇ？」

付き合わないわけにはいかないが、疲れるのはほぼ確定。

であれば、トーヤも連れて行かない理由はない。

ハルカの言葉に絆(ほだ)されたのは俺だが、それはそれとして、苦労は分かち合わないとな？

「くっ、裏切り者めっ」

「なんのことか、解らんなぁ？　くくくっ」

などと、そんなこんながありながらも、一通り生活の準備を整えた俺たち。

その日の夕方には、長く世話になった〝微睡(まどろ)みの熊(くま)〟に別れを告げ、初めて手に入れた自分たちだけの拠点(きょてん)へと、生活の場所を移したのだった。

サイドストーリー「翡翠の翼　其ノ二」

「おぉ、すげぇな！　完全に治ってやがる！　これで大銀貨五枚で良いのか？」

「はい」

私の目の前で嬉しそうに屈伸する、マッチョなお兄さん。

元気なのは良いことだけど、正直、暑苦しいので離れて欲しい。

でもこれも客商売、そんなことは口にせず、私は笑顔でお金を受け取る。

「ありがてぇ。これで仕事を休まなくて済むぜ！」

「ありがとうございました。またどうぞ～。……ふぅ」

今日も私の診療所は程々に盛況だった。

そう、診療所。

私たちの辿り着いた町――サールスタットの東門の外。そこに私の診療所はあった。

土壁作りで僅か二部屋ながら、一応きちんとした建物。

すべて自作である。


なんでこんなことになっているのかと言えば、その原因は初日に遡る。

門番さんに『治療で商売するなら東側がオススメ』とアドバイスされた私たち。

それを実行するためには、西門からサールスタットに入り、町中を通り抜け、川を渡って東門から外に出る必要があるわけで。その道中には数々の難関が待ち受けていた。

町に入るための税金、今後のためにギルドカードを作る手数料、川を渡るための渡し賃。

それらを潜り抜け、東門に辿り着いた時、私たちの手元に残っていたのは僅かに一二〇〇レア。

宿に泊まったら一日でなくなっちゃう額。

えっ？　お金を節約するミッションはどうなったって？

もちろん失敗しましたとも！

だって、皆さん、お仕事ですし？　値切れないって。

ギルドカードを作らなければもうちょっと余裕があったんだけど、今後のことを考えれば、そこを節約しても結局は損するだけだからね。

——で、どうしたかと言えば。

野宿しました。町の外で。

その時、紗江が魔法で作った土壁が今の小屋の原型。

三人がなんとか入れる囲いの中で堅い黒パンをかじりつつ、一枚の毛布に包まって寝たのも、今となっては懐かしい思い出。

門番さんのアドバイスは間違っていなかったようで、初日からポツポツとお客さんは来てくれたし、そのおかげで二日目には毛布が一人一枚になり、歌穂が森から折ってきた木の枝を使って、茅葺きならぬ、木の枝葺きの屋根っぽい物ができあがっていた。

そんな感じにちょっとずつ充実させていき……いつしか、わざわざ町の中で宿を取る必要性がなくなったんだよねぇ。

サールスタットにある宿をいくつか調べてみたけど、思った以上に宿泊料、高いし？

食事の準備は自前だけど、今となっては結構快適。

歌穂と紗江が鉈とか鋸とか買ってきて、暇に厭かせて色々頑張ってるから。

下手な安宿なんかより、良い生活環境なんじゃないかな？

けど、もちろん難点もある。

一番はやっぱり安全性。既に一ヶ月以上ここで診療所をやってるものだから、女三人しかいないことが知れ渡ってるんだよね。

で、そんな状況だと困ったことを考える人も出てくるわけで。その不埒者にとって不幸だったのは、その時既に、私たちは大剣を購入できるだけのお金を稼いでいたこと。

【大剣 Lv.8】持ちが大剣を振り回せばどうなるか……解るよね？

歌穂に両手両足へし折られ、蹴り出されました。

いや、まぁ、仮に大剣がなくても、歌穂には【豪腕 Lv.3】があるから、似たような結果になったと思うけど。ちなみにその時の歌穂、体調が少々芳しくなく機嫌が非常に悪かったから、一切の手加減もなく、かなり酷い状態だったんだけど……まぁ、別に良いよね。

強姦魔なんて、死んでもオッケー。

当然、私も治療せず、東門の外に放置。

翌日、事情を聞きに来た門番さんに詳細を話すと、そのまま連れて行かれました。

そんなことが数回も続けば、『女しかいない』という情報に加えて、『手を出すとヤバい』という情報も同様に広がるわけで。

半月ほどで平和になった代わりに、冒険者としての勧誘が……。

今のところ、全部断ってるけどね。


そうそう、体調と言えば、私はこの生活でもなんら問題はないんだけど、慣れない環境と食事の影響か、歌穂と紗江は時々調子を崩している。

多分この違いは、【頑強】スキルの有無なんだろう。

水を煮沸したりして注意はしてるけど、食べ慣れない黒パンを食べたり、よく解らない調味料を使ってみたり、初めて食べるような川魚を食べたりしてるから。

鉄の胃袋でも持ってないと、お腹を壊すのは仕方ない。

もちろん調子が悪くなれば適宜魔法で治療してるんだけど、私が常に隣にいるわけでなし。

急にゴロゴロッときたら、間に合わず雨に降られること（比喩的表現）もあったりするわけで。

もし『浄化』がなかったら、女の子としていろんな物がマズいことになってたね、うん。

男子がいなくて良かったよ。二人の尊厳のためにも。

一応すぐに治しているから、そこまで酷い状態にはならないんだけど、魔法を使えばすぐに元気溌剌になるわけもなく、その日ぐらいは休息が必要。

私が診療所で稼いでいるし、ゆっくり休める小屋があるから大丈夫だけど、これがなかったら宿代すら危うく、結構キツかったと思う。

治癒魔法も【頑強】もないクラスメイトは、かなりマズいことになったんじゃないかな？

体調を崩した時点でもう終わり、みたいな。

だから、自分で言うのもなんだけど、私たちはそれなりに上手くやっていると思う。ただ——。

「食事だけはなんとかしたいんだよねぇ」

日々の食事は小屋の一角に作った竈を使い、自分たちで作っているんだけど、これが正直美味しくない。私はともかく、歌穂はそれなりに料理上手だったはずなのに。

歌穂曰く、『慣れない竈、しかもまともに調味料もないし、食材も良くない。こんなので美味しい料理なんて無理なのじゃ！』とのこと。

まぁ、それは私も頷けるかな？

サールスタットで手に入る調味料って塩とかよく判らないハーブとかだけど、普段からハーブを使った料理なんて作りもしないのに、初めて見るハーブを上手く使えとか、無理がある。

もっとも、そんなイマイチな料理でも、町で食べるよりはよっぽどマシなんだけどね。

例えば黒パン。硬くて、臭いがきつくて、私たちの口にはまったく合わない。

保存性は良いんだろうけど、歌穂が適当に小麦粉を捏ねて作ってくれる、お手軽ナンもどきの方がずっと美味しい。

なので、大半の食事はこのナンと、野菜を放り込んで塩で味を付けた大味なスープ。

そして、たまに食べられるご馳走がお肉の塩焼き。

もちろん、他の食料と比べて割高なお肉を買うなんて贅沢ができるはずもなく――。

「佳乃、仕事は終わったかの？　なら、狩りに行くのじゃ！」

そう。実は私たちの食べているお肉、自家製ならぬ、自分たちで狩った物。

未だ装備も揃わない私たちに、店で売っているお肉は高嶺の花。

森に行ったとき、運良く猪が狩れた時だけのお楽しみなのだ。

川沿いだけにお魚も売ってはいるんだけど……一度買って、あまりの泥臭さに懲りた。

嬉しそうに大剣を掲げる歌穂に、私も腰を上げる。

「今日は狩れると良いんだけどね。それじゃ、紗江も呼んで――」

「聞こえてましたの」

奥の部屋から出てきた紗江は、既に準備を整えていた。

といっても、こちらに来た時に着ていた服に、木の枝で作った自作の杖を持っただけ。

私の装備も似たような物で、違いと言えば武器として使っているのが、一応は武器屋で購入した棍棒よりちょっとだけマシなメイスということぐらい。

それを手に持ち、家の前に休診中の看板を置けば、それだけで準備は終わる。

「森に入るのには慣れたけど……狩りって結構難しいよね。なかなか動物、見つからないし」

「儂らは素人なのじゃ。猟師のようにはいかんのう」

見つけることさえできれば――いや、見つけて戦うことさえできれば、おそらくは大抵の動物などものともしない歌穂と紗江。

けど、それが難しい。大抵の野生動物って、近付いたら逃げるから。

一応、風下から探すようにしてるけど、見つけるのも難しければ、攻撃ができる距離まで近付くのも難しい。

だから、状況次第で向こうから攻撃してきてくれるタスク・ボアーは、本当にありがたい。

でもそれは少数派。鳥や兎なんて、捕まえられた例がない。

「ついでに言うと、せっかく狩っても、随分買い叩かれてる感じだしねぇ……歌穂、そろそろ解体できるようになったりはしない？」

「無茶なのじゃ。まだ四匹しか斃していないんじゃぞ？　ギルドのやつは解体の見学こそ邪魔せんが、解体方法を解説してくれるわけでもなし。とてもできるようになるのは……」

「ギルドにとっては、私たちはカモですの。解体できるようになったら、儲けが減りますから」

これまで私たちが斃したタスク・ボアーの数は四匹。

私たちも血抜きぐらいは知っていたので、それだけはしてから冒険者ギルドに持ち込んだんだけど……なんとなーく、安く買い叩かれている気がするんだよねぇ。

解体手数料がかかっても、私の【異世界の常識】からすれば、もうちょっと高くても良いはず。

それでもギルドに持ち込むしかないから、持ち込んでるけどさぁ。

紗江の言う通り、カモにされている可能性が濃厚。

なので歌穂には、是非にでも解体できるようになって欲しい。

「狩るという意味では、魔物の方が楽ではあるよね。逃げないし」

「じゃの。近づけば向こうからやってくるから、コイツでぶっ叩けば終わりなのじゃ」

「私も、魔物なら活躍できます。……でも、魔石の回収はまだちょっと慣れないですの」

食卓の充実を考えなければ、魔物は案外悪くない。

難点は、紗江の言う通り、魔石の回収がちょっとグロ注意なことだけど……気持ち悪いとか言ってられるのは、お金に余裕がある人だけ。

貧乏人は、吐こうがどうしようが、頑張って魔石を回収するしかないのだ。

——まぁ、私は思ったより大丈夫だったんだけどね。

もしかして、こちらの『常識』が身に付いているおかげかも？

「この町はギルドの依頼もほとんどないようじゃし、武器や防具も大した物が売ってない。早めに目処を付けて、別の町に移動するべきかもしれんのう」

「だよね。私のメイスも、こんなだし」

本当に安物だけに、見た目としては棍棒の先に鉄の輪が三つばかし埋め込まれているだけ。

クラブかメイスかと言われたら、どちらかと言えばクラブに分類されそうな代物なんだよ。

私、蛮族ですか？

「最低限の生活雑貨は既に揃っています。冬になる前に決心するべきだと思いますの」

「うーん、だよね。私の診療所もあんまり儲からないし……」

元手ゼロなので、商売としては美味しいんだけど、サールスタットにやってくる人数は高が知れているし、町の人口も少ないので、お客も少ない。

というか、そもそも冒険者以外が来てくれたこと、ないんだけどね。

町の人には知られていないのか、それとも信用されていないのか。

宿代がかかってないからなんとか生活はできてるけど、ちょっとマズいよね、このままだと。

「どうしよう？　防具すら手に入ってないけど、思い切って別の町に行ってみる？」

私の提案に、歌穂と紗江は悩むように唸る。

「一応、野営に必要な道具類は買えたからのう。戦闘面だけはなんとかなると思うんじゃが……」

「私たちのスキルレベルで対処できない魔物って、そうそう出てこないと思いますの」

「だよね、サールスタットにやってくる冒険者のことを考えると。そうなると、キウラとラファン、どちらに向かうか、だけど……」

私たちのいる東門の先にあるのがキウラという町。

そこまでの道中は決して安全とは言えず、魔物に襲われることもあるらしい。

こう言っちゃなんだけど、私の診療所がそれなりに稼げているのは、この魔物のおかげだね。

もっともその危険度は、私たちの実力からすれば、おそらくさほどでもない、かな？

診療所に来る冒険者や、歌穂にあっさり畳まれてしまった強姦魔たちを見るに。

そして逆側、西門の先にあるのがラファンという町。

まあまあ大きな町で治安も悪くないそうだけど、冒険者として稼ぐにはあまり向いていないようで、少なくとも私たちぐらいの実力があれば、キウラの方が良いらしい。

キウラの周辺に多く生息しているオーク、これを斃せるとかなり稼げるみたいなんだよね。

ソースは、私の診療所に来た冒険者から聞き出した話。

クラスメイトの存在も気になると言えば気になるんだけど……ここ一ヶ月ほど、暇な時間にサールスタットを歩いてみても、誰一人出会えてないし、私の診療所を訪ねてきた人もいない。

私たちはくっついていたから一緒に転移できたけど、もしかすると、そうじゃなかった人たちはかなりの広範囲に飛ばされちゃったのかもしれない。

キウラで出会える可能性もあるけど……期待薄かな？

ま、歌穂と紗江はいるから、他にどうしても会いたい人がいるわけじゃないけどね。

良い出会いになるとは、必ずしも限らないわけだし。

「それじゃ、次に狩りが成功したら、この町を出ようか。纏まったお金がないと、次の町でも生活が不安だし」

「じゃの。キウラではせめて、町の中で家を借りたいのう」

「愛着はありますけど、やっぱり木の家が良いですの」

素人にしては良くできたこの診療所だけど、冬場は絶対底冷えする。

そう考えると、良い機会だったのかも？

あとは、できるだけ早くタスク・ボアーを狩って、お金を作らないとね。

幸いと言うべきかは少し疑問なんだけど、その日、私たちの狩りは成功した。

ある意味では大成功。

ただし、気分的には大ダメージ。

何故って？　それは出会ったタスク・ボアーが親子連れだったから！

子供を守ろうと夫婦で突進してくるタスク・ボアー。

それを容赦なく撲殺する私と歌穂。

そして敵を取ろうというのか、小さい身体で攻撃してくる瓜坊が四匹。

そんな子供でも、やはり容赦なく撲殺する私たち……。

可愛いからと見逃していたら、狩猟なんてできないからね、現実には。

ただ一言感想を述べるのであれば……瓜坊のお肉、柔らかくて美味しかったです。

ごちそうさまでした。

◇　◇　◇

私たちが次の拠点として選んだキウラの町は、山裾に広がる森に抱かれた小さな町だった。

あ、小さいと言っても、私の感覚からしたら、ね？

サールスタットよりは大きいし、一応領都らしいから、この世界的にはそれなりの規模かも。

オーニック男爵が治めるこの町の主要産業は、オーク肉の加工・販売。

それらは周辺の領地にも輸出され、その供給量はかなりのもの。

それ故、オーニック男爵は、オーク男爵なんて呼ばれることもあるとか、ないとか？

会ったことはないけど、ちょっと可哀想だよね。

オーク男爵もさることながら、本名の方も……同郷じゃないと理解できないだろうけど。

そんなキウラでの冒険者の主なお仕事は、オーク狩りと輸出の際の護衛。

街道にオークが多く出るからね。――シャレじゃないよ？

本当なら、領主は街道の安全を確保しないといけないんだろうけど、そのオークを産業に利用している関係上、程々に出てきてくれないと困るみたいで。

その頻度は、私たちがキウラに移動した時にも一匹遭遇したぐらい。

初めて見たオークに私はビビったんだけど、歌穂なんかは『大きめのタスク・ボアーじゃの』とか言うし、紗江はあっさり頭を吹き飛ばして、簡単に斃しちゃうし……ま、結果的には、そのオークをキウラに持ち込んだおかげで、私たちはスムーズに冒険者活動を始められたんだけど。

小柄な歌穂が巨大なオークを軽々と担いで歩く姿はなかなかにインパクト大だったようで、私たちみたいな美少女三人組（一部誇張あり）でも絡まれることはなかったし、それを売ったお金で、三人で暮らすなら十分な、小さな家を借りることもできた。

ま、絡まれなかったのは、私たちがサールスタットでやっていた診療所――正確に言うなら、それに関連して発生した犠牲者の噂話も影響していたみたいだけど。

私の診療所、治療のためにキウラから来ていた人も結構いたようで……こっちでもやらないのかと訊かれたけど、さすがに町の中で勝手に診療所を開くわけにはいかない。

町の外で怪我人に会えば、料金を貰った上で治療してるけどね？

――私たちが仕事に行くとき、何故か後ろを付いてくる怪我人がいるのは、きっと偶然。

ついでに言うと、この町の仕事、オーク狩りは私たちにとても合っていた。

単発の攻撃力はとても高い私たち、オークを見つけさえすれば、斃すまでは一瞬。

それを町まで持ち帰れば、それだけで金貨三〇枚は固い。

これだけでも一日の稼ぎとしては十分だけど、解体技術を身に付け、更には鍛冶屋さんにリヤカーもどきを作ってもらってからは：一日に三匹は持ち帰れるようになった。

歌穂なら一人で一匹担げるので、最大で四匹。

過去最高の稼ぎは金貨一五〇枚オーバー。一日でだよ？

一週間ほど頑張って稼ぐだけで、贅沢しなければ一年間は働かずに生きていける。

小銭稼ぎにゴブリンの頭を抉っていた日々を思うと、泣けてくるね。

冒険者、凄い！　邪神さん、マジ感謝‼

まぁ、武器や防具も相応に高いんだけど、そこはケチらずにきちんと揃えた。

そんな感じで数ヶ月、オーク肉の納入依頼を毎日のように請けていた私たちは、冒険者ランクを順調に二まで上げ、安定した生活を手に入れていた。


「お、〝オーク・イーター〟だ」

「あいつらが？　信じられねぇな……あの身長で、オークを真っ二つにするんだろ？」

「オークの首を三つ同時に刎ねたって噂もあるぜ？」

「俺が聞いたのは、オークの巨体を魔法一発で消し飛ばしたって話だな」

私たちが冒険者ギルドに入ると同時に、ヒソヒソとそんな噂話が聞こえてきた。

こんにちは。

オーク・イーターこと、喜多村佳乃です。

……うん。不本意。

二つ名が欲しいなんて思ったことないけど、どうせならもっと格好いいのが良かった！

そんな噂話を極力耳に入れないようにして、私はいつものようにギルドのカウンターへ。

「や、サーラさん」

「あら、オーク・イーターさん」

馴染みの受付嬢に声を掛けると、少し笑いながらそんな言葉が返ってきた。

「止めてよ、サーラさんまで。私たちは〝翡翠の羽〟。お願いだからそっちで広めて！」

なお、このパーティー名にそこまで深い意味はない。

不本意な二つ名が広がり始めたものだから、それに対抗する意味でもパーティー名を付ける必要に迫られた私たち。

単にその時、目の前に翡翠色の鳥の羽根が落ちていた、ただそれだけのこと。

「そうじゃ。こんな可憐な乙女を捕まえてオーク・イーターとか、センスがないにもほどがある」

まったく同感。

でも、そんな二つ名が付いた理由の一端を担っているのは、歌穂だからね⁉

ちなみにもう一端は、私の横で無害そうに微笑んでいる紗江が担っている。

私？　私は関係ないよ？　無害な回復役だからね！


そもそもなんで私たちが、オーク・イーターなんて呼ばれるようになったのか。

理由の一つ目は、人目に付くところで文字通りオークを食べていたから。

あれは、私たちがオークの解体に挑戦し始めていた頃。

【解体】スキルを手に入れた今とは違い、最初の頃はそりゃ酷いものだった。

結果的にできるのは、売り物にならないクズ肉。

持ち込めば引き取ってはもらえるけど、所詮は二束三文。

それならばと、解体を練習する傍ら、クズ肉を鉄板焼きにして食べていたんだよ、街道脇で。

通りがかった冒険者を誘って、一緒に食べることもままあったし、歌穂なんて小さな身体で大量のお肉を消費するものだから、あんな二つ名が付くのも理解できないとは言わない。

もう一つの理由は、たぶん私たちが、食い尽くすような勢いで大量のオークを狩っているから。

普通の冒険者は頻繁にオークを狩ったりしないし、ましてや一日に四匹とかあり得ない。

しかも、女三人だけのパーティーで。

勤勉すぎる私たちが、目立っちゃったんだよねぇ。

でもここまでなら、ちょっと変わった腕利き冒険者、で終わったのかもしれないんだけど……やっぱ原因は、歌穂と紗江。

そう、真っ二つとか、消し飛ばしたとか、これって事実なんだよね、誠に遺憾ながら。

新しい大剣にはしゃいだ歌穂と、魔法の威力調節に失敗した紗江がやらかしちゃった事件。

肉として売れなくなったので、完全な失敗事例。

もちろん今はそんなことないんだけど……インパクトは強かったからねぇ。

もっと別のことで名前を売らないと、〝翡翠の羽〟が〝オーク・イーター〟の知名度を上回るのは難しいかもしれない。

「はぁ……歌穂と紗江がもうちょっとおとなしければ……」

「佳乃、言っておくが、おぬしも大概じゃぞ？」

「そうです。私たち三人の功績ですの」

ため息をついた私に向けられたジト目に、私は目をぱちくり。

「私？　私はごく普通の冒険者だよ？」

「戦闘面ではそうじゃが、治療ではのう……。冒険者Aの証言、『どんな酷い怪我を見ても、笑顔が微塵も崩れない。治療は安くて的確だが、ちょっと怖い』」

「い、いや、正直なこと言えば、すんごくドン引きだったよ？」

でも、何故か気持ちが悪くなったり、気が遠くなったりはしなかったんだよね。

きっと、【頑強】とか【病気耐性】とかが効果を発揮したんじゃないかな？

「それなりに慕われてはいるようですが……冒険者Bの証言、『骨折を治すとき、ゴキュガキュと骨の位置を直しながらも笑っていた。あれは天然のドSに違いない』」

「だって、怪我人を不安にさせたらダメだよね⁉　安心させるために笑(え)みを浮(う)かべてたんだよ！」

「微妙(びみょう)な慕われ方もあったのう。冒険者Cの証言、『マジで⁉　よっしゃ！　オレ、ちょっと骨折ってくる‼』」

「いや、それなに⁉　危ない人だよね⁉　絶対！」

間違ってもお近づきにはなりたくない！

「てか、いつの間に証言とか集めていたの⁉」

「耳に入ってきただけじゃよ、この素敵(すてき)な耳にな」

「はい、この耳に」

二人して、耳をピクピク動かす歌穂と紗江。

確かに二人の耳は、私より立派で高性能だけど――。

「サ、サーラはどう思う？　私なんて二人に比べると、地味だよね？　ね？」

「ヨシノさんも似たようなものですね！」

私の希望をあっさりと打ち砕(くだ)くサーラ。

おかしい。私、二人みたいな極端(きょくたん)なキャラにしてないのに！

「だって、皆さん個人にも二つ名が付いてますから。まだ一部で囁(ささや)かれているだけですけど」

「え、私にも？　初耳だよ？」

「それは儂も初耳じゃの」

「聞きたいですか？」

窺(うかが)うように私を見てくるサーラに、私は躊躇(ためら)いつつも頷く。

「き、聞きましょう？」

怖いけど、聞かない方が余計気になる。怖いけど！

「えっとですね、まずカホさんが〝小さな処刑人(リトル・エクセキューショナー)〟。首刈(くびか)りや真っ二つが原因ですね」

「むっ。首刈りはともかく、真っ二つは失敗だったんじゃがの」

と、言いつつも、微妙に満更(まんざら)でもなさそうな歌穂。

うん、歌穂って、こういうの好きだからね。

「次にサエさん。サエさんは〝深紅の抹消人(クリムゾン・エリミネーター)〟です」

「私の髪(かみ)、そんなに赤くないですの」

うん、紗江の髪の色は淡(あわ)い桜色だから、深紅(しんく)ではないね。

魔法で焼いちゃうので、迸(ほとばし)る血で真っ赤に染まる、なんてこともないし。

「使う魔法からでしょうね、これは。火系統の魔法がお得意なようですから」

「そっちかぁ。でも紗江、消し飛ばすのはともかく、豪快(ごうかい)に燃やしたりはしてないと思うけど？」

「二つ名なんてイメージですから。最後、ヨシノさんは〝天使のようなドＳ(エンジェリック・サディスト)〟」

「ちょっと待て」

ツ、ツッコミ所が多すぎる⁉

「なに、その、前半と後半が繋(つな)がってない単語！　しかも、歌穂たちと方向性が違わないかな⁉」

そもそも私、サディストじゃないし!!」

「イメージですから」

「私のイメージ、酷すぎる！　風評被害だ！」

バンバンとカウンターを叩いて私が抗議しても、サーラは苦笑するのみ。

くっ！　歌穂たちの二つ名も十分恥ずかしいけど、まだ名乗れる。

でも、私のは自分じゃ絶対言えないよ!?

「本当に一部で、ですよ？　安心してください。オーク・イーターほどには広まってません」

「そっちの方も嫌なんだけどね!?　むぅ、翡翠の羽と、もっと名乗るべき？」

「いやー、オーク肉の納入依頼以外を請けないと、あまり意味がないと思いますよ？　だって、関わるのって、ギルド職員だけじゃないですか」

「そうだった！」

普通の町では、冒険者が勝手に狩ってきて売るだけのオーク肉。

この町はそれを産業としている関係上、〝オーク肉公団〟という団体が冒険者ギルドに依頼を出し、安定的な入手と分配を取り仕切っている。

だから、オーク肉を納入すれば冒険者ギルドの依頼消化実績が増えるんだけど、私たちが依頼主と顔を合わせる機会はないんだよね。普通の依頼と違って。

ぐぬぬ……これじゃ、パーティー名が広がる余地もない。

不名誉な二つ名を消すためにも、これは何か考えないとマズいかも……。

ギルドでの用事を終え、家に帰るなり椅子（いす）に腰を下ろした私は、ため息と共に頭を抱（かか）えた。

「まさか、二つ名なんてものを付けられてしまうとは……不覚」

「そうじゃのう……ムフフッ」

同意するように頷きつつ、口元を押（お）さえた歌穂から漏（も）れるのは、どう聞いても笑い声。

「って、歌穂！　実は喜んでるでしょ！」

「そ、そんなことないのじゃ。ちょっと小っ恥ずかしかったのじゃ……ホントじゃぞ？」

「嘘（うそ）だっ！　少年（中二）の心を忘れない歌穂なら、少なからず喜んでるもん‼」

「違うのじゃ！　〝小さな（リトル）〟はあまり気に入ってないのじゃ！」

「やっぱ、二つ名自体は気に入ってるんじゃん！」

などと、私と歌穂がわちゃわちゃやっていると、遠慮（えんりょ）がちに紗江が口を挟（はさ）んできた。

「あの～、そもそも、二つ名ってなんですの？」

「え、改めてそう聞かれると……あだ名、じゃないね。称号（しょうごう）みたいなもの、かな？」

「そうじゃな。凄い冒険者の証（あかし）、みたいなものじゃな」

改めて言うと、更に恥ずかしさ倍増だけど。

「私たち、凄いんですの？」

「凄いじゃろう？　おそらく、紗江ほどの魔法が使える冒険者、この町にはおらんぞ？」

「魔法を使える人自体、稀少（きしょう）だけどね～。歌穂の剣術も隔絶（かくぜつ）してるし」

「うむ。特化型キャラメイクの勝利じゃな！」

「それ自体は間違いない、んだけどねぇ……」

容易にオークを狩れているのも、私たちの生活が安定しているのも、すべてそのおかげ。

このスキルレベルがなければ、厳しい生活環境に甘んじつつ、コツコツと小さなお仕事を請け続けるしかなかっただろう。

「でも、冒険者としてはチグハグなんだよねぇ、私たち」

「まぁ、のう。冒険者としての技術はないの」

「スタミナも自信ないですの」

はっきり言って、攻撃力があるだけ。体力も足りないから、歌穂なんてオーク相手にアクロバティックな動きをして首ちょんぱしたら、その後しばらくは休息が必要になるほど。

技量に対して、身体が追いついていない感じ？

喩えるならば、軽自動車にＦ１のエンジンを積み込んだような。無理をしたら身体を壊す。

街道脇での活動なら問題ないけど、森の中に深く分け入ったりしたらボロが出ると思う。

「むぅ……やはり、身体作りは必須かのう……」

「もしくは、ルーキー向けのお仕事も請けて、技術と体力を身に付けていくか、だね」

アンバランスに能力を得たものだから、きっとこのままだと頭打ちだろう。

「ま、この町で平凡に暮らすなら今のままでも困らないけど、最近、私の出番がないのがねぇ」

オークは歌穂の大剣と紗江の魔法であっさり斃せちゃうので、せっかく新調した私のメイス、ほぼ新品なんだよ……。

「戦闘だとそうじゃが、それ以外では十分に役に立っているではないか」

「そうですの。佳乃がいなければ、暮らしていけません」

「それはそうだけど……私たち、日常的なスキルは壊滅だもんねぇ」

衣食住で言うと、まずは『食』。

私だって『料理のさしすせそ』ぐらい知ってるけど、まともに手に入るのは塩だけ。

砂糖は高いし、白砂糖とは風味が全然違うので、使い勝手が悪い。

お酢はワインビネガーが売ってた。いいお値段で。

でも、私たちの中では料理上手な歌穂だって、そんなお酢を使った経験はなかった。

私の家にあるお酢って、米酢か穀物酢だったよ？

あとの二つ、お醤油とお味噌は言うまでもないよね？

材料が手に入らなければ、多少の知識があってもホント無意味。

『衣』はちょっと贅沢に、新品の服をオーダーメイドで作ってもらってる。

庶民はある程度自分たちで縫ったりするみたいだけど……私たち、授業以外で縫い物をすることなんてなかったから、そのへんは壊滅。

いいえ、並縫い程度ならできますけどね？　うん、その程度。

『住』は家を借りたのでなんとかなってる。でも、贅沢を言うならあんまり住みやすくはない。

『お金を貯めて、自分たち好みの家を建てることを目標にしても良いかも』と、三人で妄想の間取りを話し合う程度には、不満点あり。

想像するだけならタダだし、娯楽(ごらく)が少ないからね、この世界。

元の世界より便利な点を挙げるなら、掃除(そうじ)と洗濯(せんたく)、それに入浴かな？

全部私の『浄化(ピュリフィケイト)』で、一瞬にして終わるから。

ただ入浴に関しては、『できればお湯に入りたい』というのが私たち全員の正直な気持ち。

贅沢なのは理解しているけどね。『浄化(ピュリフィケイト)』を使えないクラスメイトだっているだろうし。

だから最近は『浄化(ピュリフィケイト)』が私の存在意義と言っても過言では——いや、過言。

過言だよね？　過言であって欲しい。

ま、そんな感じで、全員でやってる料理はともかく、普段の生活で一番活躍しているのは私という自負はある。戦闘で役に立っていないだけに。

「——そういえば、最近は歌穂も紗江も、体調崩さなくなったね？」

最初の頃はそれなりの頻度で、お腹に雷雨(らいう)（比喩的表現）が到来(とうらい)していた二人なのに、最近は私の『治療(トリートメント)』に頼(たよ)る機会も減ってきた。

乙女(おとめ)的尊厳も守られて間違いなく良いことなんだけど、私の存在意義(レゾンデートル)の一つが……。

「ふっふっふ、いつまでも昔の儂じゃないぞ？　先日ついに【頑強 Lv.1】を手に入れたのじゃ！」

「私もです。でも、『ついに』と言うよりも、『やっと』です。あれだけの回数、お腹を壊せばさすがに順応して欲しいですの」

ドヤ顔を浮かべた歌穂に対し、紗江の方はやや疲(つか)れたような表情。

その都度治していたので、長期間苦しむようなことはなかったけど、まぁ、色々とキツいよね、お腹を下すのは。治せなければ脱水症状の恐れもあるし、案外バカにできない。

「それは、所謂『なぁに、かえって耐性が付く』ってやつかな?」

「うっ。そう言われると、なんか微妙じゃのう……。じゃが、そういうことじゃろうな」

「こちらで生活する以上、ないと辛いです。さすがに【頑強】ぐらいは取っておくべきだったと、後悔しましたの」

「普通のゲームじゃ、キャラクターがお腹を壊したりしないからねぇ」

たぶん、コンピュータゲームで『生水を飲んでお腹を壊しました』みたいなゲームはないんじゃないかな? よく知らないけど。

それに衛生面に問題がない普通の食事でも、合わない物は案外あったりする。

私だと搾りたてのオリーブオイルとか、ダメだったなぁ。

食べてる時は良かったのに、しばらくしたら全部戻すことになっちゃって……あれは辛かった。

あれ以来、オリーブオイルに気を付けるようになったんだよね。

それが異世界ともなれば、なかなかに油断できない。

私は【頑強 Lv.2】だから、たぶん大丈夫だと思うけどね?

「とはいえ、別の仕事を請けるなら、リアカー以外の運搬手段は必要じゃな」

「リヤカーは街道から外れると使えませんし、短時間で町に帰ることもできませんの」

「う〜ん、やっぱり背負い袋? テーブルトークRPGの定番アイテム的に」

その中に火口箱とか、ロープとか、松明とか、オイルとか……あと、食料？

「ダンジョンに潜るなら、一〇フィート棒も必要かもしれないけど、それはないか」

「野宿をするなら、テントかマントか、そのへんの物も必要じゃな」

「水も忘れてはいけません。水がないと、簡単に死んじゃいますの」

「水、かぁ。重いよねぇ。最低でも一日二リットルは欲しいし、料理とかも考えたら……」

できれば省きたいけど、都合良く水場が見つかるとは限らないし、飲めるとも限らない。

「解決策としては……ねぇ、紗江。水魔法も覚えない？　エルフだったら、覚えられるよね？」

「急に言われても無理です。でも、魔道書を買ってくれたら、頑張ってみますの」

私のちょっとした無茶に困ったように首を振りつつ、紗江が答える。

「魔道書かぁ。金貨数一〇枚だよね？　高いけど、買う価値はあるか」

水の確保だけじゃなく、手数が増えることは私たちの安全にも繋がるだろうし。

「松明やら、火口箱やらは手持ちの魔法で代替可能じゃがの。それでも、荷物は多いが」

「うん。私たちは着替えも少なくて済むけど、魔法の使えない冒険者って大変だよね。荷物が少なくて済む近場の依頼を請けつつ、慣れていくのが先決かな？」

「……そういえば、先日ギルドで小耳に挟んだんですけど、ちょっと変わった鞄——荷物がたくさん持ち運べる鞄が買えるみたいですの」

「変わった鞄？　どんな風にって訊いても説明が難しいか」

「簡単に言えば、リュックサックですの」

端的で判りやすかった！

「……そういえば、リュックは見かけたことなかったのう。背負い袋より便利そうじゃな？」

「もしかして、クラスメイトの誰かが作ったのかな？」

「それは判りませんの。訊いても教えてくれませんでした」

「まぁ、そうじゃろうなぁ。訊かれたからとホイホイ教えていては、面倒事になりかねん」

歌穂は少し残念そうながら、納得したように頷く。

リュックに人気があればたくさん売れて儲かるだろうし、そんな小金持ちの名前や居場所をあっさり漏らしたりするようなら、逆に私たちも冒険者ギルドが信用できなくなる。

「使い勝手が良さそうなら買っても良いけど……いくらだった？」

「金貨二四枚でした」

「高っ——くもないのかな？　手作業で縫うことを考えると……？」

元の世界で売っている鞄のお値段と比較して、一瞬高いと思ってしまったけど、全部手縫いすることを考えれば、実はそうでもないようにも思える。リュックって、縫う場所が多そうだし。

ブランド物のバッグとか、元の世界でも高いしね。

「買うべきじゃろうな。背負い袋とリュックの使い勝手の違いは明確じゃ」

「だよね。三つ買ってもオーク二、三匹分だし。ギルドに行けば買えるのかな？」

「いいえ、オーダーメイドみたいですの。要望を訊き、採寸した上で」

なるほど。例えば紗江と歌穂、同じサイズだと使い勝手が悪いか。大量生産品ならともかく、一つずつ手作りするのならそれほど手間も変わらないだろうし、満足度も高くなるよね。

「それじゃリュックを注文して、それができるまでに装備を整えようか。雑貨とか、色々」


それから私たちは、オークで稼ぎながら装備品を買い揃えていった。

といっても、武器や防具は既に買っていたし、高い物はリュックサックぐらい。

比較的短期間で準備は終わり、『そろそろ本格的に、良さそうな依頼でも探そうか』と三人で話した翌日のこと。

「良い依頼を見つけたのじゃ！」

そんな元気の良い声と共に、歌穂が帰宅した。

その手に持っているのは、依頼票っぽい物。

「えっと……確かに適当な依頼を探そうとは話してたけど、もう請けてきちゃったの？」

「さすがに相談もせずに請けたりはせぬ。サーラに頼んで、写しを借りてきたのじゃ」

歌穂の持っていた依頼票は、掲示板に貼ってある方ではなく、ギルドに保管してある写しの方だったようだ。普通なら借りられないようだけど、私たちパーティーの信用に加え、請ける人がいなかった依頼でもあるらしく、検討してもらえるならと貸してくれたらしい。

「歌穂の言う良い依頼、ねぇ……ゴブリンの討伐？」

「そうじゃ。こういう依頼から、キャンペーンが始まるのじゃ！」

あぁ、確かに歌穂の好きそうな良い依頼だね。これが、ゲームならね！

ある意味納得だけど、しかしここにはそういった方面に詳しくない人がいた。

「キャンペーンってなんです？　販促ですの？」

「う～ん、歌穂が言っているのは、続き物のシナリオ――物語って感じかな？」

不思議そうに小首を傾げて尋ねる紗江に、私は少し考えて答える。

言葉の意味としては『連続した行動によって目的を達成する』とかそんな感じ？

企業の販促キャンペーンなんかも同じ意味合いなんだろうけど、テーブルトークＲＰＧに関わりのない一般人には、ちょっと解りづらいよね。

「それでこの依頼がその始まりとなる、と？　そういうものなんですの？」

「間違ってはいない、かな？」

古典的と言えば、古典的。

でもそれが悪いわけでは決してなく、斬新さを狙ったところで面白いとは限らない。

「――って。いやいや、これ、現実だから。ゲームとごっちゃにしちゃダメだから」

思わず流されそうになったけど、違うよ、これ！

「魔王の復活とか、王国を巻き込む陰謀とか、そんな壮大な話には巻き込まれたくないから！」

本当に〝キャンペーン〟なんて始まっちゃおうものなら、私の平穏な生活が崩れ去る。

小市民な私は、ヒロインになりたいなんて大それたことは考えていない。

人並みの平穏な生活――いや、この世界の基準からすれば、他人よりはちょっと良い生活が送れればそれで良い。王子様なんて必要ないのだよ、私には！

「冗談じゃよ。所詮はゴブリン退治。世界を揺るがす大事件に繋がるはずがなかろう？」

強く主張する私に、歌穂は肩をすくめてヤレヤレと首を振るが、私は彼女の性格をよく知っているので、ジト目を向けずにはいられない。

「……本当にそう思ってる？　実は期待してない？　邪神さん的にあり得るんじゃ、とか」

「……ちょっとだけ？」

「やっぱり！　歌穂だもんね！」

「でも、初心者向けではあるんですよね？　私は、請けてみるのも悪くないと思いますの」

「そうだけど……むぅ、ゴブリンの討伐依頼かぁ……定番と言えば、定番だけど」

「何か不満かの？」

「だって、オークが普通に闊歩しているキウラ周辺にある村だよ？　ゴブリンで困るかな？」

オークに比べればゴブリンなんてただの雑魚。

これだけ頻繁にオークと遭遇するような地域で、ゴブリン程度に討伐依頼を出すかな？

「うむ、ちょっと誤解があるようじゃの。言っておくが、オークがおるのはキウラの町の西側。東側ではほぼ出没せんみたいじゃぞ？　そしてこの村があるのは、この町から北東方面じゃ」

「あれ？　そうなの？」

「さすがに東西南北、三六〇度オークに囲まれとったら困るじゃろ。物資の運搬にもコストはかかるし、それなりの護衛を付けねば移動もできんなる。じゃから、キウラを訪れる際は東側の街道を使うのが常識らしいの」

「お、おぅ……サールスタット方面からやってきた私たちは非常識、と」

さすがに私の【異世界の常識】も、そんなローカル情報には対応してなかったよ。

「オーク肉以外の依頼を請けるなら、悪くないと思うがのぅ。金貨一〇枚と依頼料は安いが」

「それに関しては、まぁ、諦めてる」

私たちの持つ技術で――いや、技術を持たない私たちが最も効率良く稼げるのが、オーク肉の納入依頼なのだ。どのような依頼を選んだところで稼ぎは減るが、これは受け入れるしかない。

だって目的は、初心者が請けるような仕事を熟して、技術を身に付けることなのだから。

「……ま、確かに悪くないのかな？　それじゃその依頼、請けてみようか」

◇　◇　◇

キウラの東門から外に出て、荷車がなんとか通れるような山道を北東方面へと進む。

険しいとまでは言わないけど、あまり整備の行き届いていないその道を二、三時間ほど進めば、やがて少し拓けた場所へと出た。

「おぉー、段々畑。農村だね！」

古き良き、日本の原風景……とはちょっと違うか。

段々にはなっているけど、傾斜が緩やかだから一枚の畑はそこまで小さくない。

そろそろ春も近いため種蒔きの準備なのか、その畑では何人もの人が土を耕している。

のどかな田舎や段々畑が観光資源になる現代とは違い、この世界では余所者が訪れる機会なんてあまりなさそうな村。そんな場所に現れた私たちはよく目立つ。

だから必然、近くの畑にいた男性が訝しげに声を掛けてきた。

「どうした、嬢ちゃんたち。こんな田舎村に何か用かい？」

「あの、私たち、ゴブリンの討伐依頼を請けて来たんですが……」

「おぉ、あれか！　いやぁ、こんなに早く来てくれて助かるよ。大きな声じゃ言えねぇが、毎回、村長が依頼料を渋るから、なかなか請けてくれる冒険者がいなくてな」

嬉しそうに鍬を放り出した男性は、こちらに近付いてきて少し驚いたように目を瞠った。

「嬢ちゃんたち、獣人とエルフか？」

「そうじゃが……何かマズいかの？」

「いや、マズかねぇ。マズかねぇが、こんなド田舎だろ？　偏見を持っている奴もいてな……まぁ、さすがに大丈夫だろ。村長の所に案内する、付いてきてくれ」

「あ、はい、お願いします」

微妙に不安になるようなことを言う男性に先導され、私たちは村の方へと歩き出したが、紗江は何か気になるのか、キョロキョロと辺りを見回している。

「紗江、どうかしたの？」

「いえ、用水路がちょっと気になって……」

「用水路？　あぁ、あるね。結構しっかりと整備されているのかな？」

私の知る限りこの地域の畑作は天水で行い、日照りが続いたときにのみ、桶などで水を汲んできて手作業で灌水する。なのに、この辺りの畑にはしっかりと用水路が整備されている。

「……地形的な関係で、実は雨が少なかったり？」

雲が山で遮られ、乾燥した風が吹き下ろす地域とかもあるし、この辺もそうなのかな？

「ハハハ、違うよ。この辺は十分に雨が降る。そうじゃなく、ここは〝水生麦〟の畑なんだよ。だから水が必要なんだ、たっぷりとね」

「水生麦、ですか？」

「あぁ。水を張った畑で育つ麦でな、人気がねぇから高くは売れねぇんだが、連作しても安定して収穫できる作物なんだよ。飢饉に備えて育ててるって感じだな」

その説明を聞き、私たちは顔を見合わせる。

「それだけ聞くと米みたいなんだけど……」

「名前が違うだけか？　それとも別の作物じゃろうか」

「実物を見てみないと判りませんの」

「嬢ちゃんたち、興味があるのか？　ちょっと待ってろ」

そう言った男性は近くの家に入ると、一握りほどの水生麦を持ってきてくれた。

見せられたその穀物の大きさは、一粒が大豆ぐらい。

チョンと髭の飛び出た薄茶色の皮に包まれ、サイズを考えなければ、麦にも米にも見える。

「これが水生麦だ。これを砕いて、篩で皮を取り除いてから煮て食べるんだ。普通の麦よりも硬いから粉にするのは大変だし、頑張って粉にしてもパンには向かなくてな」

「どう思う?」

「米も麦も似たような穀物じゃからのぅ。見慣れた形じゃなければ判らんわい」

「麦との違いはグルテンの有無や硬さの他に、見た目でも判りますの。これ、頂いても?」

「あぁ、構わねぇぞ。なんとか、売り上げが増えればありがたいんだが……」

男性の許可を得て、紗江が水生麦の皮を剥いていけば、出てきたのは茶色い粒。

「うん、これは麦よりも米に近いと思います。胚芽が肩の部分にありますの」

「……あぁ、そう言えば麦って、真ん中に付いてたよね。ポン菓子のとか」

麦の粒を見る機会なんてほぼないけど、ポン菓子になった米と麦を思い出せば、違いは明らか。

麦チョコとか、コーヒー味のあれとか、シリアルのヤツとか。

「ということは、大きいだけで一応は米か? 問題は味がどうかじゃが……」

「たぶん、村長の所で出ると思うぞ? 嬢ちゃんたち、日帰りじゃねぇんだろ? 村長ならどうせパンなんか出さねぇ。ケチだからな!」

こんな村に宿屋なんてあるはずもなく、外から来た人の宿泊場所は空き家があれば空き家、なければ村長などの家になる。今回の場合、依頼遂行中の宿泊場所と食事は村の負担となっていたが、そのときに提供される食事が水生麦になる可能性が高いようだ。

水生麦の味に興味はあるけど、そんな村長が依頼主とか、不安も増してきたよ……。

「よく来てくれた。俺が村長のラザラスだ」

案内された家で私たちを出迎えてくれたのは、四〇歳ぐらいの男性だった。

やや小太りで、畑にいた村の人たちに比べると不摂生にも見える体形。私たちを見るその視線にどこか傲慢さが見え隠れしているように感じるのは、先入観があるからかなぁ？

とはいえ、仕事は仕事。時間節約のため、すぐに仕事の話に入る。

「依頼を請けた〝翡翠の羽〟です。早速ですが、依頼内容の確認、よろしいですか？」

「うむ。お前たちの仕事はゴブリンの塒の掃討だ。場所は判っているので、案内は付ける」

「依頼票の通りじゃな。儂らが塒に行った時、そこにいないゴブリンは対象外となるぞ？」

「それで構わない。多少残っていても、ゴブリン数匹程度なら村人でも斃せるからな」

残るのが数匹程度で済むかは知らないけど、判りやすいのは助かる。

森にいるゴブリンを全部なんとかしろとか、そんな無茶を言われたら断ることになってた。

「了解しました。それで案内人は？」

「村の猟師だ。既に呼びに行かせている。そろそろ来るはずだが……あぁ、来たな」

やってきたのは村長よりも少し年上に見える男の人。深い皺が刻まれたその顔は年齢を感じさせるが、肉体の方は引き締まり、村長よりも若々しい。

「猟師のデールだ。塒までは俺が案内することになる。よろしく頼む」

「よろしくです、デールさん。では行きましょうか」

「もう行くのか？　昼も近いが……飯ぐらいは出してやっても良いぞ？」

依頼票に『食事と宿泊場所は提供する』と書いてあるにも拘わらず、上から目線のその言葉に、歌穂が不満そうにピクリと眉を動かしたが、何も言わずに歩き出し、それを紗江も追う。

「いえ、手早く終わらせたいので。デールさんは大丈夫ですか？」

「あ、あぁ、俺は構わない。普段の見回りでも、森の中で食事をすることが多いからな」

少し申し訳なさそうなデールさんを促し、私たちは村長の元を辞して森へと入る。

そのまましばらく無言で歩いていた私たちだったが、村からある程度離れた頃、デールさんが深くため息をついて頭を下げた。

「すまねぇな、あんな村長で。村にいる限り、あんなんでも権力者だから」

そんな彼の言葉で、やや硬い表情だった歌穂もふっと息を吐いて顔を緩めると、干し肉を取り出してガシガシとやり始めた。

「所謂、お山の大将というやつかの？　気にすることはない、儂らはすぐに帰るからの」

「むしろデールさんたちが大変なんじゃないんですの？」

「まぁなぁ。生活のことを考えれば、村から離れるのは難しいからなぁ……」

「村人も大変ですねぇ」

「いや、冒険者の嬢ちゃんたちの方が大変だと思うが……あんまりそうは見えねぇな？」

それなりの装備を身に着け、小綺麗にしている私たちを見て、彼は不思議そうに首を捻る。

デールさんの言葉は至極常識的だが、幸いなことに私たちには当てはまらないのだ。

「正直に言えば、生活には案外余裕がありますね」

「自慢（じまん）じゃないが、儂ら、オーク程度なら軽く狩れるからの」

「その大剣からして、ただのルーキーじゃねぇとは思ってたが……なんでこの仕事を？」

「むっ……まぁ、色々あるんじゃよ」

さすがに、一般人相手に『キャンペーンが！』と言うつもりはないようで、歌穂はそんな言葉で誤魔化（ごまか）す。いや、言われても困るんだけどね？

「そうなのか？　俺たちからすればありがたいから、深くは訊かねぇけどよ」

「それより、この辺りの森についてお話が聞きたいですの」

「む、そうか？　大したことは話せねぇが。それで良いのなら」

大したことでなくとも、デールさんはベテランの猟師。その経験は十分に価値がある。

私たちはそんな彼の話を聞いたり、途中（とちゅう）で昼食を食べたりしつつ森を進む。

そして一時間ほどは歩いただろうか。デールさんが軽く手を挙げて私たちに注意を促した。

「そろそろ目的地が近い。ここからは慎重（しんちょう）に行くぞ」

デールさんの言葉に頷き、足を忍（しの）ばせて向かった先には確かに洞窟（どうくつ）があった。

その入り口付近には見張りなのか、たまたまなのか、三匹のゴブリンが屯（たむろ）している。

「あそこか。どうするのが良いかな？」

普通に洞窟に入っていくのも手だけど、芸がないと言えば芸がない。

中はあまり広そうに見えないから、歌穂の大剣だとちょっと不利そうにも思えるし。

「私の魔法で吹き飛ばします？　『爆炎（エクスプロージョン）』なら、たぶん……」

「う～ん、それだと洞窟は崩落するだろうけど、確実に斃せたかは判らないよね」

他に出口がないとも限らないし、塒のゴブリンを斃すという依頼内容からも少し外れる。

「突入して負けるとは思わぬが、あえて不利な状況で戦う必要もないの。……燻してみるか？」

「燻すって簡単に言うが……何かそれ用の道具でも持ってきてるのか？」

「そういえば、煙が出る道具とか売ってたね。持ってないけど」

「殺すのが目的ではない。燻り出せれば良いのじゃ。その辺の生木でも放り込めば良かろう？」

「いや、まぁ、嬢ちゃんたちが良いなら良いんだがよ……」

デールさん的にはあまりにも適当すぎるのか、微妙な表情を浮かべている。

「やってみてダメなら、別の方法を考えれば良いですの」

「じゃな。では、塒の前におるゴブリンを処理するかの。紗江、行くぞ」

そう言うなり歌穂が飛び出す。それを目にしたゴブリンは大きく口を開けたが、そこから声が漏れる前に二つの首が地面に転がり、ほぼ同時にもう一匹が紗江の魔法で打ち倒される。

そして剣を構えたまま洞窟の奥を睨み付けた歌穂だったが、そこから出てくる者がいないことを確認し、息を吐いて剣を下ろした。

「……ふむ。気付かれなかったようじゃな」

「すげぇな、オイ」

どこか呆れたようにデールさんが言葉を漏らしたが、歌穂はなんでもないと軽く肩をすくめる。

「オークの首を落とすのに比べれば、楽なもんじゃの」

「太さが違うからねぇ……よっこいしょ。手早く進めましょ」

首をコロコロと転がして洞窟脇に除けると、胴体もその傍に積み上げ、全員で手分けして周囲の森から切り出した生木を洞窟の中に突っ込む。

そこに適度に油を撒き、紗江の魔法で火を付けるとモクモクと煙が立ち上り始めた。

その一部は私たちの方へと流れてくるけど、大半は洞窟の奥へと吸い込まれていく。

「おぉ、良い感じじゃない？　奥に空気穴でもあるのかな？」

「かもしれんの。じゃが、油断するなよ？　強いゴブリンが飛び出してくるやもしれん」

「当然！　むしろ出てくれないと、私の仕事がないからね！」

奥から「ギャギャッ！」というゴブリンの声が聞こえ始めたのは、燻し始めて数分ほど。

そしてその直後、燃えている木の奥から、突き飛ばされるようにゴブリンが出てきた。

「おっと！」

ガツン、とメイスで一撃。

追加でドンドン出てくるゴブリンも、私と歌穂で処理していく。

結果、周囲には頭が潰れたゴブリンや、頭と胴体に分離されたゴブリンがゴロゴロと。

なかなかにスプラッタだけど、仕方ないよね、お仕事だもん。

そのお片付けは紗江とデールさんに任せ、燻し続けて五〇匹以上。

やっとおかわりが出てこなくなり、私たちはホッと息をつく。

「でも、これで終わりじゃないよね。中に入って確認、かな？」

「そうじゃの。デール、おぬしも付いてくるかの？」

「あ、あぁ、それが役目だからな。……しかし、こんなあっさり斃せるもんか」

「所詮はゴブリンじゃ。数匹ずつ出てくるなら、カモよな。佳乃、入るぞ。光を」

「了解。『光』」

歌穂を先頭に洞窟に足を踏み入れてみれば、その奥行きは想像以上に長く、所々に力尽き倒れるゴブリンの姿があった。うーん、一酸化中毒かな？

追い出すことを目的としていたので、そちらの方はあまり期待していなかったんだけど、多少は効果があったのかも。倒れてはいても、生死は不明なので、止めを刺しつつ奥へ進む。

ただ、大半は脱出に成功――いや、ある意味では失敗したようで、その数はあまり多くない。

出てきたのは残らず斃しちゃったからね。

「これは、討伐完了と思っても良いのかな？」

「……いや、そうでもなさそうじゃぞ」

ピクピクと耳を震わせた歌穂が剣を構え、暗闇の奥を睨んだ。

微かに聞こえた音に、宙に浮かぶ『光』を先行させてみれば、そこは洞窟の行き止まり。

少し広くなったその場所には、地面に転がってピクピクしている数匹のゴブリンと、それに比べて明らかに元気そうな、しっかりと二本の足で立つゴブリンが四匹存在していた。

そのゴブリンたちは急に明るくなったことに目を細めつつ、棍棒や石斧っぽい物を構えてこちらを「ギャアァァッ‼」と威嚇する。

「あれ、普通のゴブリンじゃない、よね？」

「たぶん上位種ですの。本で見ました」

「ま、所詮はゴブリンじゃがの！　行くぞ！」

そう言って飛び出した歌穂の戦闘に関しては、なんら特筆すべきことはない。

多少強い上位種ではあっても、広い場所で待ち構えていたのが致命的だった。

大剣を振り回すスペースさえあれば、歌穂にとって多少の差なんて、あってないようなもの。

その違いを意識する間もなく、ゴブリンはあっさりと死体へ変わったのだった。

「ふむ。やはり戦闘については問題ないの。デール、これで依頼完了で良いかの？」

「あぁ、文句はない。助かった。さすがに上位種はキツいからな」

「なんか武器も持ってましたの。……これ、石器ですの？」

紗江が杖で突いているのは、ゴブリンが持っていた石斧。

打製石器と言うのかな？　黒く光沢のある黒曜石のような石を使って作ってある。

「なかなか鋭い石器じゃのぅ。この辺にある石なのかの？」

「それか。この辺りだとたまに見つかる石だな。この洞窟でも……その辺とか、それだな」

デールさんが指さした場所を見れば、それっぽい石が露出している。

「ちなみに、価値があったりは？」

「ねぇと思うぞ？　専門家じゃないからよく判らねぇけど、普通に転がってるからな」

「だよねー。……うん、帰ろっか。ここ、臭いし」

「ええ、さすがはゴブリンですの」

「洞窟は臭いが籠もるからの。デール、討伐証明などは別に必要ないじゃろう？」

歌穂の問いにデールさんが頷くのを確認し、私たちは何かよく判らない物が散乱するその場所に背を向け、歩き出そうとしたのだが——。

「ちょい待ち。嬢ちゃんたち、ゴブリンの死体はこのままで良いのか？」

「え？　はい。……もしかして、ゾンビになったりとかします？」

場所によっては死体を放置するとアンデッドになったりするらしいので、そうだったらさすがにこのままにはできない。でも、それはかなり特殊なな事例のはず。

魔物の死体が毎回アンデッドになるのなら、面倒なことこの上ないからね。

「いや、この辺でそんな話は聞かないからそっちは大丈夫だ。そうじゃなく、魔石は？」

デールさんのその言葉に、私たちは顔を見合わせる。

「私は……取らなくても良いかな、と思いますの」

「同意。オークを一匹殺る方が良いのじゃ」

「私もだね。ということで、デールさん、放置に決まりました。押し付けるようでなんですが、もしよろしければ、時間があるときにでもデールさんが回収してください」

「良いのか？　上位種もいる。これだけあれば、ちょっとした額にはなるが……。少なくとも、今回村長が払う依頼料は超えるぞ？」

「ははは……時間的に割に合いませんから」

正直に言えば、時間よりも精神的に、だけど。

ある程度は慣れたけど、魔物とはいえ、生き物の頭を抉るのは気分が良くない。

消費する精神力と時間を考えれば、歌穂の言う通り、オーク一匹狩る方が気楽で儲かる。

「そうか？　なら近いうちに回収に来させてもらう。ありがとうな」


ちょっとした臨時収入に嬉しそうなデールさんと共に私たちが村に帰り着いたのは、日が落ちる少し前だった。

そこで私たちを出迎えたのは、これまた機嫌の良さそうな村長。

「終わったか。無駄に日数をかける冒険者もいるが、お前たち、思ったよりもやるではないか」

「……それはどうも」

機嫌が良いのって、私たちの滞在費を何日も負担しなくて良いからだよね。

この依頼を請ける冒険者がいないのって、依頼料だけじゃなくてこの村長が原因だよ、絶対。

同じ機嫌の良さでも、デールさんとは違い、こちらは癪に障る。

歌穂や紗江なんて、不機嫌そうに口を噤んでいるし。

正直、このままキウラに帰ってしまいたいけれど、さすがに夜の山道を歩くのは避けたい。

仕方なく村長宅への宿泊を決めた私たちは、無難に話を聞き流し、夕食時。

テーブルに着いたのは村長ともう一人、若い男だった。

「こっちは俺の息子のボアズだ」

そういえば聞き流した話の中に、奥さんはおらず、息子と二人暮らしってあったね。

「ボアズだ。……へぇ、女三人のパーティー、内二人は亜人か」

どこか含みのあるようなボアズの言葉に、私は顔に笑みを張り付けて応える。

「冒険者パーティー〝翡翠の羽〟です」

名乗るのはパーティー名だけ。

だって、なんかボアズの視線が嫌な感じなんだもん。本名なんて名乗りたくない！

私たちの顔や身体を舐めるように見て……気持ち悪いなぁ。

歌穂たちも同じように感じているのか、営業スマイルすら浮かべず、無表情になっている。

そんな私たちの気持ちを知ってか知らずか、村長は平然と口を開く。

「今日はこの村の名産を用意させてもらった。存分に味わってくれ」

テーブルの上にあるのは、僅かに肉が入った野菜スープと茶色いお粥のような物。それだけ。

『名産』などと糊塗しているけれど、農家の人の話からして、明らかに食費をケチっている。

まぁ、水生麦は食べてみたかったから、別に良いんだけど。期待もしていなかったし。

味の方は……う～ん、なんだろ？　調理に失敗したお粥？

砕いているからか、米の粒みたいな物は見えないけど、ねっとりとして糊のようで、それでいて芯も残っていて、糠臭さが鼻につき――確かにこれじゃ売れないわ。

野菜スープの方も講評に値しない出来。これなら、サールスタット付近で野宿していた頃、私たちが適当に作っていたスープの方が何倍も美味しいよ……。

それでも苦情を口にしないだけの理性が残っていた私は、ただ黙々と食事を終えたのだった。

「はぁ……。歌穂、これ、良い依頼？　しかも二人とも、対応は私任せだし？」

不味い料理と村長の自慢話っぽい、自慢にもならない話を聞かされ続ける、苦行のような食事を終え、割り当てられた部屋に入った私は、大きくため息をついて歌穂に愚痴を溢した。

「すまんのう。請ける冒険者が見つからないという時点で、もう少し調べるべきじゃった」

申し訳なさそうに謝る歌穂に、私はもう一度ため息をついて首を振る。

「まぁ、もう良いけど。早く寝て、明日に備えよ。紗江はもう寝てるだろうし」

「そうじゃな。早々に帰るのが良いじゃろう」

ベッドの数の関係で、部屋割は私と歌穂が一部屋、紗江がもう一部屋。

楽しくおしゃべりという気分でもなく、私たちは夜も早いうちからベッドの中へ入る。

今日は朝早くからずっと活動していたため、すぐに寝入ってしまった私だったが——。

「きゃぁぁぁ‼」

夜半、聞こえた悲鳴に叩き起こされた。

すぐに目を覚ました私だったけど、歌穂の動きは私以上だった。

即座に飛び起きて紗江の部屋に突入、私が覗き込んだ時には、紗江によって蹴り飛ばされた男の身体に、その拳を振り下ろすところだった。

ドンッ！　という音と共に床に叩きつけられる男。

私が『光』で部屋の中を照らすと、そこに転がっていたのはボアズだった。

その口から呻き声が漏れているのは、歌穂が手加減したからだろう。

大剣すら軽々振り回す歌穂。もし本気なら、コイツ、生きていないだろうし。

「紗江、大丈夫？」

「ええ、寝てましたけど、さすがに他人が部屋に入ってきたら気付きますの」

一番美人だから選んだのか、エルフ故に与しやすいと思ったのか、それは判らないけど、悲しいかな、私たちは既に数度、夜這いされる経験を得ている。

そのすべてを撃退し、しっかりと後悔させた私たちにとって、冒険者でもないボアズなど、大した脅威でもない。

「コイツ、どうする？　あの時の奴らと同じように処置する？」

「う～む、一応、村の中じゃからのう……」

「何事だ！　いったい――」

そこに押っ取り刀でやってきたのは、性犯罪者の親。

床に転がるボアズを見て、顔を顰める。

「村長か。お前の息子が襲いかかってきたぞ？　この落とし前、どう付けてくれるのじゃ？」

「それは……」

大剣を掴み、それを肩に担ぎながら鋭く睨めつける歌穂の視線に、村長は目を泳がせた。

衛兵や役人のいない小さな村では、村長が犯罪を裁く権利を持っている。

だが、身内がやらかしたとなると――。

「ちっ！　亜人のくせに、細かいことで騒ぐんじゃねぇよ。この村での風習だよ、この程度はな」

フラフラと立ち上がり、舌打ちをしたボアズを見て、村長も頷く。

「……そうだな、ちょっとした行き違いというやつだ。そう目くじらを立てることはないだろう」

モンぺか！　ある意味、予想通りだけど‼

当然ながら歌穂が――いや、私たちの誰もそんな言葉で納得するはずもなく。

「女に襲いかかっておいて、風習の違いじゃと？」

「そういう地域もあるということだよ、お前たちが知らないだけでな」

「おぬしの依頼を請けて来た冒険者を襲っておきながら、のぅ。それが答えで良いんじゃな？」

「うっせぇんだよ、亜人風情がっ！」

痛みが治まってきたのか、威勢良く、しかし歌穂からは距離を取りつつボアズが吠える。

「亜人風情、か。差別は禁止されているはずじゃがの」

「そうだね、国法だから、風習とか関係なく禁止だね」

ここは多種族の宥和政策を採っている国なので、そのあたりは案外厳しい。

「ま、それならばそれで良い。しかし、きっちりとギルドには報告しておかねばなるまいな。そういう風習がある村だと。今後、冒険者が来てくれれば良いがの？」

「むっ……ギルドにわざわざ無駄な報告をする必要はないだろう？　……そういえば、依頼票にはまだサインをしていなかったな？」

あぁ、明日の朝――いやもう今日かな？　出て行く時にもらう予定だったんだよねぇ。

ギルドで請けた仕事は完了後に依頼者から署名をもらう必要があり、これがなければ依頼料が支払われない。それを知っているからか村長は嫌らしく笑うが、歌穂は眉をつり上げて吐き捨てた。

「それで儂らが口を噤むと思うたか？　舐めるなっ。仲間が襲われておるんじゃ、多少の金なんぞいらんわ！　二人とも、帰るぞ！」

苛立たしげに大剣で床を叩いた歌穂は、紗江のリュックを掴んで部屋を出る。

「ですね。ここじゃ安心して眠れませんの」

「まだ暗いけど、ま、私の『光』があれば大丈夫か、この辺なら」

オーク頻出地域ならともかく、この辺りであれば山道を外れなければ、そう危険はないはず。

私は自分の部屋から私と歌穂のリュックを回収すると、村長たちを押し退けて家を出る。

「お、お前ら！　そんなことを許すと――」

そんな私たちの行動が予想外だったのか、ボアズは慌てて追いかけてきたが、歌穂が大剣を抜き放ち、その剣先をピタリと彼の眼前に突きつければ、息を呑んで言葉と動きを止めた。

「ほんにお山の大将じゃのう。おぬしらが許す、許さんなど関係ないわ。儂らは村人とは違うぞ？　村から一歩出ればおぬしはただの犯罪者。儂らを追うなら覚悟するんじゃな」

「暗いと人か魔物か判りませんの。綺麗に燃やしてしまえば、何も残りませんし」

「私は弱いから、オークなんかは機先を制して頭を砕くしかないんだよねー。こう、グシャリと」

この村じゃ権力者でも、腕力は紗江にも劣る程度。私たちと戦って勝てるはずもない。

明確な脅しに、ゴクリと唾を飲み、ボアズと村長が後退る。

「――ふっ、この世から性犯罪者が一人減るかと思ったんじゃが、残念じゃの。行くぞ」

村長たちから視線を切り、私たちはまだ薄暗い暁の中、足早に村を後にしたのだった。

「翡翠の羽の皆さん、調査結果が出ましたよ」

「あぁ、サーラ。どうなりました？」

あの村から帰った後、私たちはきっちり詳細に、あったことをギルドに報告しておいた。

信用されるか半信半疑だったけど、ギルドの対応は想像以上で、何故かギルドだけではなく領主の人員まで加わり、あの村への調査が行われたらしい。

「村長と息子は追放、あの村には別の村長が立てられます。依頼料の方も満額支払われます」

「ほぅ、そこまでになったか」

「皆さんはランク二の冒険者ですし、オーク肉で町に貢献していますから。それに一般人ならまだしも、村長ともなると種族による差別は許容できません――少なくとも、この領地では」

やや含みがあるのは、国法で禁止されていても、領主によって対応に差があるかららしい。

「サールスタットでも、ここでも気にしたことはなかったけど……あるんだねぇ、差別」

「嘆かわしいことですが。それとオーニック男爵から『この領で差別を許すつもりはない。翡翠の羽には今後ともここで活躍してもらいたい』との伝言を預かっています」

「領主がですの？　私たち、一冒険者パーティーに？」

「皆さんがランク以上の実力を持っていることは、すぐに判りますからね。実力のある冒険者の存在は、領地にとっても益の多いことですし」

「ふむ。この町は住みやすい。しばらくは儂らも拠点を変えるつもりはないかの」

「助かりました。私が仲介（ちゅうかい）した手前、町を移られてしまうと……今後ともよろしくお願いします」

ホッとしたような笑みを浮かべたサーラに、私たちも笑顔で頷いた。


「なんだかんだで無事に終わったけど……キャンペーンにはなりそうにないね、歌穂？」

ギルドで依頼料を受け取り、自宅に戻った私たち。

ちょっと笑って揶揄（からか）うように言った私に、歌穂は「むっ」と言葉に詰（つ）まり、首を振る。

「いや、判らんぞ？　あの村長と息子が儂らに恨（うら）みを抱いて驚異（きょうい）の成長を見せ、敵役に――」

「ないね」

「あり得ませんの」

追放された彼らが、今後まともに生活できるかすら怪（あや）しい。

村の人が手助けしてくれるなら判らないけど、好かれているようには見えなかったしねぇ。

もし〝風習〟などと、村の人も襲ったりしていたなら、生きて他の町に辿り着けるかすら……。

「じゃよな。いや、本気で手強（てごわ）い敵役が欲しいわけじゃないんじゃが」

ふぅ、とため息をついた歌穂を見て、私と紗江は顔を見合わせて笑う。

「今回の教訓――得た経験はあれかな？　おかしな依頼者もいることと、亜人差別」

「やはり差別はあるんですね。町を移動する際には、調査が必要ですの」

「あとは……領主にパーティー名を売れたのも収穫かな？　オーク・イーターじゃなく」

「意味があるかは判らんが、千里の道も一歩から、じゃな」

「そうそう。この調子で、二つ名が忘れ去られるまで頑張るよ！」

そんな私の決意を、歌穂が「ふっ」と鼻で笑う。

「新たな二つ名で上書きでもせねば、無理だと思うがの。自分で付けて宣伝するかの？」

「うっ。それは恥ずかしい。――でも、今の二つ名も凄く恥ずかしい。究極の二択」

「そうですね、治療する度に『〝天使のような癒し手〟のヨシノ！』とでも名乗れば、きっとすぐにそちらがメジャーになりますの。横ピースで『キランッ☆』とか、ポーズでも付けて」

「それはそれで致命傷だよ！　そして、ポーズとか不要だよね!?」

「ふむ。インパクト重視じゃな。魔法のステッキとか必要かの？」

「いらないよっ!?　もぉぉ、真面目に考えてよ～、私の名誉に関わるんだから！」

自分たちはマシな二つ名だからと半ば諦め気味の二人だけど、私は諦めない。諦められない！

だって、酷すぎる二つ名なんだもの！

私は孤軍奮闘、今後も頑張ることを誓うのだった。

あとがき

いつも応援ありがとうございます、いつきみずほです。

このお話も四巻目ですが、今回はウェブ版とはかなり違いがあります。

え、まだ本文を読んでない？　あとがきから読むタイプ？

それはいけません。先に本文を読んでください。ネタバレになってしまいます。


……良いですか？　それじゃ続けます。

実はこの巻、半分ぐらいは書き下ろしとなっています。

いつも全体的に書き直してはいるのですが、基本的に話の流れは変えないようにしています。

しかし今回は大幅改稿。新規のキャラクターも数人追加。

そう、新キャラ。トーヤくん待望の獣人の女の子。

……残念ながら脈はなさそうな様子ですが。

仕方ないですよね。親しくない男の子が鼻息も荒く迫ってきたら、普通逃げます。

セクハラ認定、待ったなしです。

トーヤくんは自重を覚えるべきだと思います。

さて、前回告知しましたレルシーさんによるコミカライズ版、現在好評連載中です。

——連載中、なのですが、とても残念なことに、可愛い女の子が少ないです。

登場キャラ、今のところ八割は男です。マッチョ成分も多めです。

誰が悪いんでしょうね？

……はい、私ですね。しかも、今後も女の子、あんまり増えないし！

くっ、コミカライズされたときの画面映えなんて、考えてなかった！

たくさん登場させておけば、レルシーさんの可愛い女の子がたくさん見られたのに‼

などという後悔はさておき、更新情報などは私のTwitter（@itsukimizuho）でも流していますので、よろしければご確認ください。

基本的に告知ぐらいしか書いていないのですが、見てみると良いことあるかも？　ないかも？

最後に謝辞を。猫猫 猫さん、担当編集さん、及び他関係者の皆様、いつもお世話になっております。皆様のお力添えあって、この本ができております。

そして、お買い上げ頂いた読者の皆様。こうして続けることができているのも、お手にとってくださる皆様のおかげです。今後とも、どうぞよろしくお願い致します。

いつきみずほ

異世界転移、地雷付き。4

2020年7月5日　初版発行

著　　者　いつきみずほ

発 行 者　青柳昌行

発　　行　株式会社 KADOKAWA
〒102-8177　東京都千代田区富士見 2-13-3
電話 0570-002-301（ナビダイヤル）

編　　集　ゲーム・企画書籍編集部

装　　丁　AFTERGLOW

D　T　P　株式会社スタジオ２０５

印 刷 所　大日本印刷株式会社

製 本 所　大日本印刷株式会社

DRAGON NOVELS ロゴデザイン　久留一郎デザイン室＋YAZIRI

●お問い合わせ
https://www.kadokawa.co.jp/（「お問い合わせ」へお進みください）
※内容によっては、お答えできない場合があります。
※サポートは日本国内のみとさせていただきます。
※ Japanese text only

定価（または価格）はカバーに表示してあります。

ISBN978-4-04-073707-2　C0093

ナオ、トーヤ、ハルカたちの
痛快・開拓ライフが
漫画で読める！
チートはないから
どんなスキルにするか
『異世界転移、地雷付き。』
コミカライズ
連載中!!
「ComicWalker 少年エースplus」
検索
少年エースplus
まずは
どうしよう
種族とか
平均的な
能力を持った種族
エルフは
魔法が得意
平均的
二倍の寿命
そして
必要ポイント50
バンパイアハーフ！
強靱な
魔法の
耐性もある
中2病が
くすぐられるけど
SEKAITENI JIRAITUKI
漫画/レルシー　原作/いつきみずほ
キャラクター原案/猫猫 猫